鄉土性・本土化・在地感

——台灣新鄉土小說書寫風貌

陳惠齡　著

李序

　　台灣文學的研究者中，我相信半數以上都因喜歡鄉土文學而入行，陳惠齡教授應該是其一。她的新著專論台灣新鄉土文學的風貌，寫來面面俱到而又鞭辟入裡，乃同類著作中出類拔萃之作，文學研究界──乃至於文壇──的肯定，指顧間耳。惠齡是我所指導的第一個博士生，為學心細如髮。她曾致力於現代文學裡的烏托邦書寫，如今又有本書賡續其志，管領同儕，我想同樣可期。

　　鄉土文學絕非當代台灣專有，古今中外，恐怕也都有各自所屬的同類之作。歷史對之強調不強，是因為鄉土既久，尤其是其經典地位一旦確立，馬上封疆裂土，轉變成為普遍性強的國家或民族文學。易言之，國家或民族文學的前身多半就是鄉土文學，從國風到雅頌，一部《詩經》成「經」的過程幾可說明。荷馬的史詩更是如此，其意義由雅典一城而擴及希臘全國，甚至因教育與典律的加乘作用之故，早就躐等而變成整個歐洲的文學代表。

　　上文我把鄉土文學當成地域文學的代名詞。不過對多數喜歡台灣文學的人而言，上文其實悖論也。「鄉土文學」一詞變得廣為人知，時序應已進入台灣的國府時期，而且要晚到一九六、七〇年代。這個時代我們記憶猶新，中原心態恐怕是凸顯鄉土文學的力量之一。如果當時不是文化上過分忽略台灣傳統，如果不是政治上強調中國太甚，我懷疑鄉土小說會變成政治後座力，反向彰顯台灣的主體意識。這個主體認知在八〇年代末發展到高潮，繼

之在文學上形成本書論旨所在的新鄉土文學。

　　對我來講，「新鄉土文學」是新詞，內涵多重。小說界出現了「新鄉土」的書寫現象，首先是以之相對於國府軍民跨海來台所促成的懷鄉文學而言，各個世代的寫手早就體認台灣乃「故鄉」。其次和早期的留學生文學或八○年代末的探親文學也遠近互對，新鄉土的寫手處理、關懷的都是台灣情、台灣事，連修辭也都烙上台灣的印跡。第三，新鄉土小說創新了敘述技巧，不再為傳統的寫實主義所圍，走上普世大道。最後但意涵恐怕不淺的是，新鄉土文學乃鄉土文學的延續，直間接注入了某些觀點各異的台灣意識，政治與文化性仍強。惠齡擇優而論的新鄉土小說家，幾乎一網打盡上述拙見，雖然有的僅取一瓢飲，有的千姿百態，涵括全部。

　　除了內涵與定義的省思外，惠齡這本書寫得最好的地方，我以為是文本分析。文學理論──甚至是廣涉社會學的文化理論──惠齡讀得非常多，而且總能在關鍵處適當表現之，作為我們深入文本的認識基礎。理論的嫻熟猶其餘事，一九四九年以來的台灣小說，惠齡又如數家珍，本書的文本分析故而不僅是就某一文本專論，惠齡可以上下幾十年使之互生聯繫。現代人強調的互文性，本書處理得淋漓盡致。新或傳統鄉土文學，彼此在時代感性上也有差別，甚至所關心的社會或文化現象都不同。惠齡細讀文本，宏觀作家，把後現代的鄉土書寫歸結為四種感覺結構，亦即分由時間、宗教、物感與自然詳予疏論，我想對日後研究九○年代以來台灣現代文學的人會有很大的啟示。台灣鄉土的再鄉土化，例如作家就花蓮或宜蘭等地所形成的特殊書寫投射，在惠齡這本新

著裡更為一大特色：地方誌紛紛化為生動活發的閱讀天地。

　　鄉土文學在台灣的時代意義早已確立，我們否認不得，台灣新鄉土作家的經典性似乎也指日可待。從供需的角度看，文學在台灣的市場其實不小，否則本書中不會有這麼多作家前仆後繼，也不會有這麼多的作品繽紛湧現。文前說過，本書之前，惠齡的心力幾乎都放在烏托邦書寫上。她其實也曾費工夫鑽研文學教育的問題。本書所論的台灣新鄉土文學乃她的學問系統最新的成就，承先——也必然——會啓後。我拜讀後的淺見是惠齡的確眼光獨到，早已預知新鄉土文學未來的定位。日後學術界再寫典律，我們得感謝她這本書的開創之功。

李奭學

序於中央研究院中國文哲研究所

民國九十九年四月

自序

　　從昔時以「烏托邦書寫」爲研究議題，到今日以「新鄉土書寫」爲學術關懷，乍看下似乎是不同的範疇，實則是一種接續。事實上從「烏托邦」的研究，遙契「鄉土」論題，乃發諸自然、本乎人性。因爲所有文學作品的書寫皆來自「鄉關何處」的叩問，這個「鄉土」可以是用風俗民情、鄉土語言點綴而成的實質鄉土，也可以是在時間以前、空間以外，縹緲至極的「無何有之鄉」。如果說烏托邦是人類最後渴慕登臨的超越國度，那麼，所謂「鄉土」，除了是每個人生命中最原初的世界，也應該是永恆生命的歸趨點。「鄉土」箋注的其實是故人、舊事與古早的氛圍。以「還鄉」作爲全部詩作主題的詩人荷爾德林曾如是說：「接近故鄉就是接近萬樂之源（接近極樂）。故鄉最玄奧、最美麗之處，恰恰在於這種對本源的接近，絕非其他。所以，惟有在故鄉才可親近本源，這乃是命中注定的。」

　　眺望故鄉、咀嚼舊夢的「神聖客愁」，不僅是聞一多解讀《莊子》最精湛的結論，也是我作爲一個研究「新鄉土」議題的實踐者最重要的反思——現實人生中總有許多無奈的漂流或墜落，是以，當今世界確實需要一種展望，即使眺望精神家園是悵然而非暢然，也終將會有一個精神復活的自由王國，浮現在創作者的文本與閱讀者的理解中。在我個人這幾年規畫的研究體系中，「鄉土」始終是最重要的檢索關鍵詞，也因此而有系列的新鄉土書寫評論。儘管我辛勤墾殖的新鄉土小說研究，尚未見豐收艷色，也未能盡符前輩學者的期待視域，但這畢竟是我一貫的堅持與浪漫。

　　有關九〇年代文學場域因歷經結構性變化而產生新的秩序，更因而引發趣味結構、美學典範的移轉或變動等論述，學界大致已有定評。其中新鄉土小說的書寫，實為投射一個時代和世代的想像與實踐，其美學形式的表現及其意識形態屬性，種種皆與台灣社會和文化脈動的流變息息相關。從新鄉土書寫的敘述模態、地域美學的發揮、創作格局的開展、鄉土詞義的更嬗與開放等等，皆可見鄉土小說多變的風貌，已然成為台灣文學場域中別具一格的風景。然而學界並未能多加關注新鄉土的崛起現象、文學趣味的衍異，或是新舊鄉土之間的纏繞與罅隙等，遑論是在理論批評上給予等量齊觀的回應。鄉土文學在此覆蓋性的影響下，遂只能局限而被定名於七〇年代的論戰，成為台灣文學史中意義曖昧而紛歧的一個階段，而所謂鄉土延伸的新概念，充其量也只能是「被殖入都市空間中的鄉土」，或是「返回傳統中去感受的鄉土」罷。為了不使鄉土書寫新貌與實質意義，就此在眾聲喧嘩的分歧中被消解，而無法讓已然形成多姿風采的鄉土書寫，有更多新的開拓與發展的可能性，就必須揭去其被遮蔽的視野。

　　「新鄉土」小說一辭，亦有稱之為「後鄉土」小說者，誰是新/後鄉土小說家？「新」、「後」的定義是什麼？他們書寫了什麼值得我們關注的事？解答這些問題的最佳方式，就是去看這些人的作品。閱讀與評論必須進入作者撰作的當下時空與文化脈絡中看待，這是針對新/後鄉土小說研究，最基本的反思。「新」字不必然與「舊」是永不相聚的狀態，「前」與「後」也不必然是時間的決絕分判，審諸新鄉土書寫的年代，恰好是生活於「業已逝去，尚未來到」的間隙時期，因而創作者感受的正是一種不前不後的「過渡間隙感」。不同世代誠然有對鄉土不同的想像與凝視，是以

前後階段鄉土作家書寫風格有迥異表現，如新世代寫出怪力亂神的異色鄉土，挖掘人性的卑微而表呈對「好人之惡」的悲憫；中生代的鄉土體驗則是經常充滿哀傷，而後在失落與頹廢中大顯精神；前行代老派作家則寫出敬神畏鬼的鄉野神秘經驗，篇篇充溢人性與人味。但，老中青作家的存有表現，其實都可以在當代意識及現實世界中找到「對位」。「鄉土」一詞，所構成的「情感結構」，正是書寫者層層疊疊內在記憶、想像、欲望與外在環境的差異和異質性。「鄉土」所借代的正是「差異」——現代鄉土與內在家園的對照。

　　就新鄉土文學文本中的「鄉土」指涉而觀，其實都含藏「流動」與「自由」、「家」和「欲望」之間轉變的關係與隱喻。鄉土小說從昔日寫實批判性，一路演化為具有某種危機啓示的書寫，甚或是挪借民俗鄉情而成為點綴性情節的美學策略，正足以發明新鄉土小說的「非常現代」。上述種種，說明尚缺少學界關愛眼神的新鄉土小說，其相關議題除了可以延續八〇年代以前的研究傳統外，對於高度資本主義社會發展所衍生的社會與文化問題，也可提供多元的思考，堪稱是一塊可深耕的沃壤。個人學殖有限，加上限於篇幅，自無法畢其功於一書，然而妝未梳成，卻不揣淺陋出書示眾者，只因秉持的是司馬光《古文孝經指解·序》所言：「經猶的也，一人射之，不若眾人射之，其為取中多矣」，是以雅願權充拋磚引玉人。

　　我本初履學界的一介新人，博士畢業未久即幸運地棲身於國立新竹教育大學語文學系。近五年（2005–2010年）恰好是我甫獲博士學位執教大學的階段，由於初任職新竹教大，學校正面臨轉

型，課程架構逐年調整，以致教學工作十分繁重（任教近四年，授課科目種類計有十二門之多），加上不定期支援地方巡迴教學服務，是以俯仰於服務、教學與研究之間，每有身非我有之嘆。但回首來時路，我卻益發心生一種對學術歸趨的確認與感恩。身為年歲漸長卻是初出茅廬的學界新兵，我滿心感謝能讓我在一些可敬學者的身影下成長，並順勢走上一條他們引領我繪製景深的學術道路之圖──這一條原本是迫使我承認自己的局限與焦慮的道路。感謝昔日指導博士論文的何淑貞老師和李奭學老師，奭學老師更在繁忙中賜序，其博厚淵深，識力堅透，令人讚嘆；楊晉龍老師時常引介各種文獻，增我知見；顏崑陽老師的人文學方法論，對我在知識論及方法學的建構，啟沃良多；還有學報期刊諸位匿名審查者，悉心點撥論文盲點，引我見道。

　　由於昔日研擬學術研究定向時，即已思索整合性與系統性的研究進程規畫，本書論述各篇章之間的承續與相關性，大多得力於 96 與 98 年度通過的國科會計畫案議題「烏托邦意識與台灣新鄉土小說之探究」（NSC-96-2411-H-134-009）、「『鄉土』的移轉、置換及再生──九○年代以降台灣鄉土小說書寫的新貌」（NSC-98-2410-H-134-022）。感謝國科會計畫申請案審查者對學界新人的莫大鼓勵。本書各篇論文先是於學術研討會上宣讀，復經改寫後投擲於各學報期刊上發表，今再作部分增補修訂而成為本書。

　　一個人砌築的夢，可能永遠只是白日夢，但大家一起共構的夢就是現實中的圓夢了。感謝本書出版背後的濃濃情誼，新竹教育大學中國語文學系主任李麗霞教授的支持鼓勵、陳淑娟教授與

黃雅莉教授的友情關懷，我那群最最可愛而辛苦的學生，如超級小秘書張以昕、認真編纂的陳瑩玲、校訂達人郭怡君、檢索書籍的潘怡勳等，謝謝你們的投入。也感念蔡根祥教授居中聯繫出版事宜，而後有萬卷樓圖書公司梁錦興總經理、陳欣欣主編諸人的協助出版，更感謝編排本書並參與校訂的高雄師範大學經學研究所高佩菁、洪政良、陳威銘等同學，沒有你們，此書就無法誕生。

要感恩的人雖然無法備載，卻是不能遺漏我生命中最豪華的擁有——大家散居天涯海角，卻總是彼此懸繫而凝聚成最溫馨的親情，我的母親許碧玉、惠珠姐、良宗哥、良瑋弟、維綱、鈴蘭、泳沛等等，感謝你們在我撰寫此書時，分擔了我的淚與笑。更感謝外子黃忠天教授這一年來的深情守候與家務總攬，讓我得以安心撰述，愛兒寄綸、子軒則是以精勤課業，來表達對母親追索學術烏托邦的支持。

最後這本書要獻給我時刻仰望，從今時到永遠的上帝，「常常喜樂，不住禱告，凡事謝恩」，是祂賜給我最豐盛的靈糧。感謝臺北溝子口教會王春步牧師、高雄武昌教會鄭博仁牧師與活水 A、B 組的夥伴們，因為有您們的祝禱，使我在讚美中遇見奇異的恩典。

陳惠齡

寫於高雄　2010 年 4 月 7 日

鄉土性・本土化・在地感──
臺灣新鄉土小說書寫風貌

第一章 緒論：

「鄉土」作爲一種文學類型與研究方法

第一節 問題意識與研究範疇

由於解嚴的衝撞，因運文學生態丕變、藉文學解讀歷史的立場不斷挪移、作家創作素材的改換等等，鄉土書寫呈現了另一番的發展與變貌，論者因而名之爲「新鄉土」或「後鄉土」、「新世代鄉土」，用以概括九〇年代以降臺灣鄉土小說的總體現象。九〇年代以降所描寫「鄉土體驗」的文學意義，以及描寫「鄉土意義」的文學體驗，均可說明「鄉土」書寫與「鄉土」語境的嬗變攸關。本書的論述重點，在於探勘新鄉土於承續與衍異中的書寫新貌，因此，「鄉土」不僅將成爲本書的研究對象，嵌入臺灣文學史之中，藉資考察作家所含藏視野與策略的書寫現象，「鄉土」也將作爲一個新的理論視角。循此，在所有新／後鄉土議題討論中的「鄉土」，不僅作爲一種文學書寫類型，甚至也成爲鄉土文學研究的一種方法。

一、問題意識

我之所以鍾情於臺灣新／後鄉土小說的研究議題，「原因動機」的生發有二：

(一)植基於個人長久浸淫「烏托邦視境」的學術研究背景與知識

架構，循此觀測當代小說中可能具有烏托邦視境或烏托邦想像的文學景觀與書寫類型時，發現「烏托邦意識」頗能與鄉土文學產生綿密對話，因而興發對臺灣鄉土小說的探勘。

(二)帶有農業文化標記而歷經工業文明與現代性衝撞的「鄉土文學」，作為一種書寫題材與文類，不僅深具「濃稠本土與在地色彩」，也是「世界性文化與文學的母題」，允為當代學術場域的重要議題。

自博士班畢業迄今，除了博士論文《臺灣當代小說的烏托邦書寫》以烏托邦書寫作為研究對象外，我的研究大致側重於現代文學所共同經驗新世紀臺灣土地、人民、生活的開拓與實驗的整體書寫景觀，尤其是針對繼七〇、八〇年代後，另一波書寫鄉土題材之小說新浪潮的觀察。由於昔日針對烏托邦書寫的研究，即著眼於借鑑烏托邦理論之概念與應用，而引渡出新的詮釋領域，作為臺灣文學研究的分光儀及研究助力。二〇〇六年自進入學界後，我先是以「烏托邦意識」作為鄉土文學意義詮釋的一種主觀性預設視角，亦即是在精讀研究文本後，發現九〇年代以降老中青三代作家「重返鄉土」的書寫，除了表顯風格殊異的「地域書寫」美學外，也有類同於一種行旅或遊觀的美學實踐。事實上從「烏托邦」的研究，遙契「鄉土」論題，本乎自然。因為所有的書寫皆來自「鄉關何處」的叩問，這個「鄉土」可以是以風俗民情、鄉土語言點綴而成的實質鄉土，也可以是那個「在時間以前，空間以外的一個縹緲極了的『無何有之鄉』」。[1]因此，藉助於九六年度通過的國科會申請案：「烏托邦意識與臺灣新鄉土小說之探

---

[1] 聞一多《聞一多全集・莊子編》（武漢：湖北人民出版社，1993），頁9。

究」(NSC-96-2411-H-134-009)，而撰作〈空間圖式化的隱喻性——臺灣「新鄉土」小說中的地域書寫美學〉一文，[2]延伸的即是烏托邦概念與關懷所在。

　　我的「原初動機」如是，「問題視域」遂隨著相關資料的閱讀與蒐集而日益增擴，其間也參加多次大型國際學術研討會，發現在鄉土文學議題上，學界重添柴火，延燒出不少綜合性的論述空間。七〇年代是臺灣鄉土小說盛行的年代，針對鄉土文學或鄉土小說，過去業已累積不少豐碩的研究成果。九〇年代以來由於重寫文學史的風氣，使得七〇、八〇年代的鄉土文學也獲得再評估的機會，如蕭阿勤就臺灣文學的「本土化典範」以觀鄉土文學的敘事模式，[3]陳培豐則從「鄉土為什麼都還只是音？」思及臺灣話文在臺灣文學敘事與對話的功能性問題，[4]而學者深耕於臺灣歷史記憶或文學傳統的尋溯與考古，重讀後的女性鄉土書寫，也別有新貌，如邱貴芬、劉亮雅等，即落力於女性對地方、性別與記憶盤根錯結的反思，並關注到女性鄉土小說在形式上的創新。[5]

---

[2] 原宣讀於 2007 年 10 月 26-27 日，成大台文系舉辦「跨領域對談：全球化下的臺灣文學與文化研究」國際學術研討會。修改後刊登於國立臺灣文學館主編《臺灣文學研究學報》第 9 期，2009 年 10 月，頁 129-161。

[3] 見蕭阿勤〈臺灣文學的本土化典範：歷史敘事、策略的本質與國家權力〉，《文化研究》創刊號，(2005 年 9 月)，頁 97-129。

[4] 見陳培豐〈翻譯、文體與近代文學的自主性——由敘事、對話的文體分裂來觀察鄉土文學〉，「臺灣文學藝術與東亞現代性國際學術研討會」宣讀論文，台北：國立政治大學臺灣文學研究所主辦，2006 年 11 月 10-12 日。另參陳培豐〈識字‧書寫‧閱讀與認同——重新審視一九三〇年代鄉土文學論戰的意義〉，「臺灣文學與跨文化流動：第五屆東亞學者現代中文文學國際學術研討會」宣讀論文，新竹：國立清華大學臺灣文學研究所主辦，2006 年 10 月 26-28 日。

[5] 分見邱貴芬，〈女性的「鄉土想像」———臺灣當代鄉土女性小說初探〉，梅家玲編：《性別論述與臺灣小說》(臺北：麥田出版社，2000)，頁 119-143；劉亮雅，〈鄉土想像的

　　九〇年代以降臺灣小說加重鄉土描寫的趨勢，也日漸引起一些學者的注意，如范銘如、郝譽翔、李瑞騰、周芬伶等皆各有洞見，照徹鄉土文學遷變中的迷霧。(詳見下文) 然而整體而言，有關臺灣鄉土文學研究範圍大都迄止於八〇年代，針對九〇年代以降的臺灣鄉土小說，前人雖有論述，關懷面向可發揮者猶多。職是之故，我的「目的動機」遂具體浮現為：一代有一代的文學。文學世代的形成與文學流派的演化，對臺灣文學發展原有關鍵性的影響。就新鄉土小說其整體表現成果，以及作為根植於文學史意義而言，或許尚未能超越前世代的鄉土先驅者，然而作為承繼與衝創的鄉土敘事新姿態與策略轉向，畢竟值得注目。

　　循此並思考除了援借烏托邦書寫概念的闡釋與應用，而對部分鄉土文學生發新面向的解釋力之外，也應進一步開拓對鄉土書寫新樣貌的觀察與統整。是以陸續又有〈對鄉土小說焦距的微調與校準──論黃春明《放生》與鄭清文《天燈・母親》的後農村書寫〉論文，[6] 以及植基於九八年度通過的國科會申請案 (NSC-98-2410-H-134-022) 的研究計畫部分成果──〈「鄉土」語境的衍異與增生──九〇年代以降臺灣鄉土小說書寫的新貌〉一文，[7] 另又撰寫〈經驗透視中的空間與地方──九〇年代以降花

新貌：陳雪的《橋上的孩子》、《陳春天》裡的地方、性別、記憶〉，《中外文學》37 卷 1 期 (2008.3)，頁 47-77。

[6] 原發表於 2008 年 5 月 31 日-6 月 1 日，第三屆經典人物──「黃春明跨領域」座談會暨國際學術研討會。國立中正大學臺灣文學研究所主辦。改寫後刊登於國立東華大學人文社會科學學院主編《東華人文學報》第 14 期，2009 年 1 月，頁 195-225。

[7] 宣讀於國立東華大學美崙校區中國語文學系主辦第二屆「人文化成之視野與策略」國際學術研討會議，2009 年 3 月 14-15 日，修改後刊登於《中外文學》，2010 年 3 月號，頁 85-128。

蓮鄉土小說的書寫樣貌〉一文等。[8]所謂知識「系統性」乃指各部分或各單元之間具有某種相關性，可以統一為完整的體系。上述研究及撰述種種，即是在昔日學術研究背景與知識架構中的另一種開拓與實踐。在賡續與開發之間，冀能確立個人研究的方向，營構未來學術的系統性擘畫。這是我近三年來主要研究的導航與定向，而「鄉土」在我個人規畫的研究系統中，也順勢成了最重要的檢索關鍵詞。

　　自決定以臺灣新鄉土小說作為議題以來，或由於本研究議題在目前學界尚屬開創時期，或因個人學殖有限，資料掌握與作品探析未臻全面，這一路行來甚為顛簸，堪稱「歷試諸難」，前輩學者多所質疑「新鄉土」之概念，認為「在理義上難以成立」，然而我心匪石，不可轉也，實因新鄉土書寫確然有新變的軌跡，若能處理得宜，對於臺灣文學中鄉土轉向的歷史脈絡和美學變化，必然有深層意義。昔日初擬此研究議題，本也不求畢其役於一兩篇論文，而是冀能在開放性的論述場域，得到更多學界前輩的指導沾溉並得以修正理論，完成較具體系的新鄉土小說論述。邇來幾次發表論文後，歷經多位學者的提點，直如醍醐灌頂，加上閱讀文本、資料掌握也日益有增，因而賈余餘勇，戮力於新鄉土「問題－答案」更縝密的思維程序與討論研究。

　　從作為「空間」條件的「背景」出發，牽引出烙有「地方」色彩，關乎人與「土地」故事，或可稱之為「鄉土」書寫。就「鄉

8　宣讀於 2009 年 10 月 17、18 日，花蓮縣文化局主辦、東華大學中文系協辦「第五屆花蓮文學研討會」，後收錄於《第五屆花蓮文學研討會論文集》（花蓮：花蓮縣文化局出版，2009 年 12 月），頁 99-120。

土」最素樸的本義而言，人類建立家園之地都是鄉土，廣義「鄉土」指的就是「出生與成長的地方」。然而若就引伸義而言，「鄉土」則是經由「命名」權力而定位於更廣大的文化敘事中的「地方」，諸如對陳映真而言，鄉土文學即是用民族的語言和形式，描寫「臺灣——這中國神聖的土地，和這塊土地上的民眾」，[9]對葉石濤而言，鄉土文學則是「以臺灣為中心」、具有根深柢固的「臺灣意識」的作品。[10]如是而觀，施於臺灣文學用語中的「鄉土」一詞，似乎近於指稱「題材範疇」，而趨於狹義定義。一如三〇年代所欲張揚「反殖」的民族主義思想，而以「寫臺灣的事情景物」為「鄉土文學」標的；[11]五〇年代懷鄉作品則嫁接至「渺遠神州」；六、七〇年代的「鄉土文學」儼然類同於文學尋根；[12]九〇年代以來的「鄉土」對新世代作家而言，或許是「藝術自覺性下想像、構設的素材與空間，馳騁敘述技藝與寓意上的嶄新表現。」[13]

　　然則若就創作者而言，他們對於鄉土的循名責實，似乎與研究者的探析觀點大異其趣。作家在創作時並不那麼自覺地認為是在寫「鄉土」作品，例如向為評論者譽稱為鄉土小說家的黃春明即宣稱：「我寫小說，並不是下意識的把稿紙攤開，拿起筆來說：

---

[9] 見陳映真〈建立民族文學的風格〉，尉天驄主編《鄉土文學討論集・第二輯 當前的臺灣社會與文學》（台北：遠景出版社，1980），頁 335。

[10] 見葉石濤〈臺灣鄉土文學史導論〉，尉天驄主編《鄉土文學討論集・第二輯 當前的臺灣社會與文學》，頁 72。

[11] 黃石輝〈怎樣不提倡鄉土文學〉，中島利郎編《1930 年代臺灣鄉土文學論戰資料彙編》（高雄：春暉出版社，2003）。

[12] 周芬伶〈歷史感與再現——後鄉土小說的主體建構〉，《聖與魔——臺灣戰後小說的心靈圖像（1945–2006）》（臺北：INK 印刻出版公司，2007），頁 134。

[13] 見范銘如〈後鄉土小說初探〉，《文學地理：臺灣小說的空間閱讀》（臺北：麥田出版社，2008），頁 253。

『我來寫一篇鄉土小說。』我心中所想的只是寫一篇小說而已。」[14]又如晚近被稱爲「新鄉土小說家」的甘耀明，對於所謂「新鄉土」這種說法也並不認同。[15]新秀寫家對於「鄉土」的界定似乎趨於：「站那裡，寫那裡，就是鄉土文學了。」[16]顯見新世代作家對「鄉土」固有概念的解構。

　　鄉土書寫是自身書寫的延伸。由於曾經長久生活其上，產生深厚感情、具有深刻認識，該地方的山川風景、風俗人情便會逐漸內化爲清晰的心靈圖像，成爲創作時的寶藏，提供靈感的滋養，所以作品必然浸染地方色彩的風土風情風景。即使作家通常並不自覺地把鄉土情懷捎帶出來，早期作家的作品卻大多襯顯出「地域性」（locality），因此輕易地即可串連作家與「他的鄉土」的親密關係，如鍾理和與美濃、陳冠學與新埤、吳晟與彰化、黃春明與宜蘭、鄭清文與舊鎮、王禎和與花蓮、施叔青與鹿港、舞鶴與淡水等等。

　　新世代作家的心靈角落也有一處地理位置，是屬於魂縈夢繫之所或象徵之地，即使所呈顯的「紙上故鄉」，並非實指地理或空間位置，卻也是作爲啓動作品敘述的一種泉源與媒介，而且是近乎一種「他方異鄉」的浪漫想像之物。一如甘耀明《神秘列車》中所浮雕出以「一整排的野薑花暗香浮動」，烙印家族記憶的「勝興」火車站；童偉格《王考》或《無傷時代》，一貫以海濱荒村（台北萬里？）敷演「又向荒唐演大荒」的荒村荒人故事；許榮哲在

---

[14] 《聯合報‧副刊》，1980/11/04，08 版。

[15] 〈童偉格 vs.甘耀明──小說的信徒〉，《誠品好讀》，2006/11/9。

[16] 見「小說家讀者」網站：甘耀明〈百日不斷電：鄉土文學〉。

《山ㄟㄧㄢ╱》一書裡則透過主觀詮釋而塑造一個「新鎮」——以「興建水庫」寓言託喻的美濃風情等。

新銳寫家的作品中，明顯可見「鄉土」是圍繞一系列的意象和觀念而形成，所謂文本鄉土的源頭，實緣自新世代「鄉土身分」曖昧性而來的一種類乎想像性的藝術國度，非盡如前輩的真實鄉土經驗。新世代寫家所表現「現代經驗與內在家園」的諸般錯綜糾葛，使「鄉土」一詞轉義為「差異感」的書寫，尤其是緣自於現代世界的科技、物質、文明，而產生對於時間的新的認識——面對一個不斷後退的過去，而被拉向一個未知的將來的「焦慮」。（老、中、青三代鄉土作家於此皆有充足表現）文壇新秀筆下頻頻召喚鄉土元素，運用多元方言、俚語，大量參雜民間信仰習俗，並兼採魔幻、後設、解構，藉以馳騁敘述技藝的鄉土小說，曾被范銘如總稱為「一種輕質的鄉土小說」（後則修正為「後鄉土小說」）。[17]然則，「輕」一詞雖易流於輕重相對性的負面意涵，但是藉「輕」反襯「重」，以演繹「新鄉土」書寫美學中「化除故事結構和語言的沈重感」，以及「對生活中無法躲避的沈重，表現一種自慰式的消解」，[18]似乎也與新鄉土書寫諸多敗壞與頹廢主題極為符契。

新世代書寫的鄉土景觀如是，昔日鄉土老將也有其迎接新紀元的書寫變貌——鄉土作為敘事空間未變，但圖式隱喻已變，一如鄭清文《天燈‧母親》一書，所繪製「人間而不人煙」，隸屬於

---

[17] 范銘如〈輕‧鄉土小說蔚然成形〉，《像一盒巧克力——當代文學文化評論》（臺北：INK印刻出版公司，2005），頁175。

[18] 伊塔羅‧卡爾維諾（Italo Calvino）著、吳潛誠校譯《給下一輪太平盛世的備忘錄‧第一講 輕》（臺北：時報文化，1996），頁15。

童年烏托邦的鄉野世界，即意欲保存臺灣農村生活實錄、童玩民俗等，不無為臺灣農村生活史補遺之創作宏圖。[19]黃春明《放生》書中所浮露老人身陷「現此時」和「那時候」的拉鋸困境，也可說明「時間意識」是如何被編入「鄉土」──這個被指定空間的概念。總此，上述種種新／後鄉土敘事的裂變，皆已說明新／後鄉土書寫作為對應現實的一種敘事策略選擇，實已間接透顯新／後鄉土小說敘事自身的變革和轉型的內在問題。

　　臺灣，自七○年代論戰伊始，誠如呂正惠所言：「各種『鄉土』的解釋，都可以在意義模糊的『鄉土文學』的旗幟下兼容並包。」[20]即或如此，各階段的鄉土小說，顯然已成為攝錄臺灣社會變遷史的生動見證，而鄉土小說也在它主體性的訴求下形成了獨特的傳統。如此共識大致已定案，然而學界至今猶未能明確辨識鄉土書寫的藩籬與多元的美學形式。以致於「新／後鄉土小說」只能成為極度寬泛之詞，加持於特立獨行於城市氛圍、身體書寫潮流的新世代寫家，且作為「以鄉村、小鎮為背景，處理傳統民俗題材」的文學創作的模糊標識。晚近伴隨「新鄉土」作品的論述零星浮現，如廖咸浩、楊照分為林宜澐、童偉格書序時，皆暗示新舊鄉土文學間一種承繼或逆轉、顛倒的系譜關係，[21]但相關新鄉土的定

19　鄭清文嘗言：「《天燈・母親》有提到故鄉童年，臺灣的農村對我很重要，而且故鄉農村的生活情景和現在的農村生活都不一樣，……生活也是歷史的一部分，……我就想應該把我知道農村生活的情形，用文字或童話的方式寫下來，讓讀者知道臺灣農村的生活。」見王鈺婷記錄整理〈冰山底下的大水河──從《簸箕谷》到《採桃記》〉，《徬徨的戰鬥／十場臺灣當代小說的心靈饗宴：國立臺灣文學館・第三季週末文學對談》（臺南：國立臺灣文學館，2007），頁36。

20　呂正惠〈七、八十年代臺灣鄉土文學的源流與變遷〉，載於《聯合報・副刊》，1993/12/17，43版。

21　廖咸浩〈最後的鄉土之子──林宜澐《耳朵游泳》序〉，收於林宜澐《耳朵游泳》（臺北：

義則猶待建構。

　　如周芬伶雖以一九七七年的鄉土論戰爲界，區分之前爲鄉土小說，之後爲後鄉土小說，並指陳「是延續鄉土文學論戰前的寫實文體」，又論及：「解嚴之後受後設與魔幻寫實主義影響的可視爲新鄉土」。[22]顯見新鄉土與後鄉土之間頗有交疊與糾纏，而僅以魔幻寫實範式定義「新鄉土」，似有局限，例如鄉土老將黃春明《放生》、〈眾神，聽著〉、鄭清文系列以童話形式寫就的鄉土小說，既非魔幻寫實，也迥異昔時鄉土，又將如何歸類？

　　范銘如針對「後鄉土」的涵義則有三重指涉：一爲時間先後順序，二爲指陳對前鄉土形式與內涵的延續或擴充，三則以「後」（post）對應於後結構思潮等等，並揭示後鄉土的四個明顯特徵：寫實性的模糊、地方意象與區域特性的加強、多元族群與生態意識的增加。[23]范文雖呈現整體性的釋義與界定，然而有關九〇年代迄今，所謂後鄉土小說的質量現象，尚未能全面述及；而在擇取後鄉土樣本時，似也較忽略「前世代」鄉土老將的新鄉土書寫變貌。李瑞騰自二〇〇七年始，即對新世代文學創作現象（詩、散文、小說）持續關注，並有系列新世代作家作品個論之篇什，[24]觀照面也在於新世代鄉土小說家所揚棄前輩寫實手法，而取徑於後

　　　二魚文化出版社，2002）；楊照〈「廢人」存有論——讀童偉格的《無傷時代》〉，收於
　　　童偉格《無傷時代》（臺北：INK 印刻出版公司，2005）。

[22]　周芬伶〈歷史感與再現——後鄉土小說的主體建構〉，《聖與魔——臺灣戰後小說的心靈
　　　圖像（1945-2006）》，頁 122-124。

[23]　范銘如〈後鄉土小說初探〉，《文學地理：臺灣小說的空間閱讀》，頁 251-290。

[24]　李瑞騰自 2007 年始，對新世代文學創作現象（詩、散文、小說）即持續關注，並有系
　　　列新世代作家如伊格言、童偉格等作品個論，發表於《幼獅文藝》（2007 年 10 月），頁
　　　8-11、（2007 年 8 月），頁 8-11。

現代、魔幻的表現藝術美學。

　　綜上所述，在范銘如、李瑞騰、周芬伶等諸位學者既有的研究成果基礎上，相關「新／後鄉土」研究的文本析論、實質範疇與系統論述等，尚多值得開發與討論的空間。

二、研究範疇

　　放觀置放在臺灣文學史的「鄉土文學」一詞，實具有多面向的特質：從「歷史性術語」而言，乃指陳七〇年代鄉土論戰的歷史階段；作爲「文化性術語」，則是「鄉關何處」的曖昧修辭；然而「鄉土文學」若作爲「描述性術語」，則關乎一種書寫文類的敘述美學。唯「鄉土」意涵遠大於「鄉村」，迴非單指「田園」或「村落」。「鄉村」固然可以遠去或被城市化，但「鄉土」從來未曾消失過。緣於「鄉土」詞義訓解的多義性與含混性，使判定鄉土與非鄉土的界限，有實質的困難，加上臺灣「鄉土」載負過於沈重或紛繁的義涵，也使「鄉土」變成敏感字眼，然而「鄉土」誠然是難以掌握的概念，卻無損於「鄉土」是作爲文學素材的源頭活水，是書寫者靈魂最幽深的生命背景。

　　本書意欲規模出新鄉土小說的總體風貌，勢必不能宕開新／後鄉土小說的義界與範疇。從宏觀照徹而言，「代」是一個關乎時間分類的概念，從中分衍出「時代」與「世代」的觀念。「時變與創化」的流風所及，鄉土書寫的發展確然包括了新舊的「文學世代屬性」；就微觀考察而論，除了探討「世代性」外，也可沿用「班底」（鄉土作家群）概念，總攬作家類群所表現創作美學，而形塑

獨特的文學景觀。九〇年代乃標誌「政治解嚴」與「典範轉移」
的文學新紀元，有謂解嚴前後總總激進思潮的衝擊，又整體文化
場域的變動，皆引導著九〇年代創作者善用新的、世界性知識潮
流裡的象徵符碼，向高層文化（西方前衛藝術觀）汲取創作靈感
或素材，而在當代小說日益邁向各種變異的藝術表現方式中，有
關文類體裁、形式、風格，甚至審美標準也隨之位移。[25]除此，另
一文學生產機制的變異，則緣於政治政策的改變，因應本土文化
政策與地方文史工作的推展，作家創作素材的轉向。一九九〇年
伊始，運用本土元素或鄉土題材的作品，即陸續且大量地在幾個
重要的文學獎競賽中脫穎而出，充分展拓鄉土小說的敘述美學。
職是之故，本書以九〇年代以降的鄉土小說作為研究範疇，俾於
檢視鄉土小說書寫變化現象。所謂「新鄉土」小說冠以「新」之
前綴詞，除了是從「線性時間」的概念而發，也就其來自時空結
構背景下的「書寫新貌」而定義。「新鄉土」之謂「新」，不必然
是與「舊」的區隔，另也涵蘊以「解嚴」（一九八七年）為分界，
意指九〇年代以降的鄉土書寫新貌。是以名為「新」而實寓有「解
嚴之後」所增衍增生之新貌。本書因而擇「新鄉土」而捨「後鄉
土」，以為名義。

　　分類原是為了便於研究，然不可諱言，全面總攬或精準辨識
「新鄉土文學」作品，在現實中存在某些限制與困擾。有關「鄉
土文學」定義與作品的判定，不僅涉及鄉土詞義的界定，也關乎

---

25 見劉乃慈〈九〇年代臺灣小說的再分層〉，《臺灣文學研究學報》9 期（2009.10），頁 82-83。
　該文運用布迪厄的文化生產場域理論，意圖釐析九〇年代臺灣小說的再分層現象，對於
　檢視臺灣當代文學場域的新變化，頗有新觀點，唯針對本土化風潮下的鄉土書寫，只涉
　及女性與鄉土關係的文學想像諸作，而未及其餘。

鄉土文學的研究範疇，自應完備其義。唯自擇定新鄉土議題以來，雖曾就教於學界前輩有關「鄉土」、「新鄉土」的界義範疇，諸如「城市在地書寫」是否植入「新鄉土」議題等，頗難達成共識。

本書所採以擇選新鄉土作品的依據，先是規模出「鄉土」概念的基本閾限，亦即先取「地方感」與「鄉土性」，作為鄉土作品的判準，至於「鄉土」則視為透過對於一個所謂「指涉空間的隱喻」的認同過程，將自我連結於較大的範疇。「指涉空間的隱喻」概念來自於【德】Elizabeth Boa、Rachel Palfreyman 對「鄉土」的界說。[26]職是之故，鄉土範疇不僅實指具體的地方、某個社會空間，也推廓為提供歸屬感、認同感的有界地域或植基於對地方的經驗或想像，而其中對於家族、地方、民族、種族、本土方言、信仰習俗等的認同，即可填補「鄉土」空間的隱喻與指涉。

循此，推衍「鄉土文學」界定的分析概念為：（一）植基於地方的經驗或想像（二）有關地理空間意象與區域地誌（三）具本土元素或鄉野題材，如多元方言、俚語，民間信仰習俗等（四）載記族群歷史風物等，作為鄉土作品的判準。在「鄉土」視為具有「地方感」或「鄉土性」的一個「指涉空間的隱喻」的界定下，此即本書所據以論述新鄉土小說的研究範疇。必須說明的是，原住民書寫向為「山海文學」，應稱得上是純度極濃的鄉土文學，唯原住民書寫或可自成別具特殊類型的鄉土書寫，如神話、圖騰、祖靈等初民意識，或民俗文化學的美學範式，由於牽涉較廣，暫不在此處討論，且容日後另為專文處理。

---

[26] 資料援借林巾力《「鄉土」的尋索：臺灣文學場域中的「鄉土」論述研究》，（臺南：成功大學台文所博士論文，2008 年），頁 12。

第二節　文獻探討與研究方法

　　本書主要論述內容概分為三部分：一為鄉土小說文類的流變衍異兼及敘述美學。二為從平行研究與世代研究，以觀新鄉土作家的世代書寫風貌，並兼及鄉土老將敘述的轉向。三為從世變與文變的纏結，觀察文類的演進，並藉以觀測地方書寫的風貌。總體而言，則植基於「時代性與世代觀」體系下的論述位置，針對「臺灣新鄉土小說」作一觀測與探究。本節內容概分為文獻探討與研究方法，除統整國內外有關新鄉土研究概況，並進一步說明本議題的研究進程與理論推衍。

一、文獻探討

　　九〇年代以降的新鄉土小說，並未為相關的研究者或小說研究者有系統地予以關注，臺灣除了范銘如、李瑞騰、周芬伶、郝譽翔等有相關單篇論文著作外，並未得見其他學者的相關研究。至於中國大陸雖時見援引「新鄉土」，以與「舊鄉土」作為參差對照，並有若干理論與專著，但所定義之新鄉土小說，未必符合臺灣作家生命本調及其作品風貌。由於兩岸民情環境，諸多不可共量性，這部分資料只作為間接文獻。另若干篇章或關乎新世代鄉土書寫新妍議題，雖未涉及鄉土老將的書寫觀察，卻別有洞見；或以鄉土老將新著作為觀照，而未標以「新鄉土」之著作，亦列入參照，俾收全攬之效。茲以表格統整目前所知國內外有關新鄉土研究情況：

（一）臺灣地區有關新鄉土小說研究概況

研究者	研究要點	書刊名稱	簡要述評
范銘如	1.將新浪筆下的鄉土總稱為「一種輕質的鄉土小說」。 2.點撥出新世代脫卸前行代之後的時代新氣味——低脂低鹽低熱量的配方。 3.認為新鄉土小說的出現是臺灣主體論述、本土化運動的產物與回應。	〈輕・鄉土小說蔚然成形〉（《中國時報》，2004年5月10日開卷版），後收錄於《像一盒巧克力——當代文學文化評論》（台北：INK印刻：2005）	標識所謂「感覺結構的世代差異」書寫新妍。范文此篇應是國內第一篇關注新世代鄉土諸作，其功厥偉。然聚焦於新世代，較疏於盤點歷歷有人，別來滄海的老將新鄉土創作篇什。
郝譽翔	1.標示六年級寫家筆下類乎一種想像、象徵的「土地」書寫。 2.冠以「新鄉土」之命名。 3.歸結新鄉土小說「表面寫鄉土，意在寫時間」的特色。	〈新鄉土小說的誕生：解讀六年級小說家〉，《文訊》，2004/12。	關注新世代鄉土書寫，唯或囿於撰作年限，論述尚未及於新鄉土總體書寫景觀
李瑞騰	1.新世代鄉土小說家揚棄前輩寫實手法，而取徑於後現代、魔幻的表現藝術。 2.肯定新世代作家書寫鄉土的視野與關懷，認為筆觸臺灣庶民文化的主脈。	〈村落・家族與自我——童偉格小說《王考》略論〉、〈關於愛與孤獨的文本——伊格言小說略論〉（分收於《幼獅文藝》，	自96年始，即對新世代文學創作現象（詩、散文、小說）即持續關注，並有系列新世代作家作品個論之篇什。

研究者	研究要點	書刊名稱	簡要述評
		2007/8 、 2007/10)	
周芬伶	1.以 1977 的鄉土論戰為界，劃分鄉土與後鄉土小說，指稱後鄉土乃延續論戰前的寫實文體。 2.解嚴後受後設與魔幻寫實主義影響者，可視為新鄉土。 3.舊鄉土作家雖具社會良知與道德使命；新鄉土作家則有去良知去道德化的傾向，然兩者皆有「道德焦慮」。 4.新鄉土與後鄉土小說強調「歷史感」的再現，不同於寫實主義所追求的「歷史性」。	〈滑稽與諷刺——鄉土小說的道德兩難〉、〈歷史感與再現〉(收錄於《聖與魔——臺灣戰後小說的心靈圖像（1945-2006）》台北：麥田，2007)	對鄉土文學的界定與內涵，頗多增擴，兼及多元族群，並釐析前後鄉土不同的美學表現手法：反諷滑稽／神怪魔幻。唯論述中所謂「鄉土」與「本土」、「在地」，名詞多所糾葛。
范銘如	1.改以「後鄉土」一詞指稱九〇年代中期以降，經歷後學思潮洗禮的鄉土小說。 2.「後鄉土」文學的涵義指涉有三：時間先後順序、對前鄉土文學形式與內涵的延	〈後鄉土小說初探〉，《文學地理：臺灣小說的空間閱讀》(台北：麥田，2008)	范文此文體大思精，於新／後鄉土之成因、題名與涵義、敘事型特徵、美學形式，皆有獨到見解。所臚列四種後鄉土新內涵，

研究者	研究要點	書刊名稱	簡要述評
	續或超越、與後結構思潮的精神一脈相承。 3.指出「後鄉土」文學成形與文化政策的轉變、政治上的本土化運動、政黨輪替有關。 4.「後鄉土」小說的四個特徵：寫實性的模糊、加強地方意象與區域性、多元族群與生態意識的增加。		亦拓展了傳統鄉土文學的範疇。有關後鄉土理論體系之初步建立，對於後繼研究者，頗多啓迪與助力。唯於後鄉土文本的擇選判準與作家作品，或礙於單篇論文，尚乏通盤的探析，對於若干鄉土老將的「後鄉土」書寫，討論略顯不足。
李瑞騰	該文主要關注 1990 年代新生代小說作家的寫作狀態，論及的作家有甘耀明（1972-）、王聰威（1972-）、高翊峰（1973-）、許榮哲（1974-）、伊格言（1977-）、童偉格、張耀升等。	〈新世紀、新世代、新鄉土〉《「21 世紀，新十年作家群像」專輯》，《聯合文學》，2009.9。	近二十年來的本土浪潮，致使新世代逼視自己所生所長的鄉土，產生了新的鄉土文學，而新一代的遊戲性，使得原本批評寫實的鄉土文學，產生了質變，虛實相應，堪稱嚴肅的遊戲。這樣的小說新品種，可說

研究者	研究要點	書刊名稱	簡要述評
			是世紀以來，臺灣文學的一項重要的成就，值得持續觀察。該文提供的文學創作社群，頗值得研究者關注。

另有學位論文：

1. 鄭千慈《崩解的自我——現代主義、畸零人與戰後臺灣鄉土小說》（淡江大學中文系碩士論文，2004）以戰後臺灣鄉土小說與其中的畸零人形象爲論述主軸，試圖釐清臺灣小說中的現代主義之發展脈絡。並論及臺灣文學分別經歷了「七〇年代鄉土文學」、「八〇年代都市文學」與九〇年代所謂「百花齊放」或「後現代」等不同時期。

2. 楊孟珠《閉鎖時空‧空白經驗——袁哲生小說研究》（中興大學中文系碩士論文，2005 年），審視袁哲生創作與時代互動的諸多關係，雖已將袁哲生定位爲表現現代人疏離意識，並非單純反映鄉土之境的鄉土小說家，然該學位論文主題畢竟是作家個論，並未能關照新鄉土世代書寫的衍變。

3. 梁容菁，《兩代作家的鄉土書寫：《放生》、《秀才的手錶》比較研究》，臺灣師範大學國文系碩士論文，2008。

4. 吳紹微，《臺灣新世代作家甘耀明、童偉格鄉土小說研究》，中興大學臺灣文學研究所教師碩士在職專班碩士論文，

2009.7。

(二)中國大陸有關新鄉土小說研究概況

研　究　概　況	備　　註
金漢編選，《新鄉土小說選》（杭州：浙江文藝：1993年）	有關「新鄉土」一詞之名稱，就目前蒐集文獻中當以此書爲最早。唯海峽彼岸所定義之「新鄉土小說」，大都關乎與農業文明相聯繫的墾民地域精神、道德理想主義、傳統文化與歷史記憶。著墨頗多是以魯迅所定義的「僑寓文學」（《魯迅全集》，1948，卷6，頁253），來代表「現代的鄉愁」。
丁帆等編著《中國大陸與臺灣鄉土小說比較史論》（南京：南京大學，2001年）	總結兩地鄉土文學各自的發展規律與差異，唯該書研究視野乃建立於整個中國文學全景式的俯視基礎，最終仍落於文化層面的思索和追問。
王念燦〈90年代以來新鄉土文學的症候分析〉，《漳州師範學院學報》第6期，總64期，2007年。）	中國大陸新鄉土的研究態勢往往落於「向城求生」的敘事，以此鋪展失重的身體（以身體交易來換得溫飽）、漂泊的鄉土之魂（城市的異鄉人），整體而觀即是以鄉下人的整體流動性（氓流現象），反思現代性與農民性的衝突，而後牽引出現代性建構的價值困惑。
陳家洋，〈「失焦」的鄉土敘事：臺灣新世代鄉土小說論〉，《華文文學》第90期，	該文處理者眾，認爲新世代失卻的鄉土與現代對峙的緊張感，是以戲劇化情節不再是主導性敘事，而從

研　究　概　況	備　　註
2009 年 1 月。 該文提出新世代小說不再聚焦於現代化／鄉土之間的內在緊張感，作家的價值被懸置，作品的沈重感也隨之消失。失焦成爲新世代鄉土敘事的整體表徵。主觀性、魔幻性、頹廢性等現代主義敘事形態，以及後現代主義的狂歡化敘事風格，皆使新世代鄉土小說在敘事上不同程度地「失焦」。	創作主體也難以看到顯明的「道德疼痛」形跡。唯新世代作家群所呈現的應爲多元化鄉土敘事，不宜如此平面化的抹煞，並以「輕質」定調新世代的底色。

　　上述國內外有關新鄉土研究概況，大致如此。本書不敢專擅前賢之功，但立基於「前賢之述」，正待吾人以發明新猷。新鄉土原非一種孤立而偶發的文學現象，而是有其賡續的文學血胤——昔日鄉土文學。一如前文所言：新鄉土小說雖意味著作家自覺擺脫舊有的經驗，而反映出文學對時代現實的把握，然而並非是與舊傳統舊經驗撕裂性的決絕切割。是以有關新鄉土小說的起點——國內學者諸多鄉土文學研究的豐碩成果，也都是本書論述的活水源泉。這方面或可分爲二個參酌的面向：

　　1.重溯／重訴的鄉土論戰

　　這部份是以尉天驄《鄉土文學討論集》（台北：遠景，1980）、游勝冠《臺灣文學本土論的興起與發展》（台北：前衛，1996）、蕭阿勤〈臺灣文學的本土化典範：歷史敘事、策略的本質主義與國家權力〉（《文化研究》創刊號，2005/9），頁 97–129。）等文爲

主。尤其是蕭阿勤所區分六○年代中期到七○年代，以葉石濤爲
代表的文學歷史敘事——中國民族主義的「臺灣鄉土文學」敘事
模式、七○年代，以陳映眞爲代表的文學歷史敘事——中國民族
主義的「在臺灣的中國文學」敘事模式、九○年代至今，以葉石
濤爲代表的臺灣文學本土化的歷史敘事——臺灣民族主義的「臺
灣文學」敘事模式等三類。蕭文對於本文之浥注與啓發，並不在
於區分後的結論，而在於其所援用「敘事」概念中「情節賦予」
的重要特徵。（情節的賦予把事件轉變成連續故事中的一幕，使獨
立的個案具有意義。）或也可轉以觀察並初步概括新鄉土小說的
敘事模式。

　2.辨證／壓抑的鄉土文學

　　這部份則以邱貴芬著〈翻譯驅動力下的臺灣文學生產——
1960-1980 現代派與鄉土文學的辯證〉一文爲主要。邱文藉從現代
派伏流而出的鄉土文學代表王禎和小說爲例，論及六○年代的臺
灣文學創作，所展現一種翻譯西方的動力，原是爲了回應對西方
（＝現代）的欲求與想像，然而王禎和小說的多語言敘述卻逆反
於此，而表現出「鄉土」正轉化爲陌生的文化他者，必須透過「翻
譯」，加以贖回。[27]這個觀察洞見予我最大的啓迪，乃在於王禎和
作爲學院派創作者的現代性傾向，似乎可以遙契新世代新鄉土書
寫中的（後）現代性風格形塑之因。另外也可切換至另一層思索：
在戰後臺灣新世代文學論中，這些秀異新銳寫家，獨樹一幟地書
寫古意樸拙鄉土的原因，或許並非只是單純地「對臺灣主體論述、
本土化運動的產物與回應」罷，而是另有值得探究的成因。針對

---

[27]收錄於陳建忠等合著《臺灣小說史論》，（臺北：麥田出版社，2007），頁 236-237。

「在新世代寫手視域裡的鄉土文學竟然漸轉為顯學」這個耐人尋味的現象，李奭學也曾如此揣測：「異化形成的奇異感或許是原因之一，這種現象似臺灣刻正興起的原住民文學。」[28]

(三)重要參考文獻評述

　　與本書議題直接相關之資料雖有限，間接相關的專著、中日文期刊與單篇論文，如鄉土小說或臺灣文學、烏托邦等資料則卷帙浩繁，礙於篇幅，在此不擬詳列。以下僅就相近而有助於本書闡述基本學術觀點之重要代表論著篇章，作一評述。

　1.有關鄉土文學議題部份

　(1)陳培豐〈翻譯、文體與近代文學的自主性——由敘事、對話的文體分裂來觀察鄉土文學〉(政大台文所主辦「臺灣文學藝術與東亞現代性國際學術研討會」發表論文，2006/11/10) 一文，從「鄉土為什麼都還是音？」思及臺灣話文在臺灣文學敘事、對話的功能性問題。對於本研究則提供了可貴的另一鄉土義界的參照值。另〈識字・書寫・閱讀與認同——重新審視一九三○年代鄉土文學論戰的意義〉一文亦可參。(「臺灣文學與跨文化流動：第五屆東亞學者現代中文文學國際學術研討會」宣讀論文，新竹：國立清華大學臺灣文學研究所主辦，2006／10／26-28。)

　(2)莊宜文《中國時報與聯合報小說獎研究》(中央大學中文系碩士論文，1998)，以兩大報刊所舉辦的文學獎，作為觀察

---

[28] 見李奭學〈江水是如何東流的？——評邱貴芬等著《臺灣小說史論》〉，《文訊》第 260 期 (2007 年 6 月)，頁 91。

臺灣小說發展與社會變遷指標，研究者對於文學世代形成與文學流派如何經由文學獎而締結，頗有全面而充分的探討。論文中對鄉土小說的發展、表現類型、延續與發展，也有多篇幅的論述，當有助於本書爬梳鄉土小說階段性的書寫風貌。

(3) 楊澤〈回歸的可能與不可能——試論現代鄉土文學中的土地經驗與社群意識〉（爲「青春時代的臺灣——鄉土文學論戰二十周年回顧研討會」發表論文，1997／10／24）、黃錦樹《文與魂與體・論現代中國性》（台北・麥田，2006）中〈原鄉及其重影〉、〈遊魂：亡兄、孤兒、廢人〉二文，於鄉土空間符號的異質與駁雜性的闡發、揭示廢人美學與存有論等，對於本書研究視野頗多增益。

(4) 有關臺灣鄉土文學及文學論戰種種，繁富而不及備載，由於這部分只是作爲歷時性爬梳背景之用，故擬以臺灣文學史相關論著爲參考，如葉石濤，《臺灣文學史綱》（高雄：文學界，2003）。〈臺灣的鄉土文學〉（《文星》97 期，1965），頁 70-73。〈臺灣鄉土文學史導論〉（《夏潮》14 期，1977），頁 68-75。〈六〇年代的臺灣鄉土文學〉（《文訊》13 期，1984），頁 137-146。以及陳信元〈一九七〇年代臺灣的鄉土文學論戰〉（收錄於《臺灣新文學發展重大事件論文集》，台南：國家臺灣文學館籌備處，2004）、廖咸浩〈一種「後臺灣文學」的可能〉（《聯合文學》190 期，2000），頁 110-117。陳芳明，《後殖民臺灣：文學史論及其周邊》、《殖民地摩登：現代性與臺灣史觀》（台北：麥田，2002、2004）。

游勝冠《臺灣文學本土論的興起與發展》（台北：前衛，1996）。龔顯宗，《臺灣文學研究》（台北：五南，1999）李瑞騰，《臺灣文學風貌》（台北：三民，1991）。呂正惠，《臺灣新文學思潮史綱》（北京：昆侖，2001）

(5)王德威《想像中國的方法：歷史、小說、敘事》（北京：三聯，1998），汲取的是王文論及「原鄉想像」的傳承嬗變。王銘銘著，《想像的異邦──社會與文化人類學散論》（上海：人民，1998 年）則提供本書從文化人類學的視角，來觀察新鄉土寫作對於人與人、人與自然、人與歷史、人與時代等文化觀照的處理情形。王學謙著，《自然文化與 20世紀中國文學》（長春：吉林大學，1999 年）側重 20 世紀還鄉文學與自然認同的關係，此說雖未必能涵蓋新鄉土小說之樣貌，但亦有參考價值。另楊玉珍〈現代進程中東方作家的鄉土場〉（《吉首大學學報》，2006 年 5 月），宏觀視野擴及日本、韓國，甚至是印度的邊區文學，可惜並未及於臺灣鄉土文學。大陸邵明〈何處是歸程──新鄉土小說論〉（《晉陽學刊》，2006 年，第 3 期），以及許玉慶〈獨特的形式，獨特的世界──從《馬橋詞典》、《上塘書》、《水乳大地》看當下新鄉土小說的形式探索〉（《宜春學院學報》社科版，第 28 卷，第 1 期，2006 年 2 月）二文從城鄉敘事空間、文化價值立場的游移、傳統與價值的融匯與擺盪等切入鄉土文本樣式，對於本書進行審視／思考新鄉土定義，皆有間接參考價值。

2.相關議題部份

(1)地方概念與空間學。言及「鄉土」議題，大都是從空間政治學的觀點出發，「鄉土」意味著在臺灣的社會與歷史的脈絡中「被安排的一種空間結構」。然而定義鄉土，終究要正視「地域色彩，景觀渲染」的鄉土特色，因而有關地方概念與空間學亦為重要的參考概念。本書所乞靈之地方與空間專著：Tim Cresswell 原著，徐苔玲、王志弘譯，《地方：記憶、想像與認同》（台北：群學：2006），該書所定義之地方（命名與根著）與空間（流動與開放）概念，足資參考。諾伯舒茲（Norberg-Schulz）著、施植民譯，《場所精神——萬向建築現象學》（台北：田園城市文化，2002 年）。加斯東‧巴舍拉（Gaston Bachelard）著、龔卓軍等譯，《空間詩學》（台北：張老師文化，2003 年）。另夏鑄九、王志宏等編譯《空間的文化形式與社會理論讀本》（Reading.In Social Theories and The Cultural from of Space）（台北：明文，1994）有關空間形式表現了物質化、文化、經濟、政治的過程種種空間論述，浥注極多。另「重返鄉土」如果等同是一種烏托邦行旅或桃源遊觀的美學實踐，則有關行遊概念的解讀、神遊詮釋與文學想像，似也可以提供另一種烏托邦話語與戀戀鄉土情結的思維圖像。郭少棠《旅行：跨文化想像》（北京：北京大學，2005）一書或可賦予觀察新鄉土小說中有關「位移」、「位置」這些概念的新視域。

(2)有關文學書寫世代研究概念：蕭阿勤三篇文章：〈民族主義與臺灣一九七〇年代的「鄉土文學」：一個文化（集體）記憶變遷的探討〉（《臺灣史研究》6 卷 2 期，2000），頁

77-138。〈世代認同與歷史敘事：臺灣一九七〇 年代「回歸現實」世代的形成〉(《臺灣社會學》，第9期，2005)，頁1-58。文中提出世代研究的概念與理論，對於本書援用「世代」作為分析概念頗有助益。另有〈臺灣文學的本土化典範：歷史敘事、策略的本質與國家權力〉(《文化研究》創刊號，2005/9)，頁 97-129。本書「新鄉土小說」的研究與關注，因而也擴及臺灣本土化中有關知識建構或文化再現的重要議題。

(3)另本書論述有關新鄉土敘述的轉向，雖未必以烏托邦原典及相關理論為依附，然作為深化詮釋與開拓視境的研究助力，不可否認的鄉土作為書寫題材，自有其隱露的「時間意識的遺民」與「空間地景的幻設」等烏托邦情結，故而有關烏托邦理論之資料也列為參考，這部份是以西方論著為側重，除了湯馬斯‧摩爾（Thomas More）著、宋美瑋譯《烏托邦》之外（台北：聯經，2003），如詹姆遜（Fredric Jameson）著、王逢振主編《批評理論和敘事闡釋》（北京：中國人民大學，2004），書中〈論島嶼與壕溝：中立化與烏托邦話話的生產〉一文提出「意象和文本兩種語域所具有的二重性」，對於本研究所假設之「新鄉土」或作為「農村的烏托邦」、「記憶的童話空間」，或想像的或實存對照之理想地域等問題意識，足資參考。另卡爾‧曼海姆（Karl Mannheim）著、艾彥譯，《意識形態和烏托邦》（北京：華夏，2001）把烏托邦劃分為「與空間有關的願望」和「與時間有關的願望」二類，用以解說人類的各種渴望形式的一般原理，對本書探討「回歸鄉土」是否源於「對時鐘權

威與地籍圖誌專制性的抵抗」之論辨思路亦有助益。彭小妍《超越寫實》（台北：聯經，1993）中轉化及借鑑西方烏托邦文學的內涵與視野，亦多啓發。

二、研究方法

邏輯本是吾人思維的法則，它能保證我們「言有序」，即使人文學術本沒有絕對的詮釋確當與否，但藉由研究進程與理論推衍，卻可以在論述系統內求其邏輯的完整與一致，而後再加上史料的信度與效度，獲致相對客觀的有效性。本書即依據議題的重要關鍵詞，作爲梳理與論證的軸心——鄉土、世代、時代、民俗儀典、頹廢美學、地方空間、烏托邦意識。研究進程大致可以分從三個方面進行：

其一：乃是從「鄉土文學的歷時性演變過程」來理解。「鄉土」一詞向有其多義性，面貌歧異而紛繁，有時甚至被誤解爲褊狹的地方主義。因此，首需統整、歸納學界對於「鄉土文學」的形名定義，而後再賦予學術語詞較嚴謹的定義，達成對鄉土文學的始源梳理與文類認證。

其二：必須辨識「足堪代表新鄉土小說」的作品，進行文本的檢索與閱讀，並溯及前期鄉土小說的重讀。藉由文學作品的鄉土敘述模態，作爲探勘的場域，方有助於理解並完成「新鄉土小說」的界定與內涵。

其三：則可以從「理論分析的角度」來進行論述脈絡與理路。誠如諾思洛普・弗萊所言：「文學作品是『沈默的』，而理論批評

卻可以而且必須『講話』。」(《批評的剖析‧緒論》)是以,必須採用一種特殊的概念框架來論述新鄉土小說。茲析論如下:

(1)對作品進行世代的分類。首先區分老、中、青三代作家,惟三者的區別雖是相對的,其間卻存有一些過渡的類型,自成另一網絡。不同世代的文學作品之間自有獨創性與承繼性的辯證關係,亦即有文學類型規律化和變異性的現象。此處有關世代概念,參考依據的雖是 Robert Escarpit 著、葉淑燕譯《文學社會學》裡「世代同儕」與「世代的交替律動」概念,[29]唯「世代」概念寬泛而多衍義,本書的「世代」定義大致以「特定年齡層的人群」為取向,並不強調「世代概念」中處於特殊歷史時期的人們,來界定世代。就目前所知,學者(如范銘如、李瑞騰等)大都採以二十世紀七〇年代出生,有創作實績,並能引起廣泛關注的一批作家,稱為「新世代」,如甘耀明(1972–)、王聰威(1972–)、高翊峰(1973–)、許榮哲(1974–)、伊格言(1977–)、童偉格(1977–)、張耀升(1975–)、李儀婷(1975–)等。所謂新世代當然只是便於作為學術研究的大體稱代,實則應可適當延伸,如范銘如即將袁哲生(1966–2004),作為該潮流的領銜人物。[30]

(2)「現代」概念的再思索。所謂現代即意指「最近的」,用於

---

[29] 羅伯特.埃斯卡皮(Robert Escarpit)著、葉淑燕譯《文學社會學》(臺北:遠流出版社,1990 年)。

[30] 范銘如〈輕‧鄉土小說蔚然成形〉:「這股新興勢力由五年級中段班的袁哲生領銜,六年級的吳明益、甘耀明、童偉格、伊格言、張耀升、許榮哲等為主力,共同開創出一種輕質的鄉土小說。這種文學跟七〇年代或更早期鄉土小說貌合神離。」收於《像一盒巧克力——當代文學文化評論》,頁 175。

口頭語則意味著技術上的先進和高度城市化的社會狀態。且乞靈於弗萊（Northrop Frye）《現代百年》裡的「現代」概念：[31]除了作為歷史術語、文化術語之外，「現代」同時也作為一個「描述性的術語」，指陳某個歷史階段。當今這個時代是一個號稱「革命和嬗變」的時代，其最明顯的特徵就是一切過程都在加速運轉當中，時代的巨變不僅產生了新的日常生活結構，也為現代人提供了一種新的經驗基礎。以此聯結至劉勰《文心雕龍‧時序》所言：「文變染乎世情，興廢繫乎時序。」本書以「臺灣新鄉土小說書寫風貌」為題，重要關目即為「世變中的文學」之思索。其中「世變」或有二義：一為政治、世局之鉅變，一為文化、世情之潛變，而俯仰其間的作家自應有所感應，所謂「凡一代有一代之文學」，不僅意味著世變鉅力與文變生成有著千絲萬縷的纏結，然而攸關文學之變的成因，當然也涉及文學自身的進化規律與作家本身的情性才資。援此，從現代概念出發，即可展開二種面向的思索：一、值此別來滄海之際，前世代與新世代創作主體對鄉土情感的跌宕起伏中，所生發新鄉土書寫中「鄉土的虛幻化」與「鄉土的多元化」問題。二、當今學界重審昔日臺灣文學「翻譯西方」的問題，然則進入現代化國際觀的今日──姑且稱之為是「美國化」的時代中，英語即使不是作為第一語言，也是作為第二語言的時空情境中，為數不少的新世代寫家所發揮屬於在地、本土的，而非中心化的文類現象，是否也代表一種走向「純化」（母語文化）語言的努力，亦即是對國

---

[31] 弗萊（Frye, Northrop）著、盛寧譯《現代百年》（香港：牛津大學出版社，1998年）。

際化現代的一種抵制？抑或是一種另類追求異化的刻意逆勢操作？

(3) 藝術符號與美學表現。新世代鄉土文學中每每充溢大量民俗儀典元素，如童偉格《無傷時代》裡大量鄉土形象、反覆召喚鄉土記憶與祭儀信仰；甘耀明《神秘列車》、《水鬼學校和失去媽媽的水獺》中客閩族群的民俗、祀典與奇譚，論者雖認為是承襲自前行代的「鄉土文學」(楊照，〈「廢人」存有論──讀童偉格的《無傷時代》〉)，然若就世代藝術思維和表現方式的風潮而論，挪借可資辨識的元素而還魂鄉土，似也可指歸於藝術符號觀點，亦即是具有表現概念與具有一種構形的功能。由是也可以將新世代的書寫手藝，視為一種由儀式→神話→藝術的「表象性符號」的表現美學。[32]

(4) 頹廢書寫的美學形式。當新鄉土小說走向問題化而非主題化時，明顯可見新世代鄉土書寫中攸關頹廢美學的幻念、夢魘與憂慮重重的噩夢，如黃春明《放生》中被棄置在鄉間的老病畸零人，他們總是從事一套「望子早歸」的例行程序：捉放「田車仔」、練就打蒼蠅的好武藝、排隊購票等。童偉格《王考》、《無傷時代》、許榮哲《ㄩˋ一ㄢˊ》裡則或藉著「無知無能」的「手足無措」，或藉著「路上的闖盪與浪遊」，演繹一種「成長的荒誕」，頹廢概念幾乎貫穿新鄉土書寫而成為一種表現形式。另九〇年代後作為一個重

---

[32] 見蘇珊・卡納斯・朗格 (Susanne K.Langer) 著，劉大基、傅志強、周發祥等譯《情感與形式》(台北：商鼎文化出版社，1991)。

要臺灣小說人物形象的即是「廢人」。黃錦樹所謂「廢人」乃始源於龍瑛宗〈植有木瓜樹的小鎮〉裡的陳有三。且循著廢人系譜考述，則作爲「自閉淡水十年的紀念碑」——舞鶴〈悲傷〉一文中的「廢人」，當允爲眞正的承繼者，而循著系譜下探，一路來到了童偉格小說中諸多「努力做個無用」且「無傷」的廢人群落。透過書寫「廢人」價值、「無傷」哲學、失敗「畸人」，這些荒蕪而萎頓的生活表象，其實是想對生活作出更深層次的把握。「頹廢」（decadence）一詞若尋溯拉丁詞源（decadentia），或可詮釋爲關乎「時間的破壞性和沒落的宿命」之主題。[33]當「頹廢」作爲（後）現代的一種面貌時，身處（後）現代情境中的新銳作家，其所受到時尙風習浸染尤烈，是以從頹廢概念也可以規模出新鄉土書寫的一種現代性審思。

(5)烏托邦意識與空間學：這部分將適度援用烏托邦敘事性與中立性話語的理論，來檢視作者主體意識的指向性與寓意性。另一方面當地圖作爲烏托邦書寫中的權力／知識的工具時，也正意味著作爲人的心靈可以自由地詮釋「經驗的世界」或「想像的世界」裡的「空間概念」。則「空間理論」與「鄉土文學批評」，勢必有非常緊密的關鎖。所謂「我們的世代是空間帶給我們的，是基地間的不同關係形成的世代。」傅寇援此所區分的三種空間：「眞實空間」、「虛構空間」與「異質空間」，[34]頗能援借以處理新鄉土老中青三代，

---

[33] 卡林內斯庫（Calinescu, Matei）《現代性的五副面孔》（北京：商務出版社，2002），頁161。

[34] 參見米歇·傅寇（Foucault, Michel）、陳志梧譯〈不同空間的正文與上下文（脈絡）〉，

所分別呈現經驗或想像、記憶透視中的空間和地方。至於鄉土書寫中「對過去的濃烈鄉愁」、「再也回不去了」、「童年／農村烏托邦」；或透過重新記憶和批判式的重構、或寫現代性時間裡的生命孤絕本質、社會倫理關係的遊移、主體或荒謬或頹廢的存在姿態等等「時間意識」，也都可以納入空間的討論，而成為「經驗空間中的時間」（空間化的時間）議題。[35]

本書擬將「世代」與「時代」作為鄉土文學研究的一個特殊視角，茲就九〇年代以降鄉土小說整體的觀測上，來把握「新鄉土」小說書寫類型的共性及演變規律，論述操作時並不把新鄉土作品孤立而觀，而是將之置於整個文學網絡中，從宏觀上來處理，因此除了從鄉土論述義涵、敘述模態、書寫美學出發，進行作品的分析研究外，世代書寫與文類衍異種種，更是考察的重點，循此，本書將突破一兩種文學作品的界限，而試圖精準把握新鄉土小說的總體輪廓，俾能開拓出鄉土文學的另一種學術研究思維。全書章節架構將依論述進程，先從「鄉土」語境的詮釋脈絡，說明「鄉土」書寫與「鄉土」語境嬗變的關聯性，繼而探論新鄉土小說中有關鄉土空間的三種敘述模態。再就世變與時變中，鄉土老將行經傳統鄉土文類的共性及演變規律後的書寫新貌。最後則藉由透視作家書寫鄉土經驗所演化的空間感與地方感，援此而入探多元演繹的文本鄉土空間的結構與意義。

收入夏鑄九、王志弘編譯，《空間文化形式與社會理論讀本》（臺北：明文出版社，1999年），頁 399–409。

[35] 參段義孚（Yi-Fu Tuan）著，潘桂成譯《經驗透視中的空間和地方》（臺北：國立編譯館，1998年）。

第二章 「鄉土」語境的衍異與增生：
臺灣新鄉土小說的論述與形構

本章節的論述重點，在於從「鄉土」語境的衍異與增生中，探勘新鄉土於承續與衍異中的書寫形構。九〇年代以降所描寫「鄉土體驗」的文學意義，以及描寫「鄉土意義」的文學體驗，均可說明「鄉土」書寫與「鄉土」語境的嬗變攸關。所採取的研究方法，也擬借鑑文學社會學，以此作爲鄉土文學研究的觀察視角，以期在新鄉土的形成因素分析及其表現形態的概括中展開論述，形成對九〇年代以降鄉土小說的觀察與解讀。而作爲書寫者想像或經驗透視中的鄉土，也必然附著於文學地理景觀的「空間」意識，地方與空間相互交錯的定義，因而作爲論述的線索與憑藉；再則既稱爲「新」，即標誌了一種斷裂或一個階段的變化性書寫特質，當新鄉土書寫中反復出現「進步」與「異化」的時代議題時，現代美學中諸如頹廢、怪誕等概念，自也是本章節重要的論述取徑。

第一節 鄉土書寫的嶄新與多元

「人情同於懷土兮，豈窮達而異心」，說明鄉土情懷是人們心靈的堅實底蘊。所謂鄉土書寫除了是自身書寫的延伸外，也兼及在文學作品裡賦予不同意義的空間意識，反映了人與空間、人與流動性的關係。「鄉土」作爲啓動作品敘述的泉源與媒介，與「背景」、「地方」、「空間」、「土地」的意涵，頗多互涉，然而在現實

上，鄉土並非固定的所在，因而有虛無化與含混化的傾向，即便如此，在「鄉土」的象徵意義中，終究指涉了個人、群體和全民族所定義的「家園」，也標識書寫者的「身份認同」位置，而所謂「認同」又與自我主體建構、人我網絡的形塑關係密切。

檢閱三〇年代至八〇年代臺灣鄉土文本景觀，如二、三〇年代的「抗日反殖」思想，五〇年代嫁接至「中國性」的確認，六、七〇年代的「反美帝」基調，或八〇年代根著於「臺灣意識」等眾貌，雖見「鄉土」語境，歷經以「中國」作為原鄉圖象／精神鄉土，以迄「臺灣」作為故鄉視景／實質鄉土的幾度迻異，然而書寫屐痕大致接續日治新文學左翼傳統，在展現「抗議與控訴」的鄉土精神大纛下，作家襟懷多觸及「土地和小人物」，念茲在茲者則為「庶民關懷」與經濟結構中的「階級剝削」。其間鄉土小說名家，歷歷有人，上自「勇士當為義爭鬥」的賴和、「人道社會主義者」楊逵、「書寫原鄉與大地，超越貧病悲劇」的鍾理和，下迄「譜寫臺灣史詩大河書」的鍾肇政、「最會說故事的說書人」黃春明、「以嘲諷和多元語言，演繹人生悲歌」的王禎和、「擁抱草萊，觀照農村」的宋澤萊、「描寫跨國經濟霸權的最強音」陳映真等等，皆有殊異而熠耀的鄉土書寫表現。

惟鄉土小說作為臺灣本土與地域色彩濃稠的文學類型，在書寫風潮日盛之餘，難免有「類型化」的固態模式，是以七〇年代鄉土論戰所帶動鄉土文學創作高峰現象，持續至八〇年代末，後繼者既難以超越前行者，又囿限於文類窠臼，遂招致喧嘩眾聲，如楊照即總結八〇年代臺灣小說：「被收編後的『鄉土寫實』小說，其『文類惰性』（Generic inertia）愈來愈明顯，許多大量生產

出來的作品只是套襲同樣的模式。」[1]王德威也直陳鄉土書寫的癥結:「一味舉行某種主義的作者與評者,難免有劃地自限之虞,……逐漸溶入(官方)主流敘事典範。」[2]邱貴芬則認為鄉土文學的「階級」敘述漸失批判顛覆能源,且「鄉土」逐漸被收編為現代化社會懷舊的消費。[3]學界的評斷如此,返觀八○年代經濟起飛,商業化都市形成,城鄉差距逐漸消弭後,懷舊的鄉土小說日趨式微,而「都會性格強烈的作品躍升為主流」的文學現象,[4]確然為所趨之大勢。然則鄉土書寫果真成為「一種逝去的文學」?

值得關注的是,若以十年斷代來粗疏標誌臺灣各階段的外顯文學表現方式,則論者所指稱八○年代為「都市文學」的階段,恰巧坐實了在文學發展進程中早已浮露的「鄉土」座標的游移與跨越。諸如來自創作者本行的文學觀察:「早在以鄉土文學為顯著標示的七十年代臺灣小說發展進程之初,『城市』或『都市』早已是作家急於認識反省和嘲諷的主題。」[5]鄉土小說與都市小說本存有互涉的模糊地帶,昔日鄉土書寫「鄉下人進城」的情節,早已預告了從「鄉土」(指相對於城市的「農村」)轉為「臺灣本土」

---

[1] 楊照〈從「鄉土寫實」到「超越寫實」──八○年代的臺灣小說〉,收於封德屏主編《臺灣文學發展現象:五十年來臺灣文學研討會論文集(二)》(臺北:行政院文化建設委員會,1996),頁146。

[2] 王德威〈典律的生成──小說爾雅三十年〉.《聯合報》副刊,1997.12.27。41版。

[3] 見邱貴芬〈翻譯驅動力下的臺灣文學生產── 1960–1980 現代派與鄉土文學的辯證〉,收於陳建忠等合著《臺灣小說史論》(臺北:麥田出版社,2007),頁200。

[4] 參見李順興〈「美麗與窮敗」:七○年代臺灣小說中的農村想像──兼論鄉土文學的式微〉,收於陳義芝編《臺灣現代小說史綜論》(臺北:聯經出版社,1998),頁273-299,以及莊宜文《中國時報與聯合報小說獎研究》,(桃園:中央大學中國文學系碩士論文,1998),頁191。

[5] 張大春〈當代臺灣都市文學的興起──一個小說本行的觀察〉,收於瘂弦等主編《四十年來中國文學》(臺北:聯經出版社,1997),頁165。

的文學新局。因此八〇年代李潼〈恭喜發財〉一文，敘說小說人物羅有田與陳恭喜脫離鄉土而投身於商業都會之後的身心大剝離，[6] 已然表顯為一種跨越性的小說類型，介於後期鄉土與都市小說之間，因而被視為「後期的鄉土小說」雛型。[7]

　　一九八七年解嚴後，「眾聲喧嘩」論調的鳴放，加之政治政策的改變，本土意識抬頭，皆使得文學內外生態丕變。且就文學與世變的關係而言，因運本土文化政策與地方文史工作的推展，[8] 作家創作素材的汲取自然有了新變；再就文學與創作集群而論，在新的美學觀念導向下，書寫的風格、語言、技巧手法上也日趨豐繁而多元，是以「鄉土」作為一種書寫題材，在鄉土作家筆下也有新的論式與樣貌，如宋澤萊早期撰作《打牛湳村》（1978）系列中包羅萬象的臺灣農村圖景，不僅幻化為遍地公害，濃煙與瓦礫漫天蓋地的《廢墟臺灣》（1985），更一躍而為惡魔附身的《血色蝙蝠降臨的城市》（1996）。鄉土小說家結合神魔的書寫美學，顯見作者的關懷面已由鄉村城鎮而至臺灣全島，甚至更臻時空的激增擴散。

　　值此文學代際更迭，「世變與維新」流風所及，一九九〇年伊始，運用本土元素或鄉土題材的作品，陸續且大量地在幾個重要

---

[6] 〈恭喜發財〉獲 1987 年第十屆《中國時報》文學獎短篇小說評審獎，後收於李潼《屏東姑丈》（臺北：遠流出版社，1991），頁 35-61。

[7] 參莊宜文《中國時報與聯合報小說獎研究》，（桃園：中央大學中國文學系碩士論文，1998），頁 74。

[8] 諸如地方文化中心、文化局的設立，地方文學獎的舉辦、文建會與地方文史工作者所推廓的區域論述等。有關九〇年代政治、文化政策與文學潮流的緊密關係，范銘如〈後鄉土小說初探〉一文論述甚詳，收於《文學地理：臺灣小說的空間閱讀》（臺北：麥田出版社，2008），頁 254-260。

的文學獎競賽中脫穎而出，更皆展拓鄉土小說的敘述美學。[9]其中緣自新世代「鄉土身份」曖昧性而來的一種類乎想像性的鄉土文本／藝術國度，非盡如前輩的眞實鄉土經驗，使「鄉土」一詞轉義爲「差異感」的書寫，那是來自於現代世界的科技、物質、文明，而產生對時間的一種新認識——面對一個不斷後退的過去，而被拉向一個未知的將來的「焦慮」。

　　循此，有關九〇年代鄉土書寫，因而有寓開新於既往的研究起點，如邱貴芬、劉亮雅等，即透過女性身份與地方、創傷記憶的糾結，而關注女性鄉土小說形式上的創新。[10]郝譽翔、李瑞騰、周芬伶、范銘如等，則分別名之爲「新世代鄉土」、「新鄉土」或「後鄉土」，用以概括九〇年代以降臺灣鄉土小說的總體現象。如郝譽翔標示六年級寫家筆下類乎想像與象徵的「土地」書寫；[11]李瑞騰則肯定新世代書寫鄉土的視野與關懷；[12]其中周芬伶以一九七七年鄉土論戰爲界，區分前爲鄉土小說，後則爲後鄉土小說，並指陳「是延續鄉土文學論戰前的寫實文體」，又論及「解嚴之後

---

[9] 1990 年，凌煙以本土歌仔戲爲題材的長篇小說《失聲畫眉》獲「自立晚報」百萬小說獎後，陸續有姜天陸〈夜祭〉（1992，聯合報第 14 屆短篇小說獎）、蔡素芬《鹽田兒女》（1993，聯合報第 15 屆長篇小說獎）、陳淑瑤〈女兒井〉（1997，中國時報短篇小說獎）、袁哲生〈秀才的手錶〉（1998，中國時報短篇小說首獎）等鄉土小說創作。2000 年以後，則有吳明益〈虎爺〉（2001，聯合報短篇小說大獎）、童偉格〈王考〉（2002，聯合報短篇小說大獎）、甘耀明〈伯公討妾〉（2002，聯合報短篇小說評審獎）等，囊括各種文學獎項。

[10] 分見邱貴芬〈女性的「鄉土想像」——臺灣當代鄉土女性小說初探〉，收於梅家玲編《性別論述與臺灣小說》（臺北：麥田出版社，2000 年），頁 119-143；劉亮雅〈鄉土想像的新貌：陳雪的《橋上的孩子》、《陳春天》裡的地方、性別、記憶〉，收於《中外文學》37 卷 1 期（2008.03），頁 47-79。

[11] 見郝譽翔〈新鄉土小說的誕生：解讀六年級小說家〉，《文訊》230 期（2004.12），頁 25-42。

[12] 李瑞騰自 2007 年始，對新世代文學創作現象（詩、散文、小說）即持續關注，並有系列新世代作家如伊格言、童偉格等作品個論，發表於《幼獅文藝》（2007.10），頁 8-11、（2007.08）：頁 8-11。

受後設與魔幻寫實主義影響的可視為新鄉土」。顯見新鄉土與後鄉土之間頗有交疊與糾纏。[13] 范銘如則以「後鄉土」一詞指稱九○年代中期以降經歷後學（後現代主義）思潮洗禮的鄉土小說，並臚列四種後鄉土新內涵（寫實性的模糊、加強地方意象與區域性、多元族群與生態意識的增加）。[14] 范文間接促生並拓展傳統鄉土文學的研究範疇，初步建立了後鄉土理論體系。

　　上述國內研究概況，對鄉土文學的界定與內涵，多所增擴，對於後繼研究者，頗多啟迪與挹注。然而相關新鄉土作品的文體建構、觀念形態、書寫美學的形式研究，以及全面而系統性的理論研究，畢竟尚多值得續作處理。

　　九○年代以降所描寫「鄉土體驗」的文學意義，以及描寫「鄉土意義」的文學體驗，不僅見證了「鄉土」書寫或隱褪或新化的進程，也說明「鄉土」書寫與「鄉土」語境的嬗變攸關。「語境」一詞（context）（或譯「上下文」、「關聯域」、「脈絡」）原為語言學術語，轉用於文學批評則因其涉及詞語乃至作品的意義理解問題。[15]「鄉土」既作為本論文最關鍵的研究範疇，勢必被脈絡化而置入社會、政治和文化的背景裡，方能考掘「鄉土」義涵所反映

---

[13] 周芬伶〈歷史感與再現──後鄉土小說的主體建構〉，收入《聖與魔──臺灣戰後小說的心靈圖像（1945-2006）》（臺北：印刻出版社，2007），頁 122-124。

[14] 范銘如〈後鄉土小說初探〉，收入《文學地理：臺灣小說的空間閱讀》（臺北：麥田出版社，2008）。

[15] 狹義「語境」乃指：「在話語或文句中，位於某個語言單項前面或後面的語音、詞或短語」；廣義則指：「話語或文句的意義所反映的外部世界的特徵」。相關解說參見（英）哈特曼（R.R.K. Hartmann）、斯托克（F.C. Stork）著、黃長著等譯《語言與語言學詞典》（上海：上海辭書出版社，1981）以及王先霈、王又平主編《文學批評術語詞典》（上海：上海文藝出版社，1999）。

的外部世界的徵候，易言之，「鄉土」語辭必須在相對於現代、工業、都市、殖民等概念下提出，方不失卻鄉土作為一種「方法」、「價值」與「立場」的歷史性意義。總此，「鄉土」不僅將成為本書的研究對象，也將作為一個新的理論視角，嵌入臺灣文學史之中，藉資考察作家所含藏「鄉土」之視野與策略的書寫現象。本章節所採取的研究方法，即從「鄉土」語境的衍異與增生，作為鄉土文學研究的觀察視角，以期在新鄉土的形成因素分析及其表現形態的概括中，形成新鄉土小說的觀察與解讀。而作為書寫者想像或經驗透視中的鄉土，必然附著於文學地理景觀的「空間」意識，因此將取徑於人文地理學理論；再則既稱為「新」，即標誌了一種斷裂或一個階段的變化性書寫特質，當新鄉土書寫中反復出現「進步」與「異化」的時代命題時，現代美學中諸如頹廢、怪誕等概念，自也是重要的論述觀點。

第二節　臺灣「鄉土」語境的詮釋脈絡

對「鄉土」固然有不同丈量的詮釋義涵，但人們所生發的鄉土情懷，以及對於鄉土附著性的強烈程度，近乎把自己的鄉土視為世界的中心。一如從「中心感」出發，而作為宇宙結構的焦點──「家」的概念般，「鄉土」的重要意義與價值，也是基於以「人本」為中心的一種主觀意識下的地方概念，而非特定地理區位的地方概念。[16] 準此，所謂文學文本中的鄉土，顯然也是一種主觀情感與思想的混合物，乃是作家透過想像、理解或集體記憶，而表

---

[16] 參段義孚（Yi-Fu Tuan）著，潘桂成譯《經驗透視中的空間與地方》（臺北：國立編譯館，1998），頁 143。

徵所嚮往的一個形象化空間。這個以形象化所顯影的空間，除了可以視爲作家個人的意識投射，也可作爲某種特定時空環境下的一種集體想像物。不同的作家，固然有不同的想像心靈，不同的時代社會，也會有不同的「鄉土」美學符號與言說方式，加上臺灣的「鄉土」向與「本土」、「國土」的名義，多所糾葛，因此，在臺灣文學裡的「鄉土」語境，勢必被植入各階段不同的社會、政治和文化背景，藉由觀測鄉土語境的移轉與置換，考察其間所隱含「世變與文情」的文學現象，進而探勘新鄉土於承續與衍異中的書寫新貌。

　　現當代臺灣鄉土文學所產生的歷史意義並非是孤立的。就臺灣鄉土小說的興起而觀，則源自於臺灣從移民社會到被殖民情境的歷史命運，是以，當論及「鄉土」的詮釋，勢必無法迴避「父祖之鄉」（中國鄉土）與「成長之地」（臺灣鄉土）的探流與沿波。然而「鄉土」的意義，除了是有所來處，因而有所歸屬外，在農業文明轉向工業文明的過程中，作家踐跡鄉土的書寫，實鳩合著人類面對時空差異、傳統萎頓等複雜的情態與樣貌，因此臺灣鄉土小說也可以認定是現代性的一種文學體驗。以下且循著現當代文學鄉土書寫的兩大系統，試著簡要梳理臺灣鄉土文學系譜：[17]

　　一是以「啓蒙意識」爲導向，或可稱爲「鄉土寫實（批判）

---

[17] 有關中國鄉土書寫的源流發展，可參丁帆等著《中國鄉土小說史》（北京：北京大學出版社，2007），以及陳建忠〈文學來自土地：鄉土小說面面觀〉，載於《幼獅文藝》588期（2002.12），頁58-70。其中《中國鄉土小說史》將「鄉土寫實小說」媒合五四以後「人生派小說」，而將「鄉土浪漫派小說」連結至獨具創作個性與美學風格的京派小說（頁29-111）。必須說明的是，本文所採以鄉土書寫兩大系統，原是就現當代鄉土文學全景視野而發，實則兩岸鄉土文學各自的發展規律與民情環境差異等，諸多不可共量性，關於兩者間之對應或依違關係，本書礙於篇幅，尚難照應周全，或待另文專論。

派」，早期作家如魯迅、王魯彥等，作品表現西方現代文明與傳統文化衝突下，鄉土社會的崩潰和農民精神的荒漠化。鋪陳「原鄉幻滅」的情節，以及對「人種退化」的焦慮，此即魯迅之所以始終聚焦農村，藉開掘歷史和國民性的幽蔽，以達「立人」的郅境。另一個鄉土派則是帶有「鄉愁意識」，或可稱為「鄉土寫意（謳歌）派」，初期代表作家為廢名、沈從文、汪曾祺，作品時見審美主體的涉入，大都從鄉土視角帶出邊緣與異質文化，例示真淳樸直、人神同在的悠然自得。

「魯迅式」書寫，表現啟蒙者對鄉土經驗的再認識，臺灣二、三〇年代的鄉土作家如賴和、呂赫若、張文環、楊逵等釋憤抒懷的鄉土之作大致趨近「鄉土寫實（批判）派」。他們的鄉土書寫來自於一個相對的「外在威脅」（日殖情境），鄉土的界址並非是故鄉或農村，而是「臺灣社會」，作家筆端漫溢文學的社會寫實性或政治批判性，「鄉土」乃指涉臺灣意識裡的「現實社會」。五、六〇年代另有朱西甯、司馬中原等人，以出實入虛的手法，書寫倉皇辭鄉後的思故土諸作，論者稱之為『「想像的鄉愁」最深沈的一面」。[18] 懷鄉作家對鄉土的興寄，則是藉觀看人性原風景而搬演「中國鄉野景觀」。其後七、八〇年代陳映真、黃春明、王禎和聯合出擊的一系列「殖民經濟小說」，[19] 大體是「反西化」、「反帝」、「反買辦」鄉土論述修辭的創作實踐，「鄉土」的符碼，因此乃作為「政治實體」與「國族」，嵌合著臺灣／中國民族意識。

---

[18] 王德威〈畫夢紀──朱西甯的小說藝術與歷史意識〉，收於王德威《後遺民寫作》（臺北：麥田出版社，2007），頁90。

[19] 呂正惠《小說與社會》（臺北：聯經出版社，1988），頁88。

　　至若浸染濃郁「地方色彩」與「風土人情」的「鄉土寫意（謳歌）派」，臺灣五〇年代鍾理和藉由「返與離」情節，重新認識及發現鄉土的《笠山農場》；六〇年代黃春明以懷舊、溫情，揭現鄉野民間美善價值的〈城仔落車〉、〈北門街〉、〈青番公的故事〉等，或可比擬為此派，然而上述諸文已呈現反思現代性與墾民地域性的衝突與價值困惑，顯然並非僅是反芻田園牧歌的「鄉愁情愫」，而是有其現實的關懷。

　　至於王禎和以冷眼鑑照鄉野人物的悲苦無告，如〈嫁妝一牛車〉、〈來春姨悲秋〉等作；李喬汲取生活經驗，書寫悲情大地、農村苦難的《蕃仔林的故事》系列小說；以及七〇年代洪醒夫再現農民普遍性生存境況與頑強生命力諸作，如《黑面慶仔》、《市井傳奇》等；宋澤萊《打牛湳村》系列傳達人民的土地經驗與拚搏掙扎的品格等，上述諸作旨在表現社會轉型期鄉土小人物的怨悱哀歌，以悲憫襟懷引渡出墾民素樸精神、道德理想主義、傳統文化與歷史記憶的鄉土書寫，則兼攝「寫實批判」與「鄉愁意識」的書寫譜系，關於「鄉土」的闡釋與指稱，顯然是「臺灣農村」。

　　九〇年代邁入多元書寫後，屬於學院派的多數新世代寫家，則挾帶著各式各樣的現代性話語返觀鄉土世界，所謂鄉土書寫雖也有承續，但更多的卻是新異，「鄉土」背後遙擬的是關乎「記憶」、「知識」與「想像」的地方意識。但當鄉土文學作為一種特定文類時，有關文類的內質與概念，即使有所演化，畢竟有其基本閾定，此即鄉土文學所蘊含認識論層面的「鄉土性」。費孝通嘗從「鄉土社會」的概念，作為探索中國基層傳統社會裡的一種特具的體系，而名之為「鄉土中國」，並論及每一個具體的社區都有它的一

套社會結構，各種制度配合的方式，藉此說明鄉土社會的特性。[20]
傳承農業文明的臺灣社會本就深具鄉土性，這是一個以農民與農
村為主體的傳統社區。

　　本文是以乞靈於費孝通所提出「鄉土本色」的概念，而歸結
出所謂「鄉土性」，大致以「附著於土地的墾民」、「富於地方性的
鄉土社會」、「以禮俗社會為基底的鄉土社會」為三大特色。[21]另「鄉
土社會」的前提既涉及「聚村而居」的空間觀念，有關人文地理
學者針對人和空間關係的不同，而劃分「實用空間」、「觀察空間」、
「存在空間」、「認知空間」等四類空間，[22]也有助於鄉土空間的概
念分析。總此取徑而入探臺灣鄉土文學所呈現「鄉土性」的特質。

　　墾民的生活根植於泥土大地，人與農具的關係極為親密，草
萊初闢往往是鄉土書寫的重要關目。是以鍾理和《笠山農場》、黃
春明〈青番公的故事〉等作，大多禮讚人和土地結盟的故事，即
使書及天地不仁，勞力無償的情節，也依舊歌頌勞動或群的歡愉，
小說中作為人文視覺的厚土大地，也自然被挪借為原鄉符號的經
驗體系。這樣的鄉土空間，近乎是一種藉由文化結構交織著寫作
者的觀念而形成的「存在空間」，亦即這是一個充滿社會意義的空
間。[23]鄉土儼然是一個價值觀念的象徵。因此小說中的「笠山農場」

---

[20] 本節有關社會的鄉土性觀點，參見費孝通《鄉土中國‧鄉土本色》（上海：上海人民出
　　版社，2007），頁 6-17。
[21] 本文所提煉有關社會的鄉土性觀點，分見〈鄉土本色〉、〈文字下鄉〉、〈再論文字下鄉〉
　　諸篇，收於費孝通《鄉土中國》（上海：上海人民出版社，2007），頁 6-22。
[22] 針對人和空間關係的不同劃分，人文地理學者將空間分為四種：實用空間、觀察空間、
　　存在空間、認知空間。資料參見克朗（Mike Crang）著，楊淑華等譯《文化地理學》（南
　　京：南京大學出版社，2005），頁 103。
[23] 見克朗（Mike Crang）著，楊淑華等譯《文化地理學》（南京：南京大學出版社，2005），

雖然是遠離時代政治風暴，[24]不受性別、地位、階級區分或歷史折磨的烏托邦，但它終究是座落在交織著各種現實因素的社會網絡裡，有著社會文化的牢籠與慣例。飽受「同姓不婚」之苦的主人翁劉致平遂只能以「離家出走」，來衝撞傳統家庭威權與婚姻禮俗制度。〈青番公的故事〉裡「歪仔歪」地方，也是作者黃春明寄予理想色彩和浪漫情懷，蘊涵價值觀念的「存在空間」。擁有頑強生命力，能聽到長腳稻粒結實的聲音，能看透「鬼靈精」麻雀的心思，把稻草人當作兄弟的青番公，儼然是「歪仔歪」的守護神與「土地倫理和族群歷史」的代言象徵。

　　九〇年代以後鄉土諸作，雖也仰賴人和土地的故事，但作為書寫載體，鄉土已轉衍為搬演童年記憶，或鄉情民俗、族群文化，甚至是家史國史共構的時空劇場。這個多元演繹「現代與鄉野」奇詭辯證的鄉土空間，近於根據作者的意向，以觀察者為中心的一種「觀察空間」，例示的作品有《ㄩˋㄧㄢˊ》書裡被作者主觀詮釋而塑造的「新鎮」——植基於「興建水庫」事件的現實，而作為海市蜃影的美濃；[25]又如朱天心〈古都〉援借「歷史視角」與「過客心理」，投射出「臺灣台北」與「日殖台北」兩個疊現空間；[26]更有李昂《看得見的鬼》，書中鬼聲啾啾、幢幢魅影，穿梭曲巷街廓，盡覽鄉野性事。作者以臺灣女鬼列傳瑣記地方志，即藉助

頁 103。

[24] 見葉石濤〈新文學傳統的承繼者——鍾理和〉一文：「他在《笠山農場》裡把日本人關在門外，塑成了一座遺世獨立的山間農場，紀錄了那農場裡悲歡離合的動人故事。所以在《笠山農場》裡看不到臺灣新文學作家的共同主題：民族的矛盾，也就是臺灣民眾反抗日本統治的故事。」收於《展望臺灣文學》（臺北：九歌出版社，1994），頁 57-78。

[25] 許榮哲《ㄩˋㄧㄢˊ‧自序》（臺北：寶瓶文化事業有限公司，2004）。

[26] 朱天心《古都》（臺北：麥田出版社，1997）。

「在人間的閒置與荒蕪，在人情無盡的荒清」裡出沒的魂魄，[27]
重訴／重溯作者記憶中的臺灣鄉土。

　　鄉土社區的單位是村落，所謂鄉土社會生活富於地方性，即
指鄉民活動範圍有地方上的限制，生於斯、長於斯，人口的流動
率小。常態的鄉土生活既是「終老是鄉」，於是乎農村即成了一個
沒有陌生人的「熟悉」社會。審視黃春明前後鄉土之作：〈溺死一
隻老貓〉（1967）、〈銀鬚上的春天〉（1998），這兩篇作品皆具有真
實與虛幻交構的鬼魅敘事色彩，主要情節恰巧媒合了有關地域的
「扞衛與闖入」之議題。小說中兩位主人公，一是作為鄉土扞衛
者，鄉野耆老之首的阿盛伯；一是作為鄉土闖入者，與村民「榮
伯」角色平行對照的陌生老者。阿盛伯為守護清泉村的「神聖空
間」——龍目井，而選擇以死殉道，卻終究難挽龍目井淪覆為現
代化游泳池的事實。主題關鎖的自是傳統與現代衝突對峙下的悲
劇，然而小說開篇參差對照出閉鎖山隅的「清泉村」和接壤都會
的繁華「街仔」，故事的引爆點是：「街仔人想來挖掉我們清泉地
的龍目」。[28]

　　鄉土社會的地方性，突顯的是住民的不流動性，就人和人在
空間的排列關係上來說，就是孤立和隔膜，不與其他區域有所交
通。這樣的鄉土社會，實際上即是「一個有疆界的地域」，並且是
具有排他性的地域，[29] 推廓而言，當「街仔人」（陌生人）挾著「現
代化」、「開發」、「進步」之名，行入侵之實時，阿盛伯等人即欲

---

[27] 李昂《看得見的鬼》（臺北：聯合文學出版社，2006），頁 202。

[28] 黃春明〈溺死一隻老貓〉，收於《莎喲娜拉・再見》（臺北：皇冠出版社，2006），頁 181。

[29] 有疆界的地域概念，參見邁克・克朗（Mike Crang）著，楊淑華等譯《文化地理學》（南京：南京大學出版社，2005）。

通過對清泉村這一領地的捍衛（控制），來「定義」村民身份並維護村民權益。因為清泉村之所以地靈人傑，仰賴的即是這口龍目井，所以不容外人奪掠與破壞。

另一篇〈銀鬚上的春天〉，小說裡的住民也是藉助區分「自己人」和「外地人」來相互定義與確認身份。小說中土地公廟旁乍然出現白鬚老公公，即引來孩子們的猜疑：「是誰的阿公？」「沒看過。大概不是我們這裡的人。」[30] 當孩子們確定老人不是村裡人時，不禁往後退了半步，表示一種「拒絕」與「排斥」。就地方形態學而言，鄉村地方全然不提供遊民或陌生人可能聚集而現形的那種空間，[31] 因為作為定居人群的鄉村公共活動場域，已然排除「當陌生人遇上陌生人」的意外或不合適的相遇場景。村童最後能接受陌生老者，是因為「好像看過他」——老人紅臉大耳，有銀白鬚鬢，貌似村童最熟悉的土地公。能以陌生闖入者之姿而獲得認同，正因為老人角色平行對應出村童所熟識的三位人物：自家阿公、土地公與長相日益貌似土地公的榮伯。

鄉土性的第三個特徵即是以「禮俗社會」作為社會基底。鄉土社群的組構是「有機的團結」：彼此生活一起，無須有具體目的，人際關係並非來自選擇。意即生活在被土地圍限的鄉民，平素交接應對都是親密而熟悉之人，彼此從熟悉感中即可獲致信任，是以服膺的是「從俗從習」的規矩，不似現代社會居群，大多由陌生人組構而成，屬於「機械的團結」，是為了完成某件任務而聚合，

30 黃春明〈銀鬚上的春天〉，收於《放生》（臺北：聯合文學出版社，1999），頁139。
31 參克瑞斯威爾（Tim Cresswell）著，徐苔玲、王志弘譯，《地方：記憶、想像與認同》（臺北：群學出版社，2006），頁182。

彼此之間的規約遂只能植基於法律。[32] 爰此而返觀鄉土小說，即便因外在時空潮流，鄉土經驗有其復歸或新變，然而有關人倫價值理念、禮俗慣習的觀照與反思，始終是鄉土書寫的重點。以鄭清文前後鄉土之作為例：〈最後的紳士〉（1984）[33] 與《天燈、母親》（2000）。

〈最後的紳士〉一文刻繪極力持守舊時代風尚與風情，而以一身舊款白色西服，表徵尊貴身份的紳士，終難敵擋時間滄桑與人情涼薄。小說中於今已不合時宜的「白色西服」，被設置為「一種觀看歷史的特殊媒介」，透過西服「物體」的時間性，建構了文本的時間座標，也指陳了時間的文化標誌。[34] 藉由「紳士」符碼，作者推衍出諸多昔日鄉土的「禮俗習慣」：殯儀送葬、女性言行美姿、博奕品格、商業道德、身份教養等等。小說除了暗暗觸及歷史情境（日殖時期），敘述也指向特定的空間——今與昔兩個舊鎮社會：

> 以前，他在街上走，全舊鎮的人，不向他行禮，也要讓他的路。那個人（指差點衝撞到他，並罵他「送死」的摩托車騎者），大概是外地來的吧。……也有人回頭看他，但大部份的人，都好像不關心。……他走過半截的街道，沒有碰到幾個熟人。（《鄭清文短篇小說選》，頁85）

---

[32] 參費孝通《鄉土中國·鄉土本色》（上海：上海人民出版社，2007），頁9-10。

[33] 見鄭清文〈最後的紳士〉，收於《鄭清文短篇小說選》（臺北：聯合文學出版社，1999），頁79-105。

[34] 參陳國偉〈被訴說的歷史主體——鄭清文的小說「物體」系〉，以「物體的存在與時間性」以論鄭清文小說。收於江寶釵等主編，《樹的見證：鄭清文文學論集》（臺北：麥田出版社，2007），頁68-75。

從街道路人的冷眼漠視、友人子女的生疏淡然，到家屋親人的疏離隔膜，在在透顯出追無可追，已然消逝的鄉景與鄉情。凋年荒景，人世浮轉，「時代不同了，人也不同了」，是以當紳士發現媳婦──在紳士喪偶後，儼然與「伴侶」角色平行並置的曖昧人物，也在改變時，這個作為最後人倫關係的蕩然敗壞，即予以紳士最致命的一擊。

　　《天燈、母親》一書譽稱為「文學家的童話」。[35] 小說依季節時序，以清雅篇章，展現農村風情風俗風土之美。論者每謂文本中的農村是作者「童年烏托邦」的重要時空，而臺灣農村更是作為鄭清文「永遠的故鄉」。[36] 小說鋪展「視覺性」的農村景觀，並進行修補／虛擬「人間而不人煙」的童年世界，極具特色之處，乃在於一個倫理道德框架之內，展演人與走獸、蟲魚、飛禽、草木，甚至是人與神鬼的和睦關係。文本中有關非理性色彩與異端精神，並未砌成陰森可怖、群魔亂舞的凶險鄉土，反而近乎一種「他方異鄉」的浪漫想像之物，這是因為人神鬼共構的鄉野景觀，自蘊含著一套兼涉土地情結與風俗人情的「鄉土倫理學」之故。[37]

　　小說藉由濫伐山坡林木，濫植檳榔果樹，造成村鎮土石洪潦，

---

[35] 李喬《採桃記・序》中言：「《燕心果》是小說家的童話，《天燈・母親》是文學家的童話，而《採桃記》是純淨的人的童話。」收於鄭清文《採桃記》（台北：玉山社出版公司，2004）。

[36] 陳玉玲〈論鄭清文《天燈・母親》〉，收於《天燈・母親》（臺北：玉山社出版事業有限公司，2000），頁207。

[37] 此處「鄉土倫理學」一詞，挪借自陳建忠〈神秘經驗的啟示與鄉土倫理的復歸──論黃春明小說中的人間、神鬼與自然〉，《臺灣文學研究學報》7期（2008.10），頁147-175。但有關黃春明與鄭清文兩位作家的鄉土書寫，實有其不同的美學範式與義涵。詳見本書第四章之論述。

災情波及祖墳墓園的情節，聯構出人間世與鬼國度，如何與土地
共存的生態問題與自然經驗；也藉著處理人（鬼）我交往，演繹
倫理信念，例如阿旺如何面對害死母親的仇人阿金伯、欺侮他的
童伴阿灶，如何與母親亡靈，重溫天倫之樂而不逾越幽冥戒律等
諸般情感體驗；小說中對於人與自然的互動，也頗多著墨，如阿
旺祖孫三代對待老邁耕牛的感恩之心，正熏染出農家精神的向
度。即如在村民與神鬼交融的鄉野氛圍中，彰顯的也並不是一種
敬神畏鬼的鄉野神秘經驗，而是人情義理的禮俗教化。小說中所
有出現的亡魂，如阿旺母親、三嬸婆、阿卿、阿庚叔、阿灶等，
都是阿旺曾經聽過或認識的人，這些芸芸眾鬼，都是村裡的前居
民，他們的死因，分別演述了農村男女與土地的故事，間亦帶出
傳統的生死果報觀與價值教化。故事末尾闡明阿旺「知道鬼也是
很可憐的」，所以阿旺覺得有責任去救贖這些不安定的亡靈。《天
燈、母親》所傳達人與鬼的新關係，正標示出人與人之間應該如
何共處和平的禮俗倫理關係。[38]

上述藉由小說「鄉土性」觀念的提煉，可以有效地整合九○
年代以降鄉土小說創作現象，而使得整體性的新鄉土小說的理論
引導與文類判斷成為可能，而歸結鄉土書寫的經驗與義涵後，即
可全面性地梳理臺灣文學「鄉土」語境的詮釋脈絡。

---

[38] 有關《天燈・母親》的神鬼書寫，可與作者另一篇鬼故事〈紅龜粿〉合觀。若依從「有
意圖的寓言」來看待《天燈・母親》處理介於活人與死者之間的交涉命題，則羅德仁
（Terence C. Russell）〈紅龜粿──鄭清文在鬼世界的正義使者〉一文，即從政治視
角而論及鄭清文作品的內涵：「學習一個重要的教訓，一種不斷調整自我與他人關係的
過程，……為了要在我們這一代以及前幾代解決一些未完成的事情，確有從現在跨越到
過去的必要，從人間此界到鬼域地界。」上述是為另一詮釋。見江寶釵等主編《樹的見
證：鄭清文文學論集》（台北：麥田出版社，2007），頁160。

　　「鄉土文學」一詞在臺灣七十年代中期大盛，其實遠在日殖時期，即有「鄉土文學」之名實，一九三〇年黃石輝〈怎樣不提倡鄉土文學〉一文，堪稱是臺灣鄉土論述的先聲。從三〇年代「言文一致」議題──爭辯「臺灣是／不只一個地方？臺灣話是／不只一種？」的臺灣話文論戰，[39] 以迄七〇年鄉土論戰所歸結鄉土文學論述路線：現實主義論（王拓）、民族文學論（陳映眞）及臺灣文學本土論（葉石濤）止，[40] 皆可嗅出「鄉土」與「政治」、「民族」的盤錯糾結，並以此開啓日後臺灣鄉土文學民族性與社會性的普遍要求。

　　蕭阿勤論及包括七〇年代陳映眞、黃春明、王禎和、楊青矗、王拓等人作品，若藉由一種中國民族主義的歷史敘事化過程，來彰顯象徵意義，則「不只是（臺灣）鄉土的，而且是（中國）民族的」，[41] 該文又論及「中國民族主義的『臺灣鄉土文學』敘述模式」，乃是基於「從臺灣到中國的歷程──從鄉土色彩追求民族風

---

[39] 黃石輝所言：「臺灣的文學怎樣寫呢？便是用臺灣話做文、用臺灣話做詩、用臺灣話做小說、用臺灣話做歌曲、描寫臺灣的事物，卻不是什麼奇怪的一件事。」黃文雖是以「勞苦的廣大群眾爲對象」的文藝創作理論宣言，實則已揭揚「中國話和臺灣話不同，所以用中國的白話文是不能充分地代表臺灣話」、「臺灣是一個別有天地，政治上的關係不能用中國的普通話來支配；在民族上的關係（歷史上的經驗）不能用日本的普通話（國語）支配」的鄉土文學功用，亦即所謂話文乃作爲政治與民族的區隔。而與黃石輝論戰的對立觀點也大致以「臺灣和中國直接間接有接的關係，⋯⋯希望臺灣人個個學中國文更去學中國話，而用中國白話文來寫文學」，來作爲終止判斷的結論。上述引文，分見中島利郎編《1930年代臺灣鄉土文學論戰資料彙編》（高雄：春暉出版社，2003），頁107、1、54、71、77。

[40] 有關七〇年代鄉土論戰資料，參見尉天驄主編《鄉土文學討論集》（臺北：遠景出版社，1980），以及陳信元〈一九七〇年代臺灣的鄉土文學論戰〉，收錄於《臺灣新文學發展重大事件論文集》（臺南：國家臺灣文學館籌備處，2004）。

[41] 蕭阿勤〈臺灣文學的本土化典範：歷史敘事、策略的本質與國家權力〉，《文化研究》創刊號（2005.09），頁107。

格、從地域特性追求民族通性、從傳統追求現代」的中心主題，所謂「追求『鄉土』與『民族』的平衡與融匯，自然地形成中國文學的一部分」。[42] 權且宕開蕭文藉以區分「臺灣民族主義」、「中國民族主義」的敘述模式，其論述觀點與詮釋機制是否合宜，然而從被導向「由鄉土文學推展到民族文學」的基本軌轍，[43] 而引發民族／國族的中國結與臺灣結、鄉土是「空間化的中國想像」或是有強烈而明確地理概念的「地方意識」現象，[44] 確能說明臺灣鄉土文學進程中所包裹的兩種書寫形態：對父祖之國的追懷與對本土傳統的謳歌。

從三〇年代基於文化危機感，而以「寫臺灣的事情景物」作為「鄉土文學」標的，張揚「反殖」的民族主義思想；五〇年代懷鄉作品，如朱西甯、司馬中原所嫁接至「渺遠神州」的原鄉視野；六、七〇年代的「鄉土文學」，儼然類同於文學尋根，[45] 其中黃春明早期以「溫情」和「浪漫式的懷鄉」書寫，[46] 所勾勒的鄉土，或許可歸為「農村現實」，至於後來陳映真、王禎和所發展出「反西化」的「買辦經濟小說」、「跨國小說」等鄉土定義，則隱然指

---

[42] 同前註，頁 107、111-112。蕭阿勤實藉由敘事模式的區分，以說明「80 年代以來，做為反抗『再殖民』鬥爭之一部份的臺灣文學本土化典範，其中從『去中國化』到『（臺灣）民族化』的歷史敘事所建構的臺灣認同，具有後殖民政治／文化鬥爭相的『策略的本質主義』特徵。」(頁 100)

[43] 彭瑞金〈八〇年代的臺灣寫實小說〉，收於《臺灣文學探索》(臺北：前衛出版社，1995)，頁 276。

[44] 前者乃指尉天驄、陳映真而言，後者則指葉石濤和王拓而言。參邱貴芬〈翻譯驅動力下的臺灣文學生產── 1960-1980 現代派與鄉土文學的辯證〉，收於陳建忠等合著《臺灣小說史論》(台北：麥田出版社，2007)，頁 245。

[45] 周芬伶〈歷史感與再現──後鄉土小說的主體建構〉，見《聖與魔──臺灣戰後小說的心靈圖像》(台北：印刻文學出版社，2007)，頁 134。

[46] 見呂正惠《小說與社會》(臺北：聯經出版社，1988)，頁 12。

涉「臺灣社會」，並不再暗示都市與鄉村的對立。

　　從九○年代以降的新鄉土創作現象而觀，「鄉土」對前後世代作家而言，或爲童年記憶的鄉土經驗再現（如鄭清文、陳雪、袁哲生等）；或類同在地自然環境地理與地域特色生活的文學地志書寫（如夏曼‧藍波安、吳豐秋、呂則之、廖鴻基、霍斯陸曼‧伐伐等）；或是刻劃城鄉生活的今昔滄桑、地景變遷與社會文明的推移（如朱天心、黃春明、舞鶴、童偉格等）；或是以鄉土舞台，展演歷史／野史、私史／家史的傳奇劇碼（如林宜澐、宋澤萊、阮慶岳、施叔青、李昂、吳明益、張耀升、陳玉慧等）。這些大致以出生地或成長地（如澎湖、花蓮、宜蘭、桃園、台北、鹿港、蘭嶼、豐原等），作爲書寫的關聯點，而鋪展地理經驗與自我認同的空間故事，故事中的鄉土實踐，即或未必全然是識者所定位：「藝術自覺性下想像、構設的素材與空間，馳騁敘述技藝與寓意上的嶄新表現」，[47] 然而鄉土作家群所召喚「鄉土」的本體建構，確然已由「定點鄉土」（特指農村地區）而至「全稱鄉土」（指稱全島各地），顯見對於地理空間關注的推廓與想像，超乎以往，而展拓了傳統鄉土小說的敘事邊界。

　　總結上述，臺灣「鄉土」敘述的移轉，其符碼指涉大致可歸結爲：「日殖臺灣→鄉土中國→臺灣鄉土→鄉土臺灣」，若將之地理景象化則是：「臺灣地景→中國鄉野→臺灣農村→臺灣全島」。當代鄉土概念，實與臺灣社會和文化脈動的流變息息相關，因而廣涉城鄉地域，意指不同世代所承載不同的鄉土情懷與存在意

---

[47] 范銘如〈後鄉土小說初探〉，收於《文學地理：臺灣小說的空間閱讀》（台北：麥田出版社，2008），頁 253。

義，所謂「鄉土臺灣」義涵，不僅跳脫昔日歸屬政治層面的「被殖民地」、或就文化立場而遙想「故國鄉土」等特定歷史性狀態，也超越於經濟結構中對峙於城市區劃的「鄉野農村」、或在社會組織分類下的「農工階級」等固化概念。至此「鄉土」義涵的專屬權已悄然位移。

王德威曾點撥歷來強調七〇年代鄉土文學運動在政治文化上帶動了本土化風潮，卻往往忽略其對原鄉傳統本身的衝擊，更指出鄉土作家黃春明、王禎和、楊逵、鍾理和等人的嶄露與重現，實在「暗示了『故鄉』的所在不必僅定於一。」王文認為敘述本身即是一連串「鄉」之神話的移轉、置換及再生，故鄉因而可視為一種時空向度的指標，文化、意識型態力量的聚散點，跨出一般地理上或空間上的定義範疇，探討其所暗藏的歷史動機及社會意義。[48]針對新鄉土小說的研究，或許也應作如是觀。

必須說明的是，所謂「鄉土文學」，自是以「鄉土」概念作為文學內涵的指稱，因此對鄉土文學作品的判定，終必從「鄉土」詞義界定而來。唯文學作品中的「鄉土」指涉義涵，遠比實質「鄉土」更趨微妙繁富。本文所採以擇選判讀作品的依據，先是規模出「鄉土」概念的基本閾限：將「鄉土」視為具有「地方感」或「鄉土性」的一個「指涉空間的隱喻」。[49]循此，推衍「鄉土文學」

---

[48] 王德威〈原鄉神話的追逐者——沈從文、宋澤萊、莫言、李永平〉，《小說中國》（台北：麥田出版社，1993），頁 260-275。

[49] 此處「指涉空間的隱喻」概念來自於〔德〕Elizabeth Boa、Rachel Palfreyman 對「鄉土」的界說。資料援引自林巾力《「鄉土」的尋索：臺灣文學場域中的「鄉土」論述研究》，成功大學台文所博士論文，2008，頁 12。）職是之故，鄉土範疇不僅實指具體的地方、某個社會空間，也推廓為提供歸屬感、認同感的有界地域或植基於對地方的經驗或想像，而其中對於家族、地方、民族、種族、本土方言、信仰習俗等的認同，即可填

界定的分析概念為：（一）植基於地方的經驗或想像（二）有關地理空間意象與區域地誌（三）具本土元素或鄉野題材，如多元方言、俚語，民間信仰習俗等（四）載記族群歷史風物等，作為鄉土作品的判準。

　　以下即據此鄉土義界，在評論界尚未能形成新鄉土作品體系的把握視角之際，概略臚列九〇年代以降已蔚然可觀的鄉土小說創作成果。

作　家	作　　品	內　容　概　要
凌　煙	《失聲畫眉》（1990）	異質化的女性鄉土經驗與想像
林宜澐	《人人愛讀喜劇》（1990）、《藍色玫瑰》（1993）、《惡魚》（1997）、《耳朵游泳》（2002）	花蓮鄉鎮傳奇與遊觀即景
夏曼‧藍波安	《八代灣的神話》（1992）、《冷海情深》（1997）	飛魚故鄉的神話故事與原鄉信仰
蔡素芬	《鹽田兒女》（1994）	鄉土兒女的悲歡情事
吳豐秋	《後山日先照》（1995）	花蓮村群精神與自然地理經驗
宋澤萊	《血色蝙蝠降臨的城市》（1996）	靈異魅幻的魔域臺灣
王家祥	《山與海》（1996）、《小矮人之謎》（1996）、《關於拉馬達仙仙與拉荷阿雷》（1996）、《倒風內	臺灣土地的歷史脈動與秘境傳說

補「鄉土」空間的隱喻與指涉。循此，朱天心交叉論辯「我家台北」和「異鄉台北」的〈古都〉、陳玉慧藉由「返鄉」、「認同」主題，融貫臺灣歷史、民俗、宗教的家族誌《海神家族》，以及宋澤萊以魔幻寫實技法，探討歷史脈絡中的本土信仰、宗教異象，並縮結黑金政治、選舉議題的《血色蝙蝠降臨的城市》等，即可視為新鄉土小說。

作　家	作　　品	內　容　概　要
	海》(1997)、《魔神仔》(2002)	
呂則之	《憨神的秋天》(1996)	澎湖島民的生活風物史
朱天心	《古都》(1997)	城市老靈魂的漫遊地圖
舞　鶴	《思索阿邦‧卡露斯》(1997)、《悲傷》(2001)、《舞鶴淡水》(2002)、《餘生》(1999)	在現代／鄉土軸線上的住民／部落滄桑史
黃春明	《放生》(1999)	漁農村落的老人圖誌
陳淑瑤	《海事》(1999)、《地老》(2004)	鑲嵌人間故事的澎湖地景
鄭清文	《天燈‧母親》(2000)、《燕心果》(2000)《採桃記》(2004)	民俗、童趣與農村風情畫
袁哲生	《秀才的手錶》(2000)	穿梭現實與想像的童年鄉土
廖鴻基	《山海小城》(2000)、《尋找一座島嶼》(2005)	花蓮的土地與海洋故事
童偉格	《王考》(2002)、《無傷時代》(2005)	荒村荒人的荒蕪故事
阮慶岳	《林秀子一家》(2003)	現代與鄉土的奇詭辯證
施叔青	《行過洛津》(2003)	情慾優伶與臺灣鹿城歷史的故事
李　昂	《看得見的鬼》(2003)	鹿城鬼國的奇／綺情寓言
甘耀明	《神秘列車》(2003)、《水鬼學校和失去媽媽的水獺》(2005)	閩客鄉音的家族史與傳奇
吳明益	《虎爺》(2003)	儀典、鄉愁與鄉野奇譚
張耀升	《縫》(2003)	鄉土與倫常的崩解
陳玉慧	《海神家族》(2004)	家族幽辛史與臺灣歷史的共構
陳　雪	《橋上的孩子》(2004)《陳春天》(2005)	地方‧性別與記憶的鄉土想像

作　家	作　品	內　容　概　要
許榮哲	《ㄩ`一ㄢˊ》（2004）	美濃少年浪遊記
伊格言	《甕中人》（2004）	鄉野文化展演的時空劇場
李儀婷	《流動的郵局》（2005）	高山臺灣的風土民情誌
霍斯陸曼‧伐伐	《玉山魂》（2006）	布農族群的生活誌

第三節　投射一個時代與世代的想像：感覺結構的差異

　　本書意欲規模出新鄉土小說的總體風貌，勢必不能宕開新鄉土小說的起點。從宏觀照徹而言，「代」是一個關乎時間分類的概念，從中分衍出「時代」與「世代」的觀念。「時變與創化」的流風所及，鄉土書寫的發展確然包括了新舊的「文學世代屬性」；就微觀考察而論，除了探討「世代性」外，也可沿用「班底」（鄉土作家群）概念，總攬作家類群所表現創作美學，而形塑獨特的文學景觀。循此，以「新」為九〇年代以降「鄉土小說」之形名，遂可指陳九〇年代之「後」的鄉土小說及其展現的創作美學之「新」。

　　鄉土小說本體建構和觀念形態，固然是鄉土小說最顯著的文類特徵，然而誠如論者所言：「對鄉土文學論述最終的挑戰，還是來自形式。」[50] 其意認為即使文學生態丕變，我們藉由文學解讀歷

---

[50] 王德威〈國族論述與鄉土修辭〉，收於《如何現代，怎樣文學？：十九、二十世紀中文

史的立場之不斷挪移，但不論是創作素材的改換或閱讀方法的更迭，形式（從修辭到市場包裝）依然是試探我們品味與史觀的重要起點。由於入探新鄉土小說的各種議題體制畢竟過於龐大，自非短制論文所能兼顧與綜覽，本論文的論述重點，因而只在於探勘新鄉土於承續與衍異中的書寫新貌，以下權且將九〇年代以降紛繁的鄉土小說書寫形式作一綜括與並置，冀能在比勘中，精要規模出新的鄉土書寫美學特徵。

一、穿梭時間的憂悒鄉土書寫

從地理學角度而言，時間和空間概念，乃作為宇宙或世界的兩條縱橫軸線，二者的交匯點為地方，是以人不能脫離時間要素而空談空間感和地方感。鄉土之所以作為人類親切經驗的地方，乃是因為鄉土空間轉換成獲得「定義」和「意義」的一種地方。這其中的關鍵是鄉土空間是在時間流程中的一種停頓與暫駐，既是停頓，就含有安定和永恆的意象，宛如母親是兒童的最原始地方，鄉土因而也是價值、養育和支持的焦點所在。

在人和環境的互動關係結果下，鄉土也是記憶所常降臨的所在，鄉土因時間而呈現，逐形成感覺價值的中心。[51]鄉土作家書寫鄉土，大抵來自對鄉土的感覺和意念，其中且夾雜著生活經驗檔案的時間性演變，如黃春明晚近鄉土名作《放生》，[52]迥異往昔創造一系列頗富理想性的草莽英雄（阿盛伯、青番公、憨欽仔……），

小說新論》（臺北：麥田出版社，1998），頁 167。

[51] 此處時間與地方概念，酌參段義孚（Yi-Fu Tuan）著，潘桂成譯《經驗透視中的空間與地方》中〈譯者潘序〉、〈空間、地方與兒童〉及〈經驗空間中的時間〉等篇章。

[52] 見黃春明《放生‧自序》：「眼看目前臺灣社會、家庭結構的改變，三代同堂的家庭不復存在了。」見黃春明《放生》（台北：聯合文學出版社，1999），頁 13。

而轉為寫真攝錄被遺忘在漁農村落，殘軀病體的老去英雄。作者飽含社會意識的關懷眼神聚合於「鄉間老人」（而非「城市老人」）而感喟連連，這個來自鄉土概念而被揭示的時間意識，乃是從現在視野中的遠景符號化而獲得的，[53] 然而老人所表徵傳統美好的鄉土小鎮，卻呼應出原是作者早期所投射出「一個什麼都不欠缺的完整世界」，[54] 於今卻即將消褪的殘破社會。

　　準此，從《放生》中所表露經驗空間中的時間意識而觀，鄉土已非回憶的種種所在，黃春明儼然是時間的監製者，藉由「現在」出發，卻同時包攝了「目前社會概況」（高齡化社會、飽受經濟力、政治力侵蝕的現代農村）、並登錄了「過去的經驗場域」（〈呼鬼的來了〉中以神秘經驗傳述的鄉野傳奇），以及「未來視野」（〈放生〉中田車仔作為鄉村生態的指標，呈示農村日後的生存狀態）。透視時間並身陷於「現此時」和「那時候」的拉鋸，不僅完整概括《放生》全書中攸關時間與轉變的互補概念，也顯豁小說家刻繪以老人社群為主體的驚心鄉土世界。

　　朱天心〈古都〉敘說一則「城市鄉土」的故事，卻在張致感情的筆調中建構出盤錯糾葛的「回憶性時間」和「歷史性時間」的關係。依眾學者之見，認為小說採以第二人稱敘事觀點的特殊手法，或帶有後設批判作用，藉以跳脫文本而作自我省思、觀照；或言此為假擬的集體性；或謂製造美學上的距離效果，形成人類學上「參與觀察者」等等。[55]

---

[53] 同前註，黃春明嘗多次言及開始老邁的心境，顯見是一種感同身受的寫法，也是一種對未來遠景的預想與眺望。

[54] 黃春明《鑼‧自序》（臺北：遠景出版社，1983），頁 2。

[55] 參見陳翠英〈桃源的失落與重構——朱天心《古都》的敘述特質與多重義旨〉，《臺大中

然而〈古都〉篇中的你、我稱謂,或也可從開篇引言導入詮解:「我在聖馬可廣場,看天使飛翔的特技,摩爾人跳舞,但沒有你,親愛的,我孤獨難耐。」就語言彰顯「人、空間、時間」的聯繫而言,「我在這裡」,這裡就是現在;「你在那裡」,那裡的時間範疇可能是「過去」或「未來」。[56] 文中藉第二人稱敘述者「你」,所達成最大功能性即是「重新記憶」與「召喚歷史」。正文起筆:「難道,你的記憶都不算數……」,使「台北」順勢成為敘述者「你」的回憶載具,〈古都〉一文藉由回溯記憶,凸顯的是時間秩序的重現(少艾→人妻→人母)與空間秩序的重建(故國→在地→異邦)。接著即藉由敘述者個人心理狀態中所纏繞今昔街道市景民情地物等種種印象,連結成長紀事中的壓抑、激憤與唔歎。

篇首以七段「那時候」,開啟後續文中節節散落的記憶,並摻以大量臺灣文史典故的捃注,意欲完成一系列建立在「個人記憶」時間架構下的「歷史文本」,因而敘述者的回憶,可視為一種「回憶義務」。敘述者「你」的「回憶」並置了過去經驗和現在經驗,卻又自我質疑「回憶」與「歷史」之間的弔詭。回憶性時間與歷史性時間,恰恰開放給失憶與記憶的辯證。文中被顯示的客觀鄉土世界──台北,和遙擬顯示的主觀鄉土世界──京都,遂藉由「空間的距離」,暗示了「時間的滄桑」。〈古都〉敘事的本質不僅是要再現過去,也是宣示它自身所擁有的「合法性」與「歷史性」。篇末:「這是哪裡?……你放聲大哭。…………婆娑之洋,美麗之島,我先王先民之景命,實式憑之。」文句中重返歷史的「我」

文學報》24 期（2006.06）,頁 281,註解 30。

[56] 此處個人代名詞與空間意符相連的概念,參見段義孚（Yi-Fu Tuan）著,潘桂成譯,《經驗透視中的空間與地方》（台北:國立編譯館,1998）,頁 119。

明顯已先「你」而在這裡,「你」卻在不可知的「未來」哪裡。在追摹時間所映照的政治文化變遷屐痕中,敘述者「你」儼然成爲誤闖桃源的「異質性」的存在者。[57]

在《放生》與〈古都〉中的鄉土景觀均作爲一種隨著時間消逝而增長、變異或替換的文化的總和,或集中體現的「歷史重寫文本」,[58] 而其中至關重要的即是重寫文本乃作爲「一段時間的過程」,反映了作者所經驗鄉土中被擦拭及再次書寫上去的歷史紀錄。

二、怪力亂神的異質鄉土書寫

所謂本土文化,應包含民眾、土地與文化,除了土地的區域特性外,主要偏重在民眾的文化上,所謂「住民」文化,即指住民內在深層結構與價值意識所展現而成的日常具體生活文化。[59] 鄉土書寫中作爲鬼神崇拜信仰的鬼故事,其所傳達前工業時期庶民生活文化的記錄資料,頗能表達臺灣本土性的文化價值,然而在鄉土研究中卻較少被關懷,原因是常民信奉的觀念系統與主流教化的觀念系統,頗有些距離。鬼故事作爲一種類型文學,從志怪故事以來,即歷經重要的發展。鬼故事的敘述重點雖大多爲死亡或死亡的過程,然而究其形式基本意義,則大致以「人在世時

---

[57] 小說裡的桃源勝境乃指「無主之地、無緣之島」——臺灣。所逆寫的桃源景象則是:「但你確實與樹下男女不同語言,怕被認出,便蹣跚前行……不理他們因爲可能會便邀還家,設酒殺人作食……。」見朱天心《古都》,頁 232-233。

[58] 意謂地理景觀記錄了各種時間變化,一如原先刻在書寫印模上的文字,並未徹底擦掉,還可以一次次重新刻寫文字,時日一久,新舊文字即混合一起。概念參佐克朗(Mike Crang)著,楊淑華等譯《文化地理學》,頁 20-21。

[59] 參鄭志明《臺灣傳統信仰的鬼神崇拜》(臺北:大元出版社,2005),頁 253。

的價值及利害關係」爲主調。[60]

　　揆諸文壇老將黃春明、鄭清文鄉土諸作，如〈青番公的故事〉與〈呷鬼的來了〉的水鬼故事、〈鑼〉中的藍家女鬼、〈溺死一隻老貓〉中幾近被詛咒的「痔瘡石」、〈售票口〉中會說話的老伴亡靈，或《天燈‧母親》裡齊聚土地公廟，等待救援的眾鬼魂、〈鬼姑娘〉中分派正邪角色的黑白鬼姑娘、〈紅龜粿〉中穿越幽冥世界，而與鬼魂進行協商溝通等鬼魅敘事或神鬼題材，[61]藉由神祕經驗與鄉野民俗傳奇，作者除了表顯鄉村聚落的特殊地理，如白鴒鷥竹圍、涉溪擺渡、毗連墓園的土地公廟、廟前大榕樹、寺廟旁石墩座椅等，以及鴻蒙未分的歷史景觀，如民間超渡亡魂的放天燈儀式、用紅龜粿等供品安撫孤魂的鬼祭、沿途拋撒冥紙的祭禮、水鬼轉世故事中「唯有一人死去」的「替罪羊」觀念系統等，[62]故事中渲染鬼域，投射出處於邊陲地帶鄉土民間主要的宇宙意識與生存意識──人鬼固然殊途，卻可以靈性僭越彼此世界的閾限，而爲追求生存和諧，也必需與鬼靈進行彼此交往行爲的整合，如此方有助於釐清社會或宇宙的秩序。

---

[60] 參余國藩（Anthony C.Yu）著，范國生譯 "Rest, Rest,Perturbed Spirit！" "Ghosts in Traditional Chinese Prose Fiction,"（安息罷，安息罷，受擾的靈！──中國傳統小說裡的鬼）。《中外文學》17 卷 4 期（1988.09），頁 4-36。

[61] 〈鬼姑娘〉、〈紅龜粿〉二篇收於鄭清文《燕心果》，係改編自臺灣民間流傳故事。有關黃春明小說中鬼魅敘事之探討，當以李瑞騰〈鄉野的神祕經驗──略論黃春明最近的三個短篇〉一文，首開創論議題，繼而詹發民、張書群、陳建忠、廖淑芳、黃文車皆有相關討論。然則有關鄉土小說中置入神鬼迷信，是否即可化約爲暗喻：「如果鄉會成爲眞正在的神話，那是因爲它只成了大眾的消費品，而不再是可以踐履的目標的緣故。」（廖淑芳語）猶待商榷。參見中正大學臺灣文學研究所主辦「2008 第三屆經典人物──『黃春明跨領域』座談會暨國際學術研討會」，2008 年 5 月 31 日－6 月 1 日。

[62] 參吉拉爾（Rene Girard）著，憑壽農譯《替罪羊》（臺北：臉譜出版社，2004），頁 177。

　　上述諸文鑑照出常民狎邪趨魔的生命安頓模式，自是迥異於以新文化新式教育爲主流，而拒斥鄉土文化的價值觀念系統。顯見老輩作家安置「見怪不怪」的鬼話怪譚，所賦予鄉土小說的書寫義涵，應是植入地緣性格、民間信仰、生活記憶與文化層累，而建構出魅幻魍魎的鬼境鄉土。

　　頗富鄉土生活經驗的前行代作家如此，中生代及新世代的鬼魅鄉土書寫，非但沒有「暴虐儡人」的詭秘風景，反而別有另類黑色喜劇的「笑果」與滑溜的「鬼趣」。如林宜澐〈抓鬼大隊〉裡現身的真鬼巴比特，一改猙獰惡鬼本色，儼然「搗蛋鬼」般，撩撥得全縣風雲乍起，天翻而地覆。[63]作者鋪陳一連串「見鬼」、「疑鬼」、「抓鬼」、「裝鬼」的荒唐情節，卻牽引出俳優化鄉野小人物登場表演的「舞台性」效果。

　　然而在匪夷所思的胡鬧情節中，其實內蘊有作者不甘緘默的社會揶揄與政治挑逗。所謂「抓鬼大隊」自然是指隸屬黨國的軍警單位，文中抓鬼種種，除了諧擬（Parody）並顛覆「人人有責」、「保密防諜」、「永懷領袖」等戒嚴體制下意識形態的大敘述；也對崇拜「專家開講」的社會現象，寄寓批判與嘲諷。此即楊照所言：「他（林宜澐）不只要他的角色去表演，而且是很自覺地表演，而且在小說裡不斷點出除了表演，應該還有一個舞台以外的真實人生。可是這真實人生一不小心就夾雜進表演，成了另一種表演」。[64]

63　〈抓鬼大隊〉，林宜澐《惡魚》（台北：麥田出版社，1997），頁 133–156。

64　見楊照〈魔法師的生活哲學——序林宜澐小說集《惡魚》〉，收於林宜澐《惡魚》（臺北：麥田出版社，1997），頁 5。

　　悖離鄉土寫實的鬼魅敘事，除了出現在林宜澐紙上鄉野舞台劇場外，被稱爲「作品有鬼氣」的袁哲生，[65] 其作品〈時計鬼〉也藉由「死神」（鐘錶鬼）化身、陰鬱邪詭的小個子吳西郎，帶出兩名哼哈二將（我與武雄），闖盪人世時間的座標。有關「時間詩學」的縱深哲思，是袁哲生筆下關乎「常與變」頡頏的沈重命題，[66] 然而當袁哲生以童年、異想爲敘事策略時，諸如人鬼共謀而錯置上下課時間，俾便一晌貪歡，以及鐘錶裡住著調整時間、等待手錶主人死亡的時計鬼等奇譎情節，竟營漾出嘉年華慶典的氣氛，是以兼有神性與魔性的時計鬼，原本應帶給鄉間一連串雞犬不寧或苦難紛披的災厄，卻翻轉爲帶有卡漫動畫特效的奇幻大歡樂結局。

　　李昂《看得見的鬼》和宋澤萊《血色蝙蝠降臨的城市》也分別演繹了逸出理性邏輯的鄉土敘述。《看得見的鬼》中歸納出五種生前身份殊異，最終卻都成爲獻祭的女性冤魂：〈頂番婆的鬼〉——索討土地不成而慘遭殛刑的原住民女性、〈吹竹節的鬼〉——渡海復仇的唐山女鬼、〈不見天的鬼〉——大門不出二門不邁的閨秀名媛、〈林投叢的鬼〉——父權體制下冤死的眾女鬼、〈會旅行的鬼〉——穿梭台海兩地，尋找負心漢的寒門碧玉。臺灣女鬼列傳除了反照出女性、權力與空間土地的關係，[67] 藉由各擅一方水土的五類女鬼，更側寫出地方史與臺灣政經史的共構。

---

[65] 王德威〈生命中不安的光影——《靜止在樹上的羊》〉，載於《聯合報‧讀書人周報》（1996.04.08）。43版。

[66] 參李奭學〈時間的翼車在背後追趕——評袁哲生《秀才的手錶》〉，收於李奭學《書話臺灣》（臺北：九歌出版社，2004），頁121-123。

[67] 范銘如〈另眼相看——當代臺灣小說的鬼／地方〉，《文學地理：臺灣小說的空間閱讀》（臺北：麥田出版社，2008），頁96。

　　《血色蝙蝠降臨的城市》誠如作者的夫子自道：內容取自選戰熱潮及黑金政治，技法既像武俠又像靈異，既像偵探又像寫實，既像神話又像哲學。[68]小說中法術高強的正邪兩派神魔人物的對壘爭鬥，宛如現代版的封神演義，間有宗教天啓哲思，蘊蓄其內。論者美稱：「讓尚處於威權體制時的臺灣社會中醜怪情事現形、被壓抑埋沒的歷史聲影得以重現」，[69]然而即使艷異敘事終必關懷人間諸景，宋澤萊的政治意識指涉性，辭鋒畢竟過於浮露，[70]有損鬼敘事的寓意性美學。

　　當鄉土小說裡的「鬼」，從時間性產物衍伸爲空間性的象徵時，[71]顯見以土地與亡靈爲主題的鬼敘事，正逐漸發展成新形態的鄉土書寫。並顯豁可見老將的鬼魅鄉土圖景，應屬於喚起民俗文化記憶的「閱歷景觀」，而新秀筆下的奇詭鄉土敘事，則屬於召喚想像魅影的鄉土「虛擬景觀」。

三、浪蕩荒蕪的頹廢鄉土書寫

　　學者嘗將「鄉土」視爲一種觀察座標，而指出鄉土對應出成長時間的必然斷裂，或者是移動空間的難以復返，因而故鄉及其相近概念所指稱的，正是文學共和國或言語烏托邦的建構，亦即是一種「世界－神聖空間」的建造。[72]然而若將鄉土視爲文本詮解的符號，則有關「時代與世代」的差異問題，也應作爲觀察前景

---

[68]　宋澤萊《血色蝙蝠降臨的城市‧序》（臺北：草根出版社，1996），頁 21。
[69]　范銘如〈後鄉土小說初探〉，《文學地理：臺灣小說的空間閱讀》，頁 265。
[70]　作者明顯的政黨偏向與政治批判，小說中歷歷可見，如《血色蝙蝠降臨的城市‧第四篇：就職日》，頁 211。
[71]　范銘如〈後鄉土小說初探〉，《文學地理：臺灣小說的空間閱讀》，頁 86。
[72]　參見黃錦樹《文與魂與體‧論現代中國性》（臺北：麥田出版社，2006），頁 322-323。

的條件。

所謂「時代」即是「現代性」的問題，從「現代」本身的意義而言，現代即意指「最近的」，用於口頭慣用語則意味著技術上的先進和高度城市化的社會狀態。當今這個時代號稱「革命和嬗變」，最明顯的特徵就是一切過程都在加速運轉中，然而「異化」和「進步」，卻是現代百年神話的兩個中心因素。[73]

至於論及「不同的心靈，不同的想像」，藉由城鄉變遷與世代交替，也引渡出新一代創作者的「感覺結構」（Structure of Feeling）。[74] 如果說作家書寫鄉土，賦予鄉土所指符號是一種「地方感」，意即鄉土被視為一個充滿意義、情感意向或感覺價值的中心，一個極其動人而為主觀感情依附的焦點，則強調以「世代」為主的「感覺結構」，當更是不明自證地提點出社會及歷史脈絡對個人經驗的衝擊，因而鄉土已不再僅僅被描寫成自主心靈的產品，或是作為一種世界中心／神聖空間。

九〇年代以降的鄉土書寫乃是走向問題化而非昔日的主題化，創作群落藉由地域空間的投射，流淌出極富現代性的思維——在飽暖之後，擺盪在傳統與現代之間的一種庸常人生，非關昔日在饑寒之際，掙扎於「食」與「性」的匱乏與煎熬中。因而小說人物大多數是一無建樹的「廢人」，所謂或癲狂、真誠，或孤獨、了無生機的精神漂泊者。

---

[73] 見弗萊（Northrop Frye）著，盛寧譯《現代百年》（香港：牛津出版社，1998），頁8。

[74] 有關威廉斯（Raymond Williams）所討論的「感覺結構」，以及下文「地方感」之釋義，參見夏鑄九、王志宏等編譯《空間的文化形式與社會理論讀本》（Reading in Social Theories and the Cultural From of Space），頁86-93。

　　一如黃春明《放生》中面臨存有之傷、死亡之傷，除了「閒暇時間」外，一無所有，只好練就一身打蒼蠅絕技、捉放田車仔、排隊購票族或大榕樹下閒嗑話的老人群像；童偉格《王考》、《無傷時代》中那些總是「無知無能」、「手足無措」而拓展悲劇的荒人；許榮哲《ㄩˋㄧㄢˊ》裡藉著路上的闖盪，而演繹一種「成長的荒誕」的浪遊者；兼具「異色」與「本土」風格的舞鶴作品《悲傷》中，敘事者的人生踐履，即是為了活著之外的事物而活著……。

　　綜上所述，頹廢概念幾乎貫穿新鄉土小說而成為一種書寫表情。小說演繹人生悲喜劇，卻從中消解了鄉土英雄、神聖、崇高、理想與價值，而只餘精神廢墟。[75]「村子在敗壞、人在敗壞、記憶在敗壞」的頹廢書寫，[76]此新鄉土作家帶著理想而流亡的風格，正透顯出他們所處於和中心對立的書寫位置。

　　攸關頹廢美學的幻念、夢魘與憂慮重重的噩夢，敷衍出特殊的人物心靈狀態，「廢人」形象因而是臺灣新鄉土小說中最為憬然的焦點人物。黃錦樹論及「廢人」的先例乃源自龍瑛宗〈植有木瓜樹的小鎮〉（1936）裡的陳有三。廢人原型是向陽性被摧毀而墜入感官逸樂的深淵，反抗無望、求超越卻未必能超越。[77]

　　廢人人物生命能量的曖昧性，使其兼具流浪者和社會邊緣人

---

[75] 昔日鄉土人物即使被定義為悲劇或滑稽英雄，終究還是一介「人民英雄」，如黃春明小說中的憨欽仔、阿盛伯、青番公等。

[76] 見楊照〈「廢人」存有論——讀童偉格的《無傷時代》〉，見童偉格《無傷時代》（臺北：印刻文學出版社，2005），頁8。

[77] 黃錦樹〈遊魂：亡兒、孤兒、廢人〉，收於《文與魂與體‧論現代中國性》（臺北：麥田出版社，2006），頁340。

的窮絕角色，因此廢人的概括性，可以對照王德威曾提出「蘊含了一個時代最沈重的悲劇」——「懦夫」人物的典型性意義[78]，或是「精神上之非主流者」的「畸零人」（Outsider）角色。[79]且循著憂鬱和躊躇的廢人系譜考掘，在舞鶴〈悲傷〉的療養院內景中，那個帶著妄想症、迷戀男女下體及排泄物的「廢人」，當允為真正的承繼者；再沿流下探，一路來到了童偉格小說中諸多「努力做個無用」且「無傷」的廢人群落，皆可一睹廢人大觀園的奇異景致。

如果說世界性鄉土小說是現代性的一種「震驚」體驗，現代社會中鄉土的尷尬處境，乃是一種「存在而不屬於」的無所適從姿態，[80]則無所適從所造成人生層層失落的剝離，遂削弱了張望遠景的目的感和奮發感。「目的」也是一個屬於時間性和空間性的術語，目的感消減的時空感，順勢導出冷靜平淡的生活，進一步形成「頹廢的生命」，因此「頹廢」即是「一種低度意義的生活，不必做決定」。[81]此外，「頹廢」也可視為現代的一種面貌。

逆溯「頹廢」（Decadence）的拉丁詞源（Decadentia），乃關乎「時間的破壞性和沒落的宿命」之主題。[82]透過書寫「廢人」價

---

[78] 王德威〈拾骨者舞鶴〉，見《餘生·序》（臺北：麥田出版社，1999），頁24。

[79] 見鄭千慈《崩解的自我——現代主義、畸零人與戰後臺灣鄉土小說》（臺北：淡江大學中國文學系碩士論文，2004），頁7。

[80] 畢新偉〈繪製鄉土中國的全景圖——讀丁帆中國鄉土小說史〉，《二十一世紀》網路版 76期（2008.07）。

[81] 段義孚（Yi-Fu Tuan）著，潘桂成譯《經驗透視中的空間和地方》（臺北：國立編譯館，1998），頁121。

[82] 馬泰（Calinescu Matei）著，顧愛彬、李瑞華譯《現代性的五副面孔》（北京：商務印書館，2002），頁161。

值、「無傷」哲學、失敗「畸人」，這些荒蕪而萎頓的生活表象，
作家其實是想對生活作出更深層次的把握。所謂頹廢書寫美學，
除了表現在角色之理論意義外，也表現在小說情節與小說語言
上，最明顯的例子當是以「污言穢語」、「亂言廢語」、「私處話語」、
「春言淫語」等大塊囈語流，[83]展開「起乩的、疊擠的、亂迷的、
精神分裂的……」等獨異文字實踐，[84]而被稱為「異質的本土現代
主義風格」的舞鶴作品最為典型。舞鶴小說往往只見一堆文字話
語，而不見敘事性故事，一如他的自白：「我寫作這些文字，緣由
生命的自由，因自由失去的愛」，[85]是以可稱之為「字詞即肉體，
書寫即生命」的附魔者舞鶴。

　　身處乎現代情境中的作家，受到時尚風習浸染之慘烈，可以
從他們的頹廢書寫中規模出屬於現代性的審思。藉由頹廢色彩所
投射的觀察，屬於老中世代的頹廢鄉土，猶帶有某種社會實踐的
意圖，如黃春明以遭逢文明污染後的宜蘭，鏡照老人的生死遺事；
舞鶴則是以激化的「性」為核心，強調淡水的變遷。如果說昔日
鄉土小說的鄉鎮空間，儼然是貧困世界的一個原型，則對應於新
世代寫手如童偉格〈王考〉中的荒村、許榮哲《ㄩㄟㄢ丶》中
的美濃等空間，則顯然是以鄉土作為孤立者或局外人在哀惋求索
中，終究無法逃逸的一條路徑指向，所謂「褪色鄉土」。綜觀而論，
頹廢鄉土諸作實各以書寫者自己對地方想像的語彙和風景作為寫

---

[83] 見張錦忠〈一文興之後：舞鶴文字迷園拾骨，或，舞鶴密碼或舞鶴空話〉，中山大學文
　　學院主辦，中山大學哲學研究所承辦「哲學與文學：舞鶴作品研討會」，2008 年 6 月 20
　　日，頁 5、14。
[84] 楊凱麟〈硬蕊書寫與國語異托邦——臺灣小文學的舞鶴難題〉，中山大學文學院主辦，
　　中山大學哲學研究所承辦「哲學與文學：舞鶴作品研討會」，2008 年 6 月 20 日，頁 25。
[85] 舞鶴《餘生》（臺北：麥田出版社，2000），頁 251。

作要點，關注視點並不在於地方風情本身，而是這整個世界。

四、山海交響的自然鄉土書寫

針對「本土是什麼」的大哉問，而主張以「解構臺灣」或「多元臺灣」的角度，重新詮釋並重新設定／協商「想像社群」的論點，在學界大致已成為共識。其中作為臺灣土地先住民，擁有大地芳華的原住民，他們在文學的狩獵，原不圍限於城鄉農林的攝取，而是追逐於崇山峻嶺、海洋島嶼、飛鼠山豬等自然生態的場景，這些山海子民別具特色的臺灣經驗及其鄉土書寫，自也應收攬於臺灣鄉土文學的興圖中。

從地理／人文社會觀點來定義空間，屬於地理空間的是：山川土地；行政區域劃分的地理空間：鄉鎮；社會群體空間：社區、族群；政治權力空間：國家或國族。書寫「鄉土」首重人與空間的關係，是以廣義的鄉土可以包括家鄉、故鄉、原鄉、社群、社區、部落、國家、國土……等認同之形構。對原住民而言，山林海潮地景原本即非作為視覺上的佔領，而是可以解讀為「個人」和「部落史」的生命文本。原住民書寫中最重要的議題即是「認同感」，他們在烙印著先人屐痕的土地上，採集記錄湮遠祖輩的生活事跡，也在家鄉人事風物中尋獲部落「神話」或「祖靈」的信仰。「大地」對原住民而言，是山水合鳴的自然鄉土，也是可見的符號或標記。奉守族人的禁忌，遵循祖先的步伐，不僅增強了他們對部落文化的認同感，也鼓舞他們對地方的忠貞和警覺。

霍斯陸曼‧伐伐〈生之祭〉即是透過新生命的誕生、命名儀典，來衍說布農族群的文化薪傳，並展佈族群的生命觀與宇宙觀。

文中敘及將新生兒胎衣埋在大樹底下，藉由每一株「生命樹」都代表著一位族人，來教導對土地的綠色思維與綠色關懷，除了抽繹出土地和生命信仰是如此的緊密連結，也帶出重建人與自然的本原性生態關聯。至於鋪敘族人生老病死的禁忌與訓誡，如懷孕時不吃飛鼠肉、產褥期間外人需跨過火堆才能進屋、手指彩虹會受詛咒等，雖然是一些神秘化的戒律，卻是藉由部族的歷史記憶與憂傷經驗的神聖化，來傳承山林生存的智慧法則，也傳達祖先與聖靈的啟示。

　　至於夏曼・藍波安《八代灣的神話》與《冷海情深》則是藉著載欣載奔，歸田園居，重返部落。「歸返」，不僅是找回自己，也思欲重建族群文化。〈飛魚的呼喚〉中小卡安身陷「零分先生的恥辱」與「飛魚先生的榮耀」的焦灼／夾縫心情，最能彰明原住民書寫中齟齬於「失去的家」和「回歸的家」的弔詭命題。

　　此即孫大川以「屬於黃昏的民族」命名原住民，而殷殷告誡的憂思：「我深信，原住民的『重生』，深植在她的『死亡』經驗裡；……」。[86] 原住民小說大致是用腳定義地理，用眼觀察地景，用心感悟「個人生命故事」與「部落滄桑歷史」，其所繪製的山海空間，趨近於對自然的全景俯視，除了與山林星辰、海洋潮汐進行深情對話，提供認識鄉土的另一視角外，也展示了殊異的自然鄉土的「情趣景觀」。

　　不同於原住民作家具有「個人／部落／族群」認同化的自然鄉土書寫，所謂「以一整本小說集繪製特定區域景致」的鄉土小

---

[86] 孫大川《久久酒一次》(臺北：張老師文化事業有限公司，1991)，頁55。

說類型，[87] 諸如吳豐秋《後山日先照》、陳淑瑤《海事》、《地老》、呂則之《憨神的春天》，也分別以地處偏隅的花蓮或澎湖作為書寫主體，藉由文字記錄與美學手法，展現在地環境地理與極具特色生活圈，近乎是文學地誌書寫。如呂則之從海煙肅殺中漁民的桑滄紋線（《海煙》，1983）、孤絕荒地上的混亂生存與掙扎（《荒地》，1984），一路來到了融合辛辣喜樂生命寫真與人性衝突暗晦的《憨神的春天》（1996），菊島組曲故事，容或漸漸有了以「荒謬奇詭」書寫痴狂悲傷的新變貌，也依然遮蔽不了屬於澎湖特有海天荒村的貧瘠地貌與依然黏貼鹹水風塵的漁民的臉。吳豐秋則以「後山日出」作為花蓮特有的生態景觀與區域精神象徵，以此鑄造人地同源同構的村群身份。至於陳淑瑤的澎湖鄉土書寫，則是將人物和故事，鑲嵌於鄉土風情畫中，以此作為反芻澎湖獨特的「親切經驗」。

上述定義為自然鄉土書寫諸作，其重點乃在於標誌地方性，是以側重一個地方獨特的風情與一個地區特有的「精神」，不僅體現了對地區感的理解，也描寫出地方特色，即使作家所書寫的仍然是屬於他自己的鄉土風景，或是鄉土風景退位為文本中的背景，而以作品中的人物和故事為前景，然而自然鄉土作家所提供的畢竟是一個可信的視角。

第四節 「現代經驗」與「內在家園」的差異感

帶有農業文化標記而歷經工業文明與現代性衝撞的鄉土文

---

[87] 見范銘如〈後鄉土小說初探〉，《文學地理：臺灣小說的空間閱讀》，頁 273。

學，以其獨特「本土化」歷史性格與文學特色，允爲臺灣文學最具表徵性的一種文類。從九〇年代以降鄉土書寫總體而觀，可看出一種書寫藝術與敘述新風貌刻在形成中，這現象除了標誌一個新文類的誕生，或也可視爲是作家對創作文體的一種自覺。誠然新鄉土小說雖意味著作家自覺擺脫舊有的經驗，而反映出文學對時代現實的把握，卻並非是撕裂性的決絕切割。本章節的論述重點，雖在於探勘新鄉土於承續與衍異中的書寫新貌，然則「鄉土」既有繁複的移轉與置換，則勢必進入臺灣「鄉土」語境的詮釋脈絡中，並藉由對鄉土小說的「鄉土性」觀念的提煉，使整體性的新鄉土小說的理論引導與文類判斷成爲可能。

　　總結論述，鄉土敘述的移轉大致可歸結爲：「日殖臺灣→鄉土中國→臺灣鄉土→鄉土臺灣」，若將之地理景象化則是：「臺灣地景→中國鄉野→臺灣農村→臺灣全島」。所謂「定點鄉土」（特指農村地區）與「全稱鄉土」（指稱全島各地）至此也兼攝而並備。

　　因著感覺結構的差異，新鄉土小說的書寫美學，實爲投射一個時代／世代的想像與實踐。循此所規模出新的鄉土書寫美學特徵計有：（一）穿梭時間的憂悒鄉土書寫（二）怪力亂神的異質鄉土書寫（三）浪蕩荒蕪的頹廢鄉土書寫（四）山海交響的自然鄉土書寫。

　　藉由將鄉土小說書寫形式作一綜括與並置，可以察知「鄉土」置放於書寫的想像與實踐，或可作爲一種實質的地方感與地方意識的「自然／情趣景觀」，或是以個人經驗爲基石，藉以召喚民俗文化記憶的「閱歷／經驗景觀」；或是援借鄉土以爲藝術符碼，而意圖展演文史典故的「知識／虛擬景觀」。必須說明的是，鄉土作

爲美學表現雖然有不同的文學鄉土景觀，然而這畢竟都植基於作者主觀心靈的一種浪漫解釋視角，所謂「鄉土」，因而都可以名之爲一種「想像的異邦」。

進入九〇年代後，論者所謂超越傳統與現代的新興思想主流，當屬「當代意識」。所謂「當代意識」，就是回歸現實，回歸我們自己、我們的社會、我們的時代。典借取徑，以觀本文所舉證的鄉土書寫新貌，足以見證當代與現實，所建構新鄉土作家的身份證，書寫儼然是他們的透視鏡，藉資尋得自己與所屬時代與世代存在的意義。而其中「鄉土」，並不止於被殖入都市空間的延伸概念，而是標誌現代人對於現今所處社會的感覺，這是有關進步的異化問題。

「鄉土書寫」作爲一種文類，它直接面對現代情境與心靈家園再現的裂隙，因此，「鄉土」即使是以不同修辭的喻象系統，重新浮現，例示的也是近代體驗中的一種「故鄉」的失落，不管是老將新秀，他們的鄉土書寫都可以說是一種關於現代生存意義的敘事，亦即是「現代經驗」與「內在家園」的一種差異感與異質性。此即九〇年代以降，鄉土作家所含藏視野與策略的書寫現象。

第三章　新鄉土空間圖式化的隱喻性：臺灣新鄉土小說的三種敘述模態

　　作爲一種書寫題材，「鄉土文學」從來不是與時俱緲，行將「逝去」的一種文學，而是另有其論式與樣貌。是以前一章節論述因「感覺結構」的差異，九〇年代以降新鄉土小說的書寫美學，實爲投射一個時代／世代的想像與實踐。對比於曩昔素樸的寫實主義——在鄉土風習畫面中，塗繪鄉野人物的勞力經驗與死生命運、寄寓重大社會命題、浮露社會歷史遷變等書寫，今日鄉土作家或張揚個人的筆調，而以人物內心裂變作爲關注；或展演現實生活的層層魔魅，重建現代人的存在經驗與集體記憶的鄉土書寫，已然有了實質的改變。

　　觀諸九〇年代以降，不論是老將如朱天心《古都》（1997）裡尋尋覓覓的城市老靈魂、黃春明《放生》（1999）中漁農村落的孤寂老人、鄭清文《天燈‧母親》（2000）裡的民俗與童趣；或是新秀如童偉格《王考》（2002）中的鄉野傳奇、許榮哲《ㄩˋㄇㄢˊ》（2004）裡的美濃浪遊、甘耀明《水鬼學校和失去媽媽的水獺》（2005）裡的閩客鄉音等等，雖然仍帶有土地的人文視覺，然而作家所試圖在文本中建立某個非關地理經緯度的鄉土座標時，「鄉土」顯然已從書卷裡的非陪襯性「背景」，迻異爲探索終極意義上的媒介。

　　如是而觀，這些經由意象、觀念及符號等意義的給予，而召喚出屬於個人或社會的「紙上鄉土」或「虛擬世界」，其所形塑的

地域美學是否可以安放在烏托邦論述中，考察其歷經「農村與城市」的對立結構之後，所可能展延出空間圖式化的一種隱喻性──「空間烏托邦」或「時間烏托邦」之想像？而當「鄉土文學」的文體意義有了變革後，是否也將驅使「新鄉土」的想像與論述，走向「問題化」的概念演繹，而不是「主題化」的文類惰性？凡此種種皆為本章節根植於「鄉土書寫」體系下的論述位置與問題意識。

第一節　「主題化」或「問題化」的鄉土書寫概念演繹

　　「鄉土文學」一詞在臺灣七十年代中期大盛，其實遠在日殖時期，即有「鄉土文學」之名實，一九三〇年黃石輝〈怎樣不提倡鄉土文學〉一文，堪稱是臺灣鄉土論述的先聲。從三〇年代爭辯「臺灣是／不只一個地方？臺灣話是／不只一種？」的臺灣話文論戰，[1]以迄七〇年鄉土論戰所歸結鄉土文學論述路線：現實主義論（王拓）、民族文學論（陳映真）及臺灣文學本土論（葉石濤）止，[2]皆可嗅出「鄉土」與「政治」、「民族」的盤錯糾結，並以此開啓日後臺灣鄉土文學民族性與社會性的普遍要求。若以十年斷

---

[1] 相關論述，參見中島利郎編《1930 年代臺灣鄉土文學論戰資料彙編》（高雄：春暉出版社，2003），頁 1、71、77、107。

[2] 相關資料，參見尉天驄主編《鄉土文學討論集》（臺北：遠景出版社，1980），以及陳信元〈一九七〇年代臺灣的鄉土文學論戰〉《臺灣新文學發展重大事件論文集》（臺南：國家臺灣文學館籌備處，2004），頁 129-155。針對「鄉土文學」稱謂，王拓〈鄉土文學與現實主義〉一文，嘗提出「鄉土」三種不同的解釋意義：故鄉故土、生長與生活裡的現實環境、相對於都市而言的農村鄉下。該文直陳冠在文學上的「鄉土」意義一直很不一致，遂主張用「現實主義文學」來取代「鄉土文學」。見尉天驄主編《鄉土文學討論集》，頁 300-301。

代來粗疏標誌各階段的臺灣鄉土文本景觀，如二、三〇年代的「反殖啓蒙」思想；五〇年代藉由反共懷鄉而勃興的「中國鄉愁」；六、七〇年代在「反美帝」氛圍下的「民族情結」；抑或八〇年代根著於臺灣的「本土意識」等，從中顯見「鄉土」語境歷經以「中國」作爲原鄉圖象／精神鄉土，以迄「臺灣」作爲故鄉圖景／實質鄉土的幾度迻異。

　　觀諸九〇年代以降，不論是老將朱天心《古都》裡尋尋覓覓的城市老靈魂、[3]黃春明《放生》中漁農村落的老人、[4]鄭清文《天燈・母親》裡的民俗童趣圖景；[5]或是中生代舞鶴《悲傷》所刻寫原鄉追逐裡的異鄉國度、[6]袁哲生《秀才的手錶》中穿梭現實與想像的童年鄉土；[7]或是新秀童偉格《王考》中的鄉野傳奇、[8]吳明益《虎爺》裡的儀典、鄉愁與鄉野奇譚、[9]甘耀明《水鬼學校和失去媽媽的水獺》裡的閩客鄉音、[10]許榮哲《ㄩˋㄧㄢˊ》裡的美濃浪遊等等，[11]小說裡的鄉土地景，遑論從舊城鎮到新都會，也都帶有土地的人文視覺，並且刻繪出人和土地的關係。只是隨著時代巨變，別來滄海，鄉土文學已然有了形質變貌——不再只是傳述父祖輩勞力經驗和土地的故事，其中隱然浮現的背景，既非紀年中的某時，也不盡是地圖上的某地，所謂紙上鄉土儼然已是另一個

---

[3]　朱天心《古都》（臺北：麥田出版社，1997）。

[4]　黃春明《放生》（臺北：聯合文學出版社，1999）。

[5]　鄭清文《天燈・母親》（臺北：玉山社，2000）。

[6]　舞鶴《悲傷》（臺北：麥田出版社，2001）。

[7]　袁哲生《秀才的手錶》（臺北：聯合文學出版社，2000）。

[8]　童偉格《王考》（臺北：INK 印刻出版公司，2002）。

[9]　吳明益《虎爺》（臺北：九歌出版社，2003）。

[10]　甘耀明《水鬼學校和失去媽媽的水獺》（臺北：寶瓶文化出版社，2005）。

[11]　許榮哲《ㄩˋㄧㄢˊ》（臺北：寶瓶文化出版社，2004）。

世界。

　　就總體趨勢而觀，八○年代鄉土小說的「批判與吶喊」，顯然與前行代寫實文體的書學範式，有較大的賡續與接通，如訴說勞力無償故事，鏡照底層人物的宋澤萊《蓬萊誌異》（1980）、[12]鄉土人物畫廊的洪醒夫《市井傳奇》（1981）、《田莊人》（1982）、爲稼穡人家焦慮發聲的林雙不《筍農林金樹》（1984）等等。九○年代以降的新鄉土書寫則顯然有歧出的變貌，如題材廣涉城鄉空間，跨越了傳統鄉土小說的敘事邊界，而以或寫實或虛構的筆法，並置現代性和後現代性的文本景觀，顯見一種新的鄉土敘述美學刻在形成中。這現象除了標識一個新文類的開始，實也可視爲作家對創作文體的一種自覺。

　　當作家試圖在文本中建立某個非關地理經緯度的鄉土座標，以作爲探索終極意義的一個媒介時，就顯現了烏托邦話語特色，亦即當「鄉土」不再作爲書卷裡陪襯性「背景」或「圖式」時，這些經由意象、觀念及符號等意義給予，而召喚出屬於個人／社會的「紙上鄉土」或「虛擬世界」，其所形塑的地域美學是否可以安放在烏托邦論述中，考察其歷經烏托邦投射中最具持久魅力的對立結構之一——農村與城市之間的衝突或纏繞後，人們的想像是否重新回到了農村，而凝眸張望田疇景象，或者轉向其對立面，想像那種不可逆轉的城市化，以及各式各樣的城市生活情態？

　　這個類原鄉的奇異鄉土是否可能展延出空間圖式化的一種隱喻性，亦即是在鄉土敘事文本中存在的「鄉土」，原是穩固的風景，然

---

[12] 宋澤萊《廢墟臺灣》（臺北：前衛出版社，1985），該書爲未來寓言／預言式的小說。

而在作者建造鄉土觀念的敘述中，卻有各種可以被識別出來的指涉意義或烏托邦實踐，[13]如潛伏在歷史中不可能實現之「空間烏托邦」，或是在歷史中有可能實現之「時間烏托邦」想像？[14]而新鄉土作品的形質變化，是否也意味著文體意義的不穩定？或是新舊鄉土書寫邊界的移動？如果是，這個分野是否將驅使「新鄉土」的想像與論述，走向「問題化」的概念演繹，而不是「主題化」的文類固化或惰性？

基於上述思考，本章節將聚焦於「新鄉土小說」所衍化「有意義空間」的思索，研究目的除了試圖廓清新鄉土小說的敘事規範外，也冀能針對新鄉土小說文體概念與邊界議題，略作補苴罅漏。

第二節　新鄉土小說中空間圖式化的三種敘述模態

在衢道不同，表述殊異的各路論戰之士所營構「泛政治化」氣候中，「鄉土」乃意味著在臺灣社會與歷史脈絡中被安排的一種「空間結構」（攸關各種意識形態觀念與解碼操作的訴求），但文學中的「鄉土」實為作者寄寓以一種主觀情愫、價值選擇方式而依附其中的有意義空間。審諸九〇年代以降，老中青三代作家「重

---

[13] 承上所述，當城市取代農村而成為現代人的生活舞台，現代城市的物質繁華與內爆性媒體經驗，也將使創作者更集中懷想與書寫那與時俱逝的傳統鄉村或昔日時光，而孕育出越來越多具隱喻性空間圖式的烏托邦文本。

[14] 本章節所謂「烏托邦」，乃依據卡爾‧曼海姆的定義：所有各種從情境角度來看具有超越性的觀念（而不僅僅是各種願望的投射），都是烏托邦觀念。如就充滿願望的思維過程體現而言，人類的各種渴望形式都可以根據一般的原理來陳述：在某些歷史時期通過時間方面的投射而出現（此時間性渴望稱之為「千禧年主義」），或在其他歷史時期則通過空間方面的投射而出現（此空間性渴望稱之為「烏托邦」）。相關概念參見卡爾‧曼海姆著，艾彥譯《意識形態與烏托邦》（北京：華夏出版社，2001），頁 243-249。

返鄉土」的書寫，如果等同是一種行旅或遊觀的美學實踐，則有
關行遊概念的空間解讀與文學想像，似也可以提供另一種烏托邦
話語與戀戀鄉土情的思維圖像。以下研究進路即嘗試從烏托邦地
理學性質，諸如想像性的「烏有之地」空間圖式、行遊敘事概念
等觀測位置，輔之以人文地理學中關乎「地方」、「空間」與「時
空之間」意識之理論，[15]進行新鄉土小說中空間圖式化的三種敘述
探索，論述文本則以呈現雙向對應而有互寓關係的三組作品為
主：以「童話故事」為基調的鄭清文《天燈‧母親》與甘耀明《水
鬼學校和失去媽媽的水獺》；以「時間意識」為命題的黃春明《放
生》與童偉格《王考》；以「行遊地圖」為視域的朱天心《古都》
與許榮哲《ㄩˋㄧㄢˊ》。

一、童話故事裡的異想國度——鄭清文《天燈‧母親》與甘
　　耀明《水鬼學校和失去媽媽的水獺》

　　（一）為史補闕——人間而不人煙的鄉野世界

　　如果把農村鄉鎮看做是卷帙浩繁的歷史文化文本，則從早期
到現在的鄉土小說在某種定義上似乎也可稱之為「歷史的小說」，
[16]意即通過以鄉土為材料，重現某種特定時空下，傳統文化逐漸淡

---

[15] 採用之理論主要讀本則為詹姆遜（Fredric Jameson）著，王逢振主編《詹姆遜文集‧
第 2 卷，批評理論和敘事闡釋》（北京：中國人民大學出版社，2004）；Tim Cresswell 著，
徐苔玲、王志弘譯《地方：記憶、想像與認同》（臺北：群學出版社，2006）；以及大衛‧
哈維（David Harvey）（1990）"Between Space and Time:Reflections on the
Geographical Imagination"，收於夏鑄九、王志宏等編譯《空間的文化形式與社會理
論讀本》（一）（臺北：明文書局，1994），頁 47-79。

[16] 魯迅〈《羅生門》譯者附記〉即指出《羅生門》是一篇「歷史的小說」，而不是「歷史小
說」，意謂前者不必取材於可靠的史實，而是取材於歷史上的傳說故事，甚至假託歷史

出歷史而走向邊緣的過程，鄉土作家遂不無具有記錄集體記憶，
保存臺灣農村生活實錄、童玩民俗史料等，[17]為當代史補遺之創作
宏圖。

　　誠如「後殖民」（postcolonial）一詞英文中的前綴詞「後」
（post），通常有兩種釋義：一為「曾經經歷」（having gone
through），一為「以後」（after），兩者均攸關「時間」命題，並
未形成牴牾，意味曾經經歷過而已然成為現在生活中一些殘存的
意識形態與文化影響。[18]準此，《天燈・母親》一書也可說是鄭清
文一種「後農村」書寫的情態──在經歷童年農村時代之後，所
體現對過去農村歷史與生活樣態的各種看法，其實也都是經由現
在的信仰、興趣、願望形塑而成。因此鄭清文雖召喚出一個「原
鄉」未被污染前的樸素傳統，然而故事在風俗畫與抒情詩的想像
鋪展中卻浸透著極富現代性意識的寫實景象，如文中敘及阿旺想
救茶蟲，卻因無知不察，誤倒藥水而毒死許多小魚蝦；山坡地改
種水果、檳榔後引發土石流災情；為鋪設新路而砍伐白鷺鷥棲息
的相思樹林等。[19]

　　上述種種，皆是作者參照當下社會生態環境和政經狀況，而
以詩性筆觸與觀看角度，所帶出「環境倫理」問題的一種「自然

　　加以虛構。參見王向遠〈魯迅與芥川龍之介、菊池寬歷史小說創作比較論〉《魯迅研究
　　月刊》12 期（1995 年），頁 43。

[17]　一如陳玉玲〈農村的烏托邦：鄭清文的童話《天燈・母親》〉：「在阿旺故鄉的地圖中，
　　有栩栩如生的農村生活記錄……以史實的角度視之，這具有保存臺灣農村生活歷史的價
　　值。」收於陳玉玲《臺灣文學的國度：女性・本土・反殖民論述》（臺北：博揚文化出
　　版社，2000），頁 151。

[18]　參周蕾（Rey Chow）《寫在家國以外》（香港：牛津大學出版社，1995），頁 93。

[19]　分見鄭清文《天燈・母親》（台北：玉山社，2000），頁 110、124、168。

書寫」。其所展現時代感、現實性與人文關懷，除了再現一頁社會變遷史外，也呼喚出集體潛意識裡的「原風景」，極具「童話」文本的教育性與訴求性。這個象徵「童年烏托邦」歸返的童話世界，並非如論者所言是近於隔絕凡俗：「在時間上是屬於『過去』，與『現在』分離的；在空間上，是屬於『農村』，與『都市』有所區別。」[20] 而是通過作者投射自己所居處的現代社會狀態與自己記憶的過去對置而建構出「人間而不人煙」的一個異想國度。

　　這個交織著寫實與虛幻，宣揚童心與純真的童話烏托邦塗抹了極多的人間暖色，如〈初冬・老牛・送行的隊伍〉篇章，不僅透過阿旺送別老牛的路線而展開田野調查式的農村巡禮，兼也攝錄農民與牲口相互依存的深情；〈夏天・午后・紅蜻蜓〉一章更藉由阿旺家的稻穀豐稔，浮現「墾民群落的歡娛」與「勞動神聖」的幸福論述與美好畫面；〈寒冬・天燈・母親〉一章則另闢蹊徑以「母親不在場」的方式，[21] 傳達「母愛在場」的訊息與人子的孺慕之思，而最後阿旺撿得天燈，完成自我與母親的救贖，更是作為全書重要的點題與論旨——一個傳統價值與思想體系的崩潰，除了可以從多種文獻中掌握其變化與脈動之外，情緒或信念的暗中動搖，也是一種關鍵性的力量，其中作為傳統倫理概念的「孝道」，在時代潮流沖擊下，所面臨存有或淪喪的關鍵，也象徵文化傳承的中斷或一個道統系譜的式微。

　　「孝」是文化精神的印記，源出於人對自然親情的認同，推及孝思的極處，即可明白自己生命的起始根源，一如鄭清文所亟

---

[20] 見陳玉玲〈農村的烏托邦：鄭清文的童話《天燈・母親》〉《臺灣文學的國度：女性・本土・反殖民論述》（臺北：博揚文化出版社，2000），頁152。

[21] 小說裡的母親因難產，生下阿旺即亡故，在文中皆是以鬼魂形象現身。

欲回溯與增補的「鄉土書寫」，亦指向生命的來處——童年與農村。當個人襟懷參與小說敘事意義的生成時，即成為小說中理想幻景的一部分，因而《天燈・母親》所敷色農村的人事風華，不論悲歡美醜，明顯洩露作者尋找烏托邦的張望，這個異想國度確然是一種優美，健康，自然，而又「不悖乎人性的人生形式。」[22]

　　邇來鄭清文頗用力於童話創作，且循著作家的夫子自道，逆溯其創作初衷：

> 臺灣的許多農村，有的快、有的慢，都在消失中。……我寫農村，並不止是我個人的記憶，它也是許多臺灣人的共同記憶。我用童話的方式寫它，是希望更多的臺灣人，能在較早的年齡接觸一些臺灣的事和物。(《天燈・母親・後記》，頁209-210)

藉由根植鄉土、深入人性的童話，提供青少年自我成長的養分，正是鄭清文撰作的重要目標。「懷舊」原是鄭清文貫常的書寫姿態之一，他童年生長的所在地——「舊鎮與鄉下」是他取之不盡的寫作活水之源，也是他念茲在茲，夢寐縈迴的一個舊夢：「轉來去。……舊鎮是我的故鄉，我在那裡出生，在那裡長大……」[23]。書寫童話乞靈的是兒時記憶，鄭清文的記憶代表了他的「生活故事」，所謂遺忘關閉歷史，而回憶卻敞向人的過去和烏托邦，當是

---

[22] 觀諸鄭清文鄉土童話書寫中有關探索人性的情境，頗多遙契沈從文砌築人性聖殿之理念。見沈從文〈習作選集代序〉，《沈從文著作選》(臺北：臺灣商務印書館，1994)，頁271。

[23] 見〈故里人歸〉小說開篇，原載於《聯合副刊》，1976.12.9-10，後收於林瑞明、陳萬益主編《鄭清文集》(臺北：前衛出版社，1993)，頁125。

對鄭清文最恰切的形容。

（二）幽黯樂園──懸寄生命的神秘幻境

　　就創作者對於鄉土世界的關切與反思而言，九〇年代以降的鄉土小說，雖然與早期鄉土書寫仍有著「題材閾限」的血親關係，但由於社會轉型兼及各種文論、詮釋、方法論、評論競相出籠──所謂「理論的時代」裡，新世代寫手不免也藉由鄉土小說這個試驗場來操作演練他們的文藝技法。不同的地方色彩與翻新的表現形態都是一種「差異」，差異就是魅力，甘耀明另一本鄉土著作《神秘列車》即以多篇「神秘記事」、「神界傳奇」與「魔幻寫實」的作品定調了他幻化千面的魔魅鄉土書寫。[24]

　　本章節所關注《水鬼學校和失去媽媽的水獺》一書，則是極具濃郁鄉土趣味的童話故事──〈蘭王宴〉一文敘及因父病而走入山林的小小採蘭人，不僅擁有撒絮幻化各種動物的功夫，更因著同情與悲憫的善質而與山林動植物為友；〈魍神之夜〉文中則顛覆了民間傳說中猙獰可怖的「魔神仔」，使之搖身一變而為迷離絢麗至極，乘著夜色飛翔而來的可愛精靈；〈尿桶伯母要出嫁〉則是從童騃視角觀看尿桶婚禮的習俗信仰，其中且涵蘊「報本反始」的客家傳統精神。

　　至於幾佔全書泰半篇幅的〈水鬼學校和失去媽媽的水獺〉原是一篇生者對逝者眷戀不捨的悼亡書寫，然而作者卻獨出機杼以極其緻密的寫實手法，雜糅著夢幻奇詭的想像力，鋪展出一段成

---

[24] 李奭學於《神秘列車‧推薦序》（臺北：寶瓶文化出版社，2003）中，即給予「千面寫手」美稱。

長紀事。故事敘陳一群純眞孩童在一次溺水悲劇後，爲了撫慰喪子的傷慟母親，竟奇思異想地開辦了水底教室，而唯一的學生即是形似殤夭友伴的水獺。於是逝者的不可替代性與生者傷逝的驚悚和耗弱，就在獲得來自另一世界的動物的幫助，以及在童眞童趣與母性光輝中完成了傷痛修補。

一如童話譜牒中的敘述主軸，在無塵無垢的童話國度裡總是刻繪著繽紛無憂的童年歲月，也洋溢著人味與人性，故事裡的孩童更是與凶猛惡獸達成了和解，虛擬出一個人與自然和諧相處的美好世界。然而甘耀明所營構以鄉土爲背景的童話樂園，卻不是一個超現實的夢幻迪士尼，郝譽翔曾指出甘耀明小說中華麗與幽暗的並置：

> 然而這卻是一座黑色的樂園，山林、鄉土與原野，如夢似幻，但都脫離不了死亡的陰霾。……它反倒更類乎於一種想像，一種象徵，甚至是一個夢境，其中或多或少都滲入斷傷的經驗，肉體的污穢與掙扎。(《水鬼學校和失去媽媽的水獺·推薦序——華麗而幽暗的童話國度》，頁9)

在驚異憧憬的童話世界裡，雖揄揚大情大義的純摯童心，但也放入大悲大喜的人生命途，甘耀明的小說堪稱是「早慧的童話」，其間挹注的是「啓蒙的驚悚與傷痕」的成長記憶。[25]

然而這座幽黯樂園並非如郝文所言是類乎夢幻鄉土的一種想像飛越，反倒是極其寫實地展示出鄉土地景中對幼童而言最是凶

---

[25] 此處挪借楊照〈啓蒙的驚悚與傷痕——當代臺灣成長小說中的悲劇傾向〉一文標題，《幼獅文藝》(1996 年 7 月)，頁 89–95。

險與危機的自然景物，如深山榛莽、狐狸雲豹、險溪湍流、山魈瘴氣等等，這些美麗、神秘而不盡然友善的地景風物，原都是鄉野小孩成長歷程中不能承受之輕盈與負擔。

　　甘耀明挪借豐富的想像，化爲感性詩意的「除魅」力量，於是本然世界的面貌便翻轉爲有著款款情思的擬人動物、有流螢葬禮的神秘幻境，而那條狂暴噬人的河水更是經由奇想而增值爲「母親的乳汁」，被視爲重生小胖的「水鬼」（水獺）即是在河流中和喪子的胖大媽藉由「哺乳」的儀典，而完成血緣紐帶的認證。水是一種神奇的乳汁，大地在它的子宮裡準備著溫暖而豐厚的事物[26]──河水所具有的母性特徵遂令小說裡的孩童不願浮沈在人工的泳池，只因爲那是「一具不折不扣的水棺材，會埋葬童年，誰願意。」[27] 山川、溪流、動植，這些萬彙品類在被擷取被描繪中，已然進入甘耀明的童話世界裡，而構成一種鄉土小說的文體形相。

　　上述鄭清文與甘耀明所織就不同於傳統鄉土小說規範的童話情節與異想幻境的書寫，顯見鄉土小說新視野的拓展與突破。小說裡的鄉野景物不僅被用來標示事件場景或烘托人物心境，鄉土空間圖式更轉喻爲一種象徵，從而承擔起多種敘事的功能，如二書中都出現了擔任救援者與仲裁者角色──維繫農村社會秩序的守護神土地公；都明顯塗繪農村的地理版圖與路線；[28]也都藉著永恆的戀母情結而將自然界視爲是母親的一種投影。判然有別的是，老前輩鄭清文的童話裡，盡皆是眞實農村生活中習見的馴化

---

[26] 有關水的「母性」特徵概念，參見〔法〕加斯東‧巴什拉著，顧嘉琛譯《水與夢》（長沙：岳麓書社，2005），頁 129-132。
[27] 甘耀明《水鬼學校和失去媽媽的水獺》，頁 120。
[28] 《水鬼學校和失去媽媽的水獺》一書的封套內頁即以精美圖繪，標示故事裡鄉村全景。

家禽與昆蟲，如老牛、斑甲、火金姑、紅蜻蜓、水豆油等，而新世代甘耀明取材入鏡的則是典型童話裡的奇珍異卉與猛獸，如狐狸、雲豹、黃鼠狼、水獺、蘭花王等，顯見農村生活體驗的深淺厚薄，所鎔鑄美學的資源素材也各有特色。

二、地域鄉情中的時間意識──黃春明《放生》與童偉格《王考》

（一）「現此時」和「那時候」──被編入指定空間的時間概念

誠如論者所言：「鄉土文學和黃春明正典性的地位業已宣告確立。」[29] 黃春明對臺灣鄉土的關懷始終一以貫之，作為一個象徵性的媒介，鄉土小說創作恰好是一個可以檢視時代病例的測試儀。黃春明關注鄉土家園、風俗習慣的創作，幾乎都以「寫人」為輻輳點[30]──「壯者」的生活困境、[31]「幼者」的本位思考，[32]「老者」的終極關懷。《放生》一書寫了很多老年生命的隕落，通過這些死亡與衰朽的描寫，凸顯了被「放生」農村的銀髮族群的蒼涼晚景。老人問題也曾在鄭清文〈永恆的微笑〉一文中出現過。[33]行

---

[29] 范銘如《像一盒巧克力──當代文學文化評論》（臺北：INK 印刻出版公司，2005），頁171。

[30] 葛浩文（Howard Goldblatt）即言黃春明最主要的是「寫人」。見 Howard Goldblatt〈黃春明的鄉土小說〉《弄斧集》（臺北：學英出版社，1984）。

[31] 如〈兒子的大玩偶〉裡的三明治廣告人坤樹、在〈鑼〉裡無鑼可打而淪落幫辦喪葬以謀生的憨欽仔等。

[32] 如出版《黃春明童話》（臺北：皇冠文化出版社，1993）、創立「黃大魚兒童劇團」、合作設立「頂呱呱黃春明兒童劇場」（1994）等。

[33] 該文以反諷筆調寫一生挫敗的孤獨老人，兒子屢次告訴他：「沒有辦法的時候最好笑

將老去的生命，原應該在血脈序列基因中佔有最崇高的地位，無奈在信仰青春的時代浪潮裡，只能落寞地走入「沒有光的所在」，成爲湮沒的輝煌。

在文化與時間的探究中，學者論及身處文化中所學會「時間消逝」的觀念，計有過去觀、現時觀和未來觀三種心理時間觀點，並言及「過去觀」的社會或文化，注重重現舊式生活，重述過去之事，而這些文化形態大多「尊重父母和長者」。[34]鄉村本是保存最多「過去」，收藏最多「故事」的所在，傳統農村的「崇祖情結」往往使祖輩先人成爲一種精神理想的化身，此即多數小說中所浮現「理想先人」的角色，如智慧老人、可敬長者、矍鑠勇者等。[35]

以黃春明爲例，早期作品中的老人群像即有懷持昂揚意志，掙脫逆境的「青番公」；樂觀前瞻生命，養護瘋啞兒子的「甘庚伯」；以螳臂擋車的悲壯，抵禦現代化的「阿盛伯」等等。[36]這些在衰老軀體裡跳動著不肯老去的心靈，以及從土地汲取力量，渾身上下都散發著溫厚情感的耕稼者，在在爲「鄉土」風情畫面增添了不同於現代都市文明的文化性格與精神內涵。然而《放生》書裡的農村卻是一個不負載「過去」光環的「現代」農村。

笑」，於是臨終時只能孤寂地留下了一個「永恆的微笑」。見林瑞明、陳萬益主編《鄭清文集》（臺北：前衛出版社，1993），頁 29-45。

[34] 見〔美〕洛雷塔‧A‧馬蘭德羅等著，孟小平等譯《非言語交流》（北京：北京語言學院出版社，1991），頁 324-325。

[35] 如朱西甯懷鄉小說《鐵漿》（臺北：INK 印刻出版公司，2003）中〈賊〉、〈鎖殼門〉二文；《華太平家傳》（臺北：聯合文學出版社，2002）等文中之高潔父祖人物。

[36] 分見同名小說《青番公的故事》（臺北：皇冠文化出版社，1985）；〈甘庚伯的黃昏〉原載《現代文學》期 45，後收入歐陽子編《現代文學小說選集》（臺北：爾雅出版社，1977），頁 483-501；〈溺死一隻老貓〉收於《黃春明典藏作品集 I：莎喲娜啦‧再見》（臺北：皇冠文化出版社，2000）。

　　黃春明此刻書寫形相各異的老人軼事光影，顯然已非昔日的「致敬」與「捕夢」心事，而是一種「焦慮」，託寓遙深的並不是「昨日重現」的輝耀，而是「昨日已死」的殘破，然而從「老人題材」的衍異，也正豁顯黃春明之於傳統鄉土書寫的承襲與裂變。他紀錄的顯然是一些已經（不是即將）從傳統文化基磐上流逝的東西與現象。小說中百無聊賴，對當前的時間失去了感覺的老人，遂只能拿著舊報紙緩緩道來「現此時」的新聞，[37]或者是喝酒、打蒼蠅和等郵差發送兒子未必按月寄來的報值掛號、[38]爭相早起排隊為返鄉兒女買預售票[39]……。

　　陷入荒遺冷落的老人的困境並非來自老邁殘軀病體的磨難，而是備嚐「老者不安」、「失其所親」與「不得善終」的苦衷與悲涼，小說中如交付地契房產為兒子償債，以至生活費無著的林旺欉、捉放田車仔以等待兒子出獄的莊阿尾、一身老病乏人照護的售票口排隊族、雖喜見奔喪兒孫滿堂卻頻頻羞赧於自己死而復生的粉娘等等。

　　這些駭人閱聽幾可成為「社會醜聞」的亂象始源，實來自「鄉土地域」的空間變貌——在現代工業文明與經濟結構形態吞噬下，被迫變形的鄉村景觀、扭曲異化的人文風俗與城鄉差距的日增，一方面讓老人難以適應新的生活型態和價值觀念；一方面也間接影響親子關係而造成老人的孤獨和失落。這種「我有許多子女，卻與他們不大熟悉」的悲涼，絲毫不遜於逆轉為「柴米父子」關係的殘酷。

---

[37] 黃春明《放生‧現此時先生》（台北：聯合文學出版社，1999）

[38] 黃春明《放生‧打蒼蠅》。

[39] 黃春明《放生‧售票口》。

　　故鄉變得陌生的「鄉愁」，[40]自也含藏了從未離開農村和土地的老人處身於現代社會中，所必須協調三種時間世界的糾葛：一是繼承而來的生物時間世界，二是經歷的心理時間世界，三是生活在其中的文化與社會時間世界。[41]因此「和環境在明爭，也和時間在暗鬥」的老人，[42]在失落了根柢，淆亂了從前傳統而栖栖皇皇，不知所措時，總是回憶多於夢想：

> 幾年來這麼大的房子只有他們兩個，……有時間就是敘敘過去，很多事情都是一而再，再而三地重敘著。（黃春明《放生》，頁 97）

正因為是生活在「現代社會時間」裡，有了「現今」的迫切感，才會回憶過去，這並非是自願性的回憶，而是「現在都沒了」的情境使然。〈呷鬼的來了〉一文中的老廟祝即頻頻感嘆「白鴿鷥城仔」原本上萬隻白鴿鷥停棲城圍，「現在都沒了」。[43]「現此時」和「那時候」的對比，正說明時間與轉變的互補概念。「逝者如斯夫」的時間常被隱喻為流動與變化，而作為時間反襯的鄉土空間則常令人有根著、停滯的感受。黃春明《放生》書中所流露老人身陷「現此時」和「那時候」的拉鋸困境，恰可說明時間意識是如何被編入鄉土這個被指定空間的概念。

---

[40] 黃春明指出：今日臺灣多數老年人的鄉愁是來自於故鄉的快速轉變，不同於以往遷徙至異地的鄉愁。見〈鄉愁商品化〉《自由副刊》（2006 年 4 月 6 日）。

[41] 見方能訓譯《時間與空間》（紐約：時代，1999 時代生活叢書中文版），頁 100。

[42] 李瑞騰《放生・序》，黃春明《放生》（台北：聯合文學出版社，1999），頁 9。

[43] 小說裡廟祝提及白鴿鷥現在都沒了的原因是與鬧鬼有關，但最後廟祝話鋒一轉，又言：「現在連鬼也沒了。現在什麼都沒了。」（頁 163）在作者諧謔的筆調中，或寄寓有「今日鄉土化身為觀光地區就罷，奈何竟淪為傳說鬼域」的反諷？！

（二）絕對者的存在與孤獨——借來的時間，借來的地方

　　如果說黃春明所寫「老人系列」小說，是著眼於老人與社會共生的關係，則童偉格《王考》恰好汲汲於劃清人與社會的邊界。論者率皆以「廢人」價值、「無傷」哲學、失敗「畸人」以論童偉格小說的特色，[44]誠然《王考》裡亦鋪陳荒村荒人的浮世畸零故事，但小說裡作為失敗者角色卻並非是學者所定調為「鄉土荒村無知愚昧的小人物」，[45]而是隱約看得見「士的幽靈」或深或淺地纏繞於身的鄉村知識分子，[46]甚至是帶有些許傳奇性、身懷奇能的秀異之士。

　　如〈王考〉裡有著「考據癖」，鎮日繭居書齋，煮字療饑的書痴祖父、〈叫魂〉裡大學畢業卻捐棄公職而在樹下狂坐數十年的吳火炎，以及杞人憂天，動輒流淚的校園老師李國忠，或是〈躲〉文中少壯叛離農村，入地挖礦、出海遠洋，老大返鄉則逢地蓋屋，護守田園的大伯、〈驪虞〉中游走於廚子、武師、道士、算命仙、教戲先生各行各業的打蛇英雄老爹等等。

　　小說裡清一色的人物即使流竄到了城市，成了「另類潮流新邊緣人物」，[47]也依舊是鄉野廢人彳亍於途的分身，如旁涉古籍的資訊界才子、[48]在咖啡館打工的落寞大學生等。[49]這些群像的同質

---

[44] 分見楊照〈「廢人」存有論——讀童偉格的《無傷時代》〉《無傷時代》（臺北：INK 印刻出版公司，2005），頁 5-10；邱貴芬〈「無傷」「臺灣」〉、黃錦樹〈時間之傷、存有之傷〉，後二文均載於《自由副刊》（94 年 3 月 6 日）。

[45] 見邱貴芬〈「無傷」「臺灣」〉《自由副刊》〔2005 年 3 月 6 日〕。

[46] 〈驪虞〉中妻子對主人翁的抗議：「又是書生。怎麼你的世界就沒有其他人？」可為佐證。參見童偉格《王考‧驪虞》（臺北：INK 印刻出版公司，2002），頁 183

[47] 童偉格《王考》（臺北：INK 印刻出版公司，2002），頁 91。

[48] 童偉格《王考‧驪虞》。

性是：人生諸項加於其身幾乎是一連串失意的連綴，他們的的確確是現實生活中徹頭徹尾的跌倒者。

「士」的古典身份雖然在現代結構中消逝了，但《王考》小說中多數人物棲身方式所展現的一種價值符號世界與現實生活世界的落差，卻在無形中承繼了「士」偏向「理想典型」的性格，如嗜書成癖，傳聞曾以四根舌頭、四種語言做佈道式的演講而震懾群氓，化解爭奪神祇浩劫的祖父，除了展現了「參與治天下」的流風餘韻，更以通貫文史與圖方志的「師」的角色，折射出「知識分子」的憬然側影。

這些外表孤意遮掩深情的獨行者，勇於追尋執念，確認某種永恆的事實，他們的高舉遠慕並不限於日常生活當下的具體情境，而是希望觸及在時空中更具久遠意義的象徵。於是總是被一個「神秘手勢」的召喚而奔赴他方異域，或一心等待永遠不可能出現的公車……。這些生活在借來的時間與借來的地方的「求索者」，顯然得到了「生存的主觀性勝利」，只可惜這個靈魂烏托邦的合法願望，終究只是一種幻覺式的解決。

《王考》小說情節的曲折性與高潮突轉的力度，固然往往被童偉格所稀釋，但人物的點染卻未被淡化，泰半是藉由敘述者童蒙之眼的諦視而見證人物的孤身世界，[50] 這其間尚有「述說故事」的孩子角色安置，映射出小說潛在的另一個情節主線，即帶有「代際傳承」與「啓蒙成長」之況味，此即〈王考〉裡的孫子歷經考

---

49 童偉格《王考‧暗影》。
50 小說中的敘述者大多為人物的兒孫輩或晚輩，就閱讀觀點而言，童稚之心如何進入這些人物如斯複雜微眇的幽黯心靈？

證「自殺爲本鄉十大死因的第三名」後，即博得「你果然是你祖父的孫子」的稱譽，而〈叫魂〉裡的吳偉奇更是開啓「抗拒死亡」的烏托邦視野與想像——藉著「一架載著死去親友的飛機」，讓參加陰間觀光團的死人，全部活了過來。

從鄉野年長畸人切換至街道閒逛的流浪漢，以及唯有器械相聞，與芳鄰老死不相往來的少壯城市荒人，[51]更能看出代際關係的族繁與傳衍。作爲敘述者的孩童，因而除了是觀察者，也是被觀察者，角色意義豐滿。如此，不僅呼應之前敘及叩關烏托邦的求索者所應具有的忘機與不染塵的心靈狀態，也意味著現實世界屢屢搬演的正是「童心」不斷迷失墮落的一篇篇人性「失樂園」的悲劇。

上述《王考》裡的「紙上鄉土」，並不同於《放生》般可以明確指涉出一個有多山河、風箏節、二萬五仔白鴿鸞城的現實世界——宜蘭，童偉格的「假」語「村」言，也不像黃春明的寫眞報導：「我要爲這一代被留在鄉間的老年人做見證。」[52] 然而上述二書在反差中卻有其共通的描寫視點，即在於作爲鄉土主體人物，大都以祖父輩老人居多，青壯父執則大抵不在場，或者被安置在城市，幾乎淡化爲純索引的性質。[53]

這些或垂老失養的孤獨者或孤身決斷的求索者，他們大都面臨「眞正的死亡」（所謂「時間之傷」）與「儀式性死亡」（所

---

[51] 分見童偉格《王考》，頁 90、102、168。

[52] 見黃春明《放生‧自序》（臺北：聯合文學，1999），頁 16。

[53] 《放生》中老人的子輩（父親）大抵都在城裡，而《王考》的父親角色則誠如駱以軍所言：「父親早已離開了。」見〈暗室裡的對話〉，（收於童偉格《王考》，頁 196。

謂「存有之傷」）的威脅，[54]而顯現出一種內在心靈與外在世界割裂的悲感。他們顯然都是生活在他方的浮世畸零人，其所生活的這個烏托邦時間，是被用於在鄉土空間中安插上的一個裂縫，或修補一個裂縫的。如此而觀，新舊世代鄉土作家容或各有突破／解脫，畢竟還是屬於超脫主題化，而走向對某種概念或問題演繹這一脈新鄉土小說的流裔。

三、行遊路線上的地圖學誌——朱天心《古都》與許榮哲《ㄩ ㄢˊ》

（一）遺忘與記憶——老靈魂漫遊的歷史地圖

一九七七年朱天心〈古都〉一文甫出，即吸聚眾多高手紛從不同視角，剔隱抉微，出入書裡書外，發為高論，至今猶有餘韻，[55]於是作者原以極具曖昧性與時間觀命名的「古都」儼然不古，依舊熠耀於現今地理版圖上。這是因為實際地理定義下的「古都」（今日台北／日本京都）原應該具有「牽涉了暫停和休憩，以及涉身其中」的「地方」意義；而文本裡的「古都」（老台北／川端康成小說裡的京都）則是做為「行動與移動之開放場域」的「空間」存在義涵。[56]

詹宏志嘗從「空間感覺」的殊異觀點，將臺灣劃分為「都市

---

[54] 此處權借黃錦樹所言「時間之傷、存有之傷」一詞，以說明小說人物所遭逢「老病」或「瘋狂」的悲劇。

[55] 參見陳翠英〈桃源的失落與重構——朱天心〈古都〉的敘事特質與多重義旨〉一文中所言及閱讀〈古都〉的多維向度。收入《臺大中文學報》24 期（2006 年 6 月），頁 274-277。

[56] 有關「地方」和「空間」之對比定義，參見王志宏、徐苔玲等譯《地方：記憶、想像與認同》（臺北：群學出版社，2006），頁 35。

臺灣」和「鄉村臺灣」，並說明二者在地理上很接近，但在概念上很遙遠。[57]朱天心《古都》一書堪稱城市之書，除〈古都〉一文是老靈魂漫遊「雙城」的書寫外，其餘諸篇則游藝賞玩於嗅覺與視覺的魅惑，允為城市的感官之旅。[58]然而朱天心表記流動不居、稱頌商品的「城市空間」，並非為了對映於詩意棲居，恆常存有的「鄉野景觀」。納入〈古都〉行遊敘事的空間形相，實可作為一種「歷史視角」與「過客心理」投射的喻詞，[59]作者企圖以「記憶」來對抗「遺忘」，從而文本浮露的則是七〇年代的「我家台北」與九〇年代的「異鄉台北」兩個疊現空間。[60]

「難道，你的記憶都不算數……」[61]，〈古都〉以根植於「懷舊」基調的呼告，開展了「穿梭在過去、過去的過去縫隙間的古跡地圖」[62]，以及指認滄海桑田的行遊。經由記憶與遺忘的辯證，行遊路徑揭現的是一個消逝了的時代風情，在這個佈滿「美麗廢墟」意象的地理景觀／心靈空間的行進地圖中，[63]屢屢可見空間構造物是如何被創造作為個人記憶和時代歷史中一系列事件的固定標記。諸如巷道門牌、植物氣味、公車捷運、風俗人情等，不僅勾勒出代遠年湮的滄桑遺事，令敘述者「像一個去國多年的人一

---

[57]　見詹宏志《城市人：城市空間的感覺、符號和解釋》（臺北：麥田出版社，1996），頁 18-19。

[58]　如〈匈牙利之水〉談的是香水香料，〈第凡內早餐〉則是攸關鑽石學的消費欲望。

[59]　此處援借 C.T.威廉斯（Caolr Traynor Williams）《旅行文化》所定義之旅行文化。引自郭少棠《旅行：跨文化想像》（北京：北京大學出版社，2005），頁 1。

[60]　見邱彥彬〈恆常與無常：論朱天心〈古都〉中的空間、身體與政治經濟學〉，收於《中外文學》35 卷 4 期（2006 年 9 月），頁 57。

[61]　朱天心《古都》，頁 151。

[62]　祁立峰〈城市‧場所‧遊樂園──從駱以軍「育嬰三部曲」觀察其地景描繪的變遷與挪移〉，收於《青年文學會議論文集 2006：臺灣作家的地理書寫與文學體驗》（臺南：國家臺灣文學館籌備處，2007），頁 10-11。

[63]　小說言及：「類此的美麗廢墟還有……。」（頁 185）

樣，由衷的喟歎著」（實則慌亂不安）的現代城市變貌；[64]也召喚出臺灣集體記憶中「事件－歷史」的寓意，如代表臺灣歷史演變進程的浦城街、文武町、羅斯福路／艋舺、本町、萬華等等街道地名的紛繁歧異。[65]

　　敘述者頻頻奪取過去之故，是因為遺忘逼迫而來。集體記憶原是一個社會建構的概念，在本質上是立足現在而對過去的一種重構，[66]唯集體記憶既涉及由「現在的關注」所形塑，則每個歷史階段對過去的重塑／重述都不一樣，一如不同的朝覲者對所建構的聖地形象也不一致。故而當記憶和空間失去了相互依存的關係時，這個原本作為勾連社會也表徵自我的中介——空間，即成為敘述者「生存的孤島情境」，其所欲求的某種再現世界，既與支配性的公共實踐大異其趣時，「個人的空間與時間感受，不會自動地和公共的感受一致。」[67]因此敘述者只能藉由成長經驗或歷史記憶來追捕一種心靈故鄉，並以此經緯出生命的光譜。

　　然而敘事者卻是透過懸浮在「台北－京都」與「日治台北－今日台北」雙重意識的漫遊，才計算出故鄉的距離。這種「直把杭州作汴州」的心事，實包含兩種視角。一是「記憶」的搜尋與再現的時間觀點：行遊者按圖索驥時漂移在生命歷程中的變形角

---

[64] 朱天心《古都》，頁190。

[65] 一如朱天心為日本譯本版所寫序文中所言：「新舊街道地名混雜並陳（如日據代、國民政府、李登輝－陳水扁時代)」。參自文版《古都》譯者清水賢一郎〈「記憶」の書〉一文，引自張季琳〈日本人看朱天心的《古都》，李豐楙、劉苑如主編《空間、地域與文化——中國文化空間的書寫與闡釋》上冊（臺北：中研院文哲所，2002），頁493。

[66] 參見莫里斯‧哈布瓦赫（Halbwachs,M.）著，畢然、郭金華譯《論集體記憶》（上海：上海人民出版社，2002），頁39-45。

[67] 參夏鑄九、王志宏等編譯《空間的文化形式與社會理論讀本》，頁51。

色——「那時候」看江河看花海俱像故國異邦情調的青春少艾→老想遠行而只能將街景幻化爲異鄉城市，才生活得下去的少婦→與女偕行於他鄉異域／我城本地的人母。一是追認地形地物，「搬動鄉土」的空間觀點：往返穿梭於空間變遷中的文化異位——身處家鄉（臺灣）卻憑藉眼前山水，顧盼故國〈長江、江南〉與異邦（西班牙、美國、日本）風景；旅遊異國（日本）卻遙擬／嫁接家鄉（臺灣）風土人事。

　　依據行遊理論，行遊經驗中往往生發出「異國」、「稀奇」與「陌生人」三種概念，其中「陌生人」乃被賦予「未知身份的社會存在」的獨特類型。[68]〈古都〉中的敘述者即化身爲異國「陌生人」的角色，手拿「介紹島國旅遊書」，重新審視自己的生長之地。當她行經各個場所和路徑所展開「系列景象」（serial vision）的都市體驗時，她的城市竟然失去其「指認」的結構，所謂「指認」乃源自作爲保護自我之空間領域，其作用不但供他人辨識（自明性），也供自我辨識（自證性）。[69]已然無法與記憶深刻對軌的空間，既失去了意義層次，敘述者原本所認知的行遊地圖遂成了區隔記憶與身份的「桃源地圖」，而「尋向所誌」也逆反爲「無家可居」的轉蓬心結。於是行遊者儼然是誤闖異域的武陵人，只是絕境勝地的桃源卻一再退化爲崩塌的烏托邦。敘述者一再引用桃源舊典所含藏「隱匿身份」的空間遊戲，至此則浮雕出原是「匿名

---

[68] 郭少棠《旅行：跨文化想像》（北京：北京大學出版社，2005），頁 21。

[69] 都市的組成包括自然元素（山、水、地、氣候）、街面特質、區特性、地標節點、活動，及不可見的社會結構、風俗習慣、個人背景與記憶等等，這些元素透過不同的指認系統，如視覺走廊、眺望系統、方向指認系統、交通路線或觀光路線存於我們的記憶之中。見黃長美著《城市閱讀》（臺北：藝術家出版社，1994），頁 23-58。

族群」狼狽而顛簸的抒發與控訴。[70]

　　朱天心「對時間、記憶,與歷史的不斷反思」的老靈魂角色,[71]藉由繪製「古都」漫遊地圖,不僅形塑了所生存的世界,也代表某種觀點的呈現——在不能營造記憶意義歸宿的困境中,只能弔詭地將鄉土座標暗暗轉移,成為「不可也不該」連結的異域,[72]故而朱天心老是退回去「我記得」(那正是她回憶斷了線的地方)的書寫,竟然成為臺灣文學潮流中一個尷尬的環節。[73]〈古都〉卷末語:「這是哪裡?……你放聲大哭。」遂可定調為朱天心典當鄉土後的悼亡之姿。

(二)破繭與成長——青少年浪遊的啓蒙地圖

　　朱天心《古都》裡的老靈魂拿著「台北古地圖」,漫遊街頭,記憶一座城市的身世與歷史;許榮哲則是拿著「美濃水庫前瞻圖」,浪遊巷尾,想像一幅「寓言」託喻的小鎮風情畫。前者記憶的定向是游履/游舊,後者想像的指涉則是退游/闖游。[74]《山、

---

[70] 小說裡所言的桃源勝境乃指「無主之地、無緣之島」的臺灣。所逆寫的桃源人情與景象則是:「但你確實與樹下男女不同語言,怕被認出,便蹣跚前行……不理他們因為可能會便邀還家,設酒殺人作食……。」(頁232-233)。

[71] 王德威〈老靈魂前世今生——朱天心論〉《跨世紀風華:當代小說20家》(臺北:麥田出版社,2002),頁114。

[72] 如張季琳〈日本人看朱天心的《古都》〉一文,即指陳作者以京都作為精神原鄉,用京都來參照思考台北,拿著殖民者地圖來搜尋現代台北時,是否意謂著對「後殖民地」的追思隱喻呢?見李豐楙、劉苑如主編《空間、地域與文化——中國文化空間的書寫與闡釋》上冊,頁510。

[73] 清水賢一郎〈「記憶」の書〉論及朱天心《古都》以二重化的型態(街道模型:西安→京都→台北),也就是以京都為媒介的方法,遙遠地曲映出與作者的出身有關的中國的「中原」文化。同前註,頁508。遑論認同日殖或追認中原文化,朱天心「書寫偏航」現象顯然重蹈其父朱西甯「政治不正確」的履痕。

[74] 有關「游/遊」字的含義與組合,參見郭少棠《旅行:跨文化想像》(北京:北京大學

一ㄢˊ》書裡被作者主觀詮釋而塑造的「新鎮」——「印象中波光萬頃的海，美濃」，[75]誠如顏崑陽所言：「一個錯雜著現實經驗與想像虛構的世界，平常卻又荒誕。……本身就是隱喻或象徵的符號。」[76] 小說故事的時空乃坐實於「那年夏天，美濃，因為一座不存在的水庫，陸續召喚來探險家、水手和商隊……」[77]，從而開展出敘述者蕭國輝與死黨陳皮二人「重新認識」美濃的觀光巡禮路徑。

路徑作為連繫空間和指認方向的重要媒介，原是浪遊少年沿途活動的一種空間感與時間性的生活經驗，然而這段「在路上的故事」，[78]所投射的空間經驗與圖誌脈絡並非是許多具有意義領域圈（DOMAIN）的集結，[79]《ㄩˋㄧㄢˊ》一書幾乎是一種另類的「鄉鎮閱讀」，書中雖也屢現菸樓、夥房、鍾理和紀念館、黃蝶翠谷或粄條、豬腳、紙傘、美濃窯等地標性與民俗性的區域經驗特質，然而這些只是作為人物活動的僵滯佈景。小說裡「興建水庫事件」才是作為書寫美濃的「選擇性」整體印象與全景輪廓，並且被賦予闖遊少年地圖中空間序列的重要預告、聯結與轉換點，並非如論者所言「被簡化，甚至虛化」。[80]

出版社，2005），頁 43-44。

[75] 見許榮哲《ㄩˋㄧㄢˊ·自序》（台北：寶瓶文化，2004），頁 27。

[76] 見顏崑陽《ㄩˋㄧㄢˊ·推薦序二：世界是一個大規模的寓言》，許榮哲《ㄩˋㄧㄢˊ》，頁 21。

[77] 許榮哲《ㄩˋㄧㄢˊ》，頁 163。

[78] 李永平言及：「浪子故事本質上就是『路上的小說』（a novel of the road）」。見李永平〈流浪少年路——期待臺灣浪遊小說兼評《ㄩˋ 一ㄢˊ》〉，原載於《自由副刊》（2004 年 2 月 29 日），（生活藝文），後收入許榮哲《ㄩˋㄧㄢˊ·推薦序一》，頁 7。

[79] 一個領域圈是一因血緣、地緣、商業、政治、社會、文化等關係組成，具有生命力的生活圈，它是公共群聚的區域。參黃長美著《城市閱讀》，頁 28。

[80] 顏崑陽《ㄩˋㄧㄢˊ·推薦序二：世界是一個大規模的寓言》，許榮哲《ㄩˋㄧㄢˊ》，

　　「水庫」始終是一條貫串情節的潛在線索，說明這個因滲透濃稠政治角力而生產出來的空間，是如何抑制或促進了社會變遷的過程，而小說裡魚貫登場的那些非典型鄉土人物，因而無一不可視爲作者藉以傳達對現實的省察與批判的概念化投射。如混跡於臺灣朝野亂象中的寫眞人物——或願景模糊而死忠選邊靠攏，或造勢拚場而對峙抗爭的蕭家父祖；突顯政治是非不到我，雖立場各異而依舊對奕暢飲的宣傳車司機；因「美濃怒吼，小鎮敵國」新聞事件而來趕集遊覽的觀光團等等，皆可見作者置入性傳達的某種觀點。

　　從水庫事件所輻射的美濃鄉土想像，尤在於浪莽二人組帶有「逃離蒙昧」意味的「出／返美濃記」——藉由身體移動性（bodily mobility），而不是「根著」和「眞實性」來理解地方。[81]蕭國輝、陳皮二人假扮觀光客，四處遊覽的目的地即是美濃，在奇遇之旅中他們重新尋獲了非關與記憶搭配的地方感與歷史系譜：

> 兩個土生土長的美濃人居然像個拾荒者一樣，靠撿拾觀光客東一片西一片不小心掉落下來的語言碎語，好重構自己的土地身世和血脈證明。（許榮哲《ㄩˋㄧㄢˊ》，頁157。）

誠如沒人定位也沒人在意的鍾理和紀念館，在蕭陳二人記憶中原是一座不可言說的斜神歪廟，卻也藉由此番行遊的本質角色——「好奇者」和「冒險者」，而得到在地人文的經驗與知識的開拓。

　　就「地方是被操演和實踐出來」的觀點而言，地方是認同的

頁22。

[81]　參王志宏、徐苕玲等譯《地方：記憶、想像與認同》（臺北：群學出版社，2006），頁57。

創造性生產原料，而不是先驗的認同標籤，在這個意義下，當美濃做爲「水庫事件」義涵的「地方」而「聚集了事物、思想和記憶」時，[82]地方的特徵旋即從「界限和永恆」，而轉爲「開放與改變」，而地方也將不斷涉入「我們」和「他們」的建構之中。弔詭的是作爲小說靈魂人物者皆是美濃外地人，如周月雅、雲飛揚，即如蕭、陳二人亦是藉由外地人視角來觀看美濃。

從這個面向來審視許榮哲《ㄩˋㄧㄢˊ》所鋪展美濃風情畫的地圖，並不是詳盡深入的「老美濃地圖」，書寫企圖也無關某個特殊地域的歷史細節，這一方面或許是作者早已告白吐露的先天局限：「美濃，一個於我全然陌生的小鎮。」[83] 因而小說始終無法從尋找「眞實性」與「根著性」的地方感著手，[84]然而如果故事主人翁不斷完成空間位移的「浪遊」定義可成立，則經由空間移動而使蕭、陳二人在社會等級的階梯上活動，其所產生心境的變化即具有了情節意義。

小說最後一章〈迷蝶〉所收攏「逃是一定要逃的啦，但是該回來的時候還是要回來」、「安全如家的原點」等格套術語，以及小說起始時人物的「離家出走」，以至後來古厝「老婆婆」建構淒美愛情故事而引領人物回到「爺爺奶奶的美濃」等等，在在皆有「成長小說」的況味與託寓。

許榮哲乞靈「水庫」事件的現實作爲改寫的基礎，以此進入

---

[82] 同前註，頁 67–68。

[83] 許榮哲《ㄩˋㄧㄢˊ・自序》，頁 27。

[84] 李永平曾針對此而有尋找不到「眞正的鄉土」之評論。見許榮哲《ㄩˋㄧㄢˊ・推薦序一》，頁 13–14。

一個想像性的虛擬空間，從而凸顯事件與衝突之間的文化意義，極特別的是作者所體現的文化觀照與批判，竟來自於「一個他者」的思考，因而作品不免投射有烏托邦的理想主義色彩——作為海市蜃影的美濃，原是作者的心靈地標與意義印記。

《ㄩ丶一ㄢノ》一書極明顯可見許榮哲對朱天心〈古都〉致意之作。即使是書以「那種可以把我們帶到很遠的地方去的小故事」作為「ㄩ丶一ㄢノ」的諧謔點題，但小說卻超載地「預言」了現代危機——「集體失憶症」，因此也可視之為是一沈重的「啟示錄」或「備忘錄」書寫。

《古都》和《ㄩ丶一ㄢノ》所展示的城市／鄉鎮地圖皆不是單一的視覺景觀，而是人從「這裡」到「那裡」所產生對本體文化的「反思」，因此它們都具有神遊的玄想與烏托邦的話語。然而台北或美濃的身世歷史，或許不只是從作家話語中暫時還魂罷了，即使親見和傳言得以區分清楚，但誠如奧罕・帕慕克對土耳其特殊時態「我聽說」的解說：「一旦深印腦海，他人對我們的往事所做的陳述到頭來竟比我們本身的回憶重要。而正如從他人口中得知自己的生活，我們也讓他人決定我們對所居城市的了解。」[85]推而言之，日後對於臺灣地貌的理解，恐將建立在創作者的文本中，這或許即是新鄉土小說所承擔最重要的敘事功能。

第三節　新的地域美學書寫文類

一個作家總是要找出生命中記憶最深、感受最烈的部分，才

---

[85] 見奧罕・帕慕克著，何佩樺譯《伊斯坦堡：一座城市的記憶》（臺北：馬可孛羅文化出版社，2006），頁28。

能完成書寫，而這個作為書寫泉源的空間條件，或可稱為「背景」。廣泛而言，背景即是生命歷史的本源，也就是永遠的鄉土，文學與地理學的親密關係即始源於鄉土書寫——來自對地方的文學召喚。這是作為一個世界性母題的文學類型的連結點。然而作為一種文學「載體」的鄉土，意義其實是極不穩定的，但定義鄉土，終究要正視「地域色彩，景觀渲染」的鄉土特色。

　　鄉土書寫是自身書寫的延伸，由於曾經長久生活其中，山川風景、風俗人情便會逐漸內化為清晰的心靈圖像，所以作品必然浸染地方色彩。即使作家通常並不自覺地會把鄉土情懷捎帶出來，早期作家的作品卻大多流溢出「地域性」（locality），透顯出他與鄉土的親密關係，如鍾理和與美濃、陳冠學與新埤、吳晟與彰化、黃春明與宜蘭、王禎和與花蓮、施叔青與鹿港等等。

　　鄉土文學在海峽兩岸三地都曾是極為熱門的文學議題，[86]然而歷經論戰洗禮後的臺灣「鄉土」議題，率皆由空間政治學的觀點出發，對於鄉土文學過度滲透社會／政治的理論概括，極易使文學創作走上主題化和敘述結構的模式化，誠如楊照總結八〇年代臺灣小說時所言：「被收編後的『鄉土寫實』小說，其『文類惰性』（Generic inertia）愈來愈明顯，許多大量生產出來的作品只是套襲同樣的模式，以金水、阿土、阿英等『鄉土人物』為主角，講兩句『那會阿呢？』式的閩南話，再對比營造鄉下人進城或城裡人返鄉的情境喜劇或悲劇，便完成了一篇篇的小說。」[87] 楊照

---

[86]　「香港文學雖也有地域觀念，但更關切的似乎是作家身份認同的問題」，見吳宏一〈香港作家的身分認同〉《聯合副刊》（2006 年 11 月 18 日）。

[87]　楊照〈從「鄉土寫實」到「超越寫實」——八〇年代的臺灣小說〉，封德屏主編《臺灣文學發展現象：五十年來臺灣文學研討會論文集（二）》（臺北：行政院文建會，1996），

之論或許言重了些，然其中不無寄託文學創作應力現作家個別的情感體驗，以及探勘變幻不居的生存狀態的反思意識。

　　在現今潮流中，臺灣小說家以其個人的定位與反思作為基點，多音交響地表達對臺灣地域、身分、文化、記憶的衍伸及喻寫，其中幾近以「地方志」的結構形式，實現個性文本的書寫，重建一代人對鄉土文化的集體經驗與共通記憶，早已出現在當代臺灣的文學場域，在新世代寫手視域裡的鄉土文學甚至已轉為顯學。李奭學則言異化形成的奇異感或許是原因之一，這種現象似臺灣刻正興起的原住民文學。[88]姑且宕開此議題，昔日在鄉土生活和風習畫面中，寄寓重大的社會命題，演示社會歷史的變遷；今日作為典型環境的地域鄉土，即使作為一種書寫的題材範疇，確然有了實質的改變。

　　空間與時間概念在社會變遷過程裡佔有重要的影響力，是以不同的社會即形塑了不同的空間與時間概念，導致建立在先前時空系統裡的生活方式、空間地景和社會實踐的崩毀，加上瞬息萬變的多元主題在文學論述裡，都可能使作者與創作產生千絲萬縷的關係，而邁向後現代主義的移轉所預示「感覺結構」（structure of feeling）的轉變，[89]皆可能使書寫產生了新的思考方式。鄉土

頁 146。

[88] 李奭學〈江水是如何東流的？──評邱貴芬等著《臺灣小說史論》〉，《文訊》260 期（2007年 6 月），頁 91。

[89] 所謂「感覺結構」一詞乃雷蒙‧威廉斯對文化理論的界定：「在整個生活中各種元素之間相互關係的研究。」就某種意義而言，「感覺結構」意指「某時期的文化」；就「世代」意義而論，則強調「感覺結構」是有歷史差異且廣佈的社會經驗，相對於純粹的「個人」經驗，新的一代以自己的方式反應了其特有的世界（雖然它是繼承而得）。參見艾蘭‧普瑞德著，許坤榮譯〈結構歷程和地方──地方感和感覺結構的形成過程〉，收錄於夏

寫家並不很明確流露出創作文本觀念的眞正意圖，然而明顯可見
九〇年代以降鄉土作家群的書寫大都與新的空間和時間經驗連結
在一起。

根據本論文所呈現雙向對應且有著代際關係的三組作品，發
現昔日鄉土小說中所關注的地方色彩與風土人情，在新鄉土作家
的筆下已然成爲一種「空間」與「地方」辯證的相關概念，亦即
是「鄉土」乃是作爲一種感知、主觀與想像的空間，而存在於文
本。這個再現和想像的空間，其所展現的圖式往往成爲一種象徵
或隱喻：當書寫者將意義依附於空間，並集結一些事件與人物時，
這個「存在空間」圖景即成了地方與地景，代表作者藉以觀看、
認識和解釋世界的一種視域與方式，職是之故，以空間圖式呈現
的「鄉土」，不但具有敘事功能，也是故事本身的範疇，而三組作
品中所浮露具有對照或相似關係的空間圖式隱喻性便有了豐沛的
義涵。

諸如鄭清文、甘耀明分別以風格各異的童話形態，展現一種
面向鄉土生活與大地之歌的奇時異域故事，迥非同質於昔日鄉土
小說裡的傳統「鄉土時間」與「庶民生活」樣態；黃春明和童偉
格的關注與憂思，落於鄉土老人內心的裂變，也自非是七〇年代
現代派與鄉土文學派交通之際，所因運產生「以極端的方式呈現
臺灣現代派文學風潮」[90] 的一種「文化救贖」姿態，反而益顯出
新鄉土小說用以映照現代生活的種種缺憾與救贖姿態；朱天心和

鑄九、王志弘編譯《空間的文化形式與社會理論讀本》（一）（臺北：明文出版社，1994），
頁 92-93。

[90] 邱貴芬〈翻譯驅動力下的臺灣文學生產〉，陳建忠等合著《臺灣小說史論》（臺北：麥田
出版社，2007），頁 231。

許榮哲則藉由行遊路徑的「感覺體驗」，發現人與土地的斷裂，因而嘗試敘述地方的歷史與身世，圖誌書寫明顯帶有疏離現代社會的種種矛盾，至此鄉土的定義已然跳脫城市與鄉村的對立辨證，而讓話語自己去決定現身與萌芽。

　　綜上所述，說明新鄉土小說多元的論述模式，行將走向問題化的闡釋與演繹，以及對生存的叩問而非單一主題化的題材閾限。是以本論文意圖從鄉土小說的敘述模態出發，藉由平行比勘的角度，所欲釐析同一時空情境中不同世代的臺灣作家，在鄉土書寫中所含藏空間圖式的隱喻，以及烏托邦敘述話語，遂得到了初步觀察的結論。針對臺灣新鄉土的總體觀察和價值論述，自忖尚有待進一步擴展並綜合多量文本，方能規模出「鄉土」的完備意義與範疇大小，藉此發現其內在的本體性與普遍性，進而通盤把握「新鄉土」小說書寫類型的共性及演變規律。

第四章　對鄉土小說焦距的微調與校準：論黃春明《放生》與鄭清文《天燈·母親》的後農村書寫

　　本章節論述重點主要將藉由鄉土老將的新鄉土小說創作，探詢新舊鄉土中農村書寫的衍異，藉資使鄉土小說的焦距得到微調與校準。就文化論述的前綴詞「後」（post）字義而言：一爲「曾經經歷」（having gone through），一爲「之後」（after），兩者均攸關「時間」命題，乃意味曾經經歷過而已然成爲現在生活中殘存之意識形態與文化影響。作爲鄉土書寫的前行者，黃春明與鄭清文於九〇年代前後分別寫就《放生》（1999）與《天燈·母親》（2000），然而不管是執持對昔日鄉土小說的賡續／接通，或撤退／斷裂的立場，《放生》與《天燈·母親》皆可稱之爲「後農村」書寫。

　　《天燈·母親》一書，是鄭清文歷經童年農村時代之後，所召喚與體現關於過去的意識，然而在自然韻致的想像鋪展中，卻含藏後現代性能量的敘事與暗示。黃春明《放生》集中刻繪鄉村「閒暇階級」──除了閒暇時間外，一無所有的老人軼事光影，顯然也是一種面對進步與異化時代的「焦慮書寫」，透視且託寓的並非「農村重現」的輝耀，而是「農村已死」的殘破。如是而觀，黃春明、鄭清文的新鄉土書寫，並非喚起鄉土小說傳統的幽靈，反倒是藉由後農村書寫，而使鄉土小說的焦距得到微調與校準。

第一節　世變與時變中的鄉土──朝向一個小說世界

　　從日治伊始的台灣鄉土文學，在不同階段中皆各自綻放異彩風姿，顯見鄉土小說並非是凝固的框架，而是有其多種品格的衍異。別來滄海，時代巨變，從「鄉土」轉為「本土」的文學新局中，「鄉土」內涵顯然有了嬗變與開放，意義正被豐饒而繁複地生產著。從文學再現當代人類社會的精神現象而言，現代鄉土書寫不僅展拓了傳統鄉土小說的敘事邊界，也更完整地呈現出急遽變遷中的社會樣貌。

　　鄉土小說文類的最基本辨識特徵是：具有空間自足性的鄉村書寫，意即在寫實敘事中往往限定於鄉村的生活空間。然而九〇年代以降的新鄉土書寫則廣涉城鄉空間，跨越了傳統鄉土小說的敘事邊界，而以或寫實或虛構的筆法，並置前現代性、現代性和後現代性的文本景觀。是以，論者所稱或因「經濟騰飛」而造成「鄉土已逝，鄉土文學已死」；或緣於「政治催化不再」而形成七〇、八〇年代鄉土文學「墮落」；或肇端於「作家缺乏對台灣農村變遷的心理文化和政經面的整體理解」，以致「未對台灣社會脫離窮敗農業的轉向選擇及衍生的矛盾性，予以充分觀照」等論調，[1]率皆成了杞人憂天。

　　鄉土書寫的前行者黃春明與鄭清文，分別於九〇年代前後寫就《放生》與《天燈・母親》，[2]依舊浸透著生命歷史的本源──宜

---

[1] 參見李順興〈「美麗與窮敗」：七〇年代台灣小說中的農村想像──兼論鄉土文學的式微〉，收於陳義芝編《台灣現代小說史綜論》（臺北：聯經文化出版社，1998），頁273-299。

[2] 黃春明《放生》（臺北：聯合文學出版社，1999）、鄭清文《天燈・母親》（臺北：玉山社，2000）。

蘭羅東、桃園舊鎮，這兩個和作者精神、情感與經歷，牽扯最多也最深的地方。黃春明的鄉土關注，歷經壯者、少者、老者三個相應性層次，[3]顯然已跳脫根著土地的圖式層面與文化認證的書寫標誌，而轉向「穿衣吃飯即人倫事理」的銀髮族生活誌。鄭清文一貫以「舊鎮與農村」作為寫作活水源頭，[4]書寫向度則由老者、弱者的關注，[5]而轉以寫實交錯虛幻，形構童心童話，巡遊鄉土，意圖為當代農村進行攝錄與補遺。

權且不論是賡續／接通，或撤退／斷裂昔日鄉土文學的血胤，鄭清文《天燈‧母親》誠然是經歷童年農村之後，所召喚與體現關於過去的意識，然而在自然韻致的想像鋪展中，卻含藏後現代性能量的敘事與暗示。黃春明《放生》集中刻繪鄉村「閒暇階級」——除了閒暇時間外，一無所有的老人軼事光影，顯然也是一種面對進步與異化時代的「焦慮書寫」。黃春明與鄭清文二

---

[3] 黃春明的鄉土創作，大抵以「寫人」為輻輳，初期以「壯者」生活困境為主，如〈癬〉文中貧困與生育兩難的丈夫（《草原雜誌》3期，1968年)、〈兒子的大玩偶〉裡脫卸不了妝扮面具的廣告人（《文學季刊》第3期，1968年)、〈鑼〉裡無鑼可打的打鑼人（《文學季刊》第9期，1969年）。中期則趨於「幼者」本位思考，如出版《黃春明童話》（臺北：皇冠出版社，1993)、創立「黃大魚兒童劇團」、「頂呱呱黃春明兒童劇場」（1994)；編寫劇本，如稻草人與小麻雀》（1993)、《愛吃糖的皇帝》（1999) 等。近期則落力於「老者」的終極關懷，以《放生》為代表（1999)。上述歸結黃春明創作展現的三種分期與層次，乃就作品問世順序而概分之，目的在於強調黃春明關懷面的寬廣觸角。若就分期時間或作者的書寫表現，則未必能如此判然區隔，一如黃春明對於「幼者」的關注，包括童話寫作、兒童劇場編撰與表演等等，至今持續不輟。而有關創作分期，如徐秀慧《黃春明小說研究》（淡江大學中文系碩士論文，1998)，頁155，以及徐志平〈台灣鄉土文學三大家述評〉《嘉義大學人文藝術學報》第3期（2004年4月），頁40-48，分期說法皆不一。

[4] 見林瑞明〈描繪人性的觀察家——鄭清文的文字與風格〉，收於林瑞明編《鄭清文集》（臺北：前衛出版社，1993)，頁342-343。

[5] 參見李進益《繼承與創新——論鄭清文的文學世界》（臺北：致良出版社，2004)，頁197。

書的序記中，皆有一段開宗明義的創作緣起：

> 眼看目前台灣社會、家庭結構的改變，三代同堂的家庭不
> 復存在了。……《放生》這本集子，它多少也糅雜了多元
> 性的東西在裡面。可是，我想清楚的表示，我要為這一代
> 被留在鄉間的老年人做見證。（黃春明《放生》，頁 15-16）

> 我感覺到，我的童年，我的故鄉已漸漸消失了。…我寫農
> 村，並不止是我個人的記憶，它也是許多台灣人的共同記
> 憶。我用童話的方式寫它，是希望更多的台灣人，能在較
> 早的年齡接觸一些台灣的事和物。（鄭清文《天燈・母親》，
> 頁 209-210）

上述引文表顯創作者敘事力量的啟動，正是作家筆下移動之鏡所
折射出來的「對位現實」——台灣面臨經濟與社會變革，所充溢
雜陳的徵候，如漁農村落高齡社區的社會生態，以及行將消逝或
被「城市化」的萎縮農村等等變形底調。

　　素有「社會意識極強的作家」之稱的黃春明，[6]並不諱言：「一
直在思考如何把這些親眼看到的社會情狀寫成一系列的小說。」[7]鄭
清文標舉「生活、藝術、思想」的文學主張，也自有一番表彰：「我
很重視細節的正確性和豐富性。我常以這種方式表達我對人生社
會和時代的看法。」[8]作家堂皇揭示在文學探照燈下的作品，正映

---

[6] 何欣《中國現代小說的主潮》（臺北：遠景出版社，1979），頁 43。

[7] 魏可風整理〈文學對談：作家、時代、本土，黃春明 vs.楊照〉《聯合文學》113 期（1994
年），頁 179。

[8] 見鄭清文〈偶然與必然——文學的形成〉，收錄於《鄭清文短篇小說全集・別集》（臺北：

顯著他們所目睹與洞察的社會現實。

　　從文學社會學的角度出發，所謂「賦予現實生活中的觀念所遭遇的事件以形式，包括描繪這個過程的現實性，也包括評價和考慮它的現實。」[9]職是之故，作為小說內容所揭示的倫理觀（或稱為世界觀），其實也是創作者的一種倫理原則或立場，表示他有一個未實現的「理想標準」存在。只是小說所傳達觀念和現實的關係，往往是以「賦予形式」的方法來處理，且處理之際並不在觀念／現實兩者間留下斷痕或距離，因此作品中總是飽含著作者的意識與智慧。這是因為創作者必須在社會意識與個體自我調整中互相克服反省而達到適當平衡。[10]

　　黃春明、鄭清文之作明顯具有「參與性」（engaged）和「中立性」（neutra1）的書寫方式，亦即在他們的文學作品中，雖有源自作者思想線索的「主觀視野」，卻也有其「客觀性」與「價值中立」的呈現——並非直接描寫作者自己對社會的好惡，而只是呈現社會本身。總結上述主客觀因素，勢必將《放生》、《天燈·母親》放進社會脈絡和歷史脈絡中來理解，然而除了關注作者藉由經驗意識而形塑的社會樣貌外，也須著意作家發揮想像力而超越個人經驗限制，所創造的想像世界——意即作家與其社會世界之間的辯證關係的結果。[11]

麥田出版社，1998），頁 16。

[9] 盧卡奇（Lukacs, Gyorgy）作，楊恆達編譯《小說理論》（臺北：唐山書局，1997），頁58。

[10] 同前註，頁 57-58。

[11] 參瑪麗·伊凡斯（Mary Evans）著，廖仁義譯《郭德曼的文學社會學》（臺北：桂冠出版公司，1990），頁 50-59。

　　黃春明、鄭清文皆屬台灣文學映像裡的熠閃巨星,文學史上夙有定評,而歷經族繁的學術研究行伍,論述備矣。準此,再論名家名著不免有踵事增華或狗尾續貂之嫌,本章節預設論題因而並不孤立以觀作家作品,而是比勘兩位名家作品可能產生的雙向對應或互文關係,並嘗試將之納入台灣「鄉土文學」的總體觀察與價值論述中,藉以把握文學老將行經傳統鄉土文類的共性及演變規律後的書寫新貌。論述進程將先集中觀測且細讀鄉土派老將的新鄉土書寫,其次當新鄉土小說走向問題化而非主題化時,也需考察「世變」與「文學」的關係。

　　所謂「世變」或有二義:一為政治、世局之鉅變,一為文化、世情之潛變,[12]而俯仰其間的作家自應有所感應,以此鍛鑄想像台灣或記憶台灣的文學景觀。本章節是以擬從時變下的新鄉土書寫範式出發,探詢新舊鄉土敘述的衍異,藉資使鄉土小說的焦距得到微調與校準。

第二節　詮釋與解說───後農村書寫的細讀

　　承上節所述,顯見黃春明《放生》和鄭清文《天燈‧母親》的創作皆為意在筆先,以個人襟懷參與小說敘事意義的生成。因此這兩本小說皆託寓於一個憬然而明確的社會處境背景中,而試圖載負作者的一種世界觀(倫理觀)。《放生》以今日農村「失養的老人」為總體把握;《天燈‧母親》則以舊時農村「失恃的孤兒」為創作實踐。前者以「前瞻」式的「老人寫真」,反照出「失

---

[12] 有關文學與世變的頻煩交鋒,向為無法迴避之文學史議題。此處概念,乃取徑李豐楙主編《文學、文化與世變‧導論》(臺北:中央研究院中國文哲研究所,2002)。

卻倫理信念」的世界；後者則採「回顧」式的「童話故事」，浮雕出「重現正面價值」的世界。依據「文學社會學」有關「詮釋」（interpretation）與「解說」（explanation）之操作，所謂「詮釋」是爲了顯現研究主題的內在意義結構，「解說」則是將被詮釋的結構，視爲能夠發揮功能的構成元素，[13]以此涉及作品所要解釋或描寫的現實。循此，首先觀測的即是兩部小說所具現「農村」特色的鄉土景觀，[14]藉此剝解小說鄉土書寫的內在意義結構，進而研探作者「理解」和「感受」現實的方式。

從「空間史」的概念而言，所謂「農村」乃作爲與「城市」形成一種層級性與對立性的定位空間（space of emplacement）；[15]從「地方」定義而言，農村則是作爲生活其間，並具有主觀和情感上依附的一種「有意義的空間」（地方感）；就「地理學」而言，「農村」則成了「獨有特殊」（idiographic）、具有個別特色的「區域地理」。[16]總結上述，即可初步規模所謂「農村地域」，即指具有特殊空間特徵感（有別於城市的民情風俗與氛圍）、標誌性的景物構置（如綠野田疇景觀與作爲神聖空間的廟宇），以及隱然可見農業文明的縮影，並藉此統攝人與自然所構成的地域居群關係。以下即從農村居群、地域地景與風俗民情，作爲解讀黃春明《放生》和鄭清文《天燈·母親》後農村書寫的三種面向。

---

[13] 參瑪麗·伊凡斯著，廖仁義譯《郭德曼的文學社會學》，頁 39-40。

[14] 即使鄉土概念的閾定已有了轉型或變異，如不再是城鄉兩種文化心態的對壘，或傳統與現代的兩難命題等，然而題材上對地域自然與地域文化的概念內涵卻不能被取消。

[15] 參 Michel Foucault（1986）"Text/Context of Other Space"，收於夏鑄九、王志宏等編譯《空間的文化形式與社會理論讀本》，頁 400。

[16] 參見克瑞斯威爾（Cresswell）原著，徐苔玲、王志弘譯《地方：記憶、想像與認同》，頁 14、29。

一、鄉野表演者身分的轉換[17]——以老人、小孩組構的新鄉土居群

　　黃春明（1935-）和鄭清文（1932-）的個人生活經歷與創作取材領域，正值台灣由傳統農業社會急劇轉向現代工商社會的經濟起飛時期，相應於歷史轉型期的矛盾衝突，諸如作為臺灣經濟奇蹟的締建者——廣大的農、工、漁民，竟諷刺性地淪為受害者的取樣典型，而繁複多采地浸滲於彼時的鄉土書寫中。

　　黃春明昔時創作路數，人物大都為「窮」苦無告，輾轉於社會經濟體系下的「產物」，如擺盪在生存與尊嚴中，「人不像人，鬼不像鬼」的廣告人坤樹，[18]其悲劇性故事乃源自兩種社會結構，一是「支薪工作與經濟市場的關係」：[19]小說除了說明「鄉下人是環境下的悲劇人物，他們缺乏機會」外，[20]也反照出台灣社會在轉型期的經濟市場，所導致底層人民就業乏門／失措的艱難處境與生存掙扎。二則「個體與家庭結構的關係」：坤樹唯有再度粉墨妝扮，「異化」為取悅兒子的「大玩偶」，才能重拾「父親的身分」（因為阿龍只認得那樣的「爸爸」）。然而被迫而儼然「戴上小丑面具」的坤樹，卻同時失卻了自我的真實（包括面貌與身分）。當文中坤樹全身披掛各種宣傳標誌，以自己的「身體」充當廣告媒體時，作者也側寫出在即將步入現代消費社會裡，小人物輾轉淪落為「商

---

[17] 援借周芬伶〈滑稽與諷刺——鄉土小說的道德兩難〉文中語，見《聖與魔——台灣戰後小說的心靈圖像（1945－2006）》，頁 105。

[18] 黃春明《兒子的大玩偶》（臺北：大林出版社，1985），頁 175-210。

[19] 參瑪麗・伊凡斯（Mary Evans）著，廖仁義譯《郭德曼的文學社會學》，頁 26。

[20] 語出黃春明，引自劉春城《愛土地的人——黃春明前傳》（臺北：圓神出版社，1987），頁 276。

品」的悲歌。整體而言，小說人物悲苦堪憐的始源悲劇性，仍在於作為一個「抽象的經濟體系的產物」。[21]

鄉土論戰延燒下，多音複義的「鄉土文學」，與「鄉村文學」或「工農兵文學」時有盤結糾纏，至今眾弦未寂，然而鄉土文學接續日治新文學左翼傳統、勾勒「庶民關懷」、表顯經濟結構中「階級剝削」等特色，則大致定讞。[22]論者雖點撥出「庶民圖像並非以固定和單一的面貌展現」，並直指邁入現代消費、資訊時代與多元文化的八○年代社會，鄉土小說「呈現的階級意識已漸失批判顛覆能源」，[23]然一路走來的整體鄉土人物畫廊，終究是被安置於「既定經濟結構」中的勞動者角色，或「社會階級結構」中的底層地位。[24]

這些多數為「青壯之齡」的小人物，即使擁有的或只是變調的英雄形象與悲劇精神，[25]或顯現「對現實生活的某種疏離和扞格」，而展演「曖昧的戰鬥」；[26]甚或只得到「嘲諷意味」，[27]然而浮出作品的鄉土人物畢竟是「人民英雄」，或是帶有批判力道的「有

---

[21] 瑪麗・伊凡斯（Mary Evans）著，廖仁義譯《郭德曼的文學社會學》，頁 26。

[22] 參見邱貴芬〈翻譯驅動力下的台灣文學生產〉，收於陳建忠等合著《台灣小說史論》，頁 249。

[23] 同前註，頁 249－250。

[24] 如李喬《寒夜》（1981）的客族墾民、洪醒夫《田莊人》（1982）中鄉間小人物的悲辛、李昂《殺夫》（1983）文中飢餓林市、陳映真《山路》（1984）裡礦區少女蔡千惠、林雙不《筍農林金樹》（1984）裡困窘筍農等等。

[25] 如黃春明前期作品中為維繫最後尊嚴，頻頻召喚昔日輝煌的「憨欽仔」、以螳臂擋車之姿抗拒現代化的阿盛伯，或不向乖舛命運繳械的甘庚伯等。

[26] 見高天生例舉黃凡《賴索》（1980）之作。高天生《台灣小說與小說家》（臺北：前衛出版社，1985），頁 181。

[27] 周芬伶〈滑稽與諷刺──鄉土小說的道德兩難〉，《聖與魔──台灣戰後小說的心靈圖像（1945－2006）》，頁 102。

問題意識的個體英雄」。[28]

　　相較於黃春明小說人物的彩妝濃墨，鄭清文素以風格平淡著稱，小說固然殊少「英雄和吶喊」，[29]卻也不乏具有反抗意識的「求索者」身影，如〈春雨〉中身陷招贅桎梏，終而澈然大悟，撫孤恤貧的蘇安民、〈蛤仔船〉裡執持理想而攘袂抗擊保正與警員的有福師；[30]或以畸形／分裂形象現身的「異化的現代英雄」，[31]如〈龐大的影子〉中出賣靈魂而被資本價值吞噬的許濟民等。上述「帶有問題意識」的鄉土人物，大都為勞力生產的青壯階層，基本上仍帶有如前所述的「社會階級」和「經濟結構」意識，間亦體現作家對社會中心價值的批判。值得關注的是，九〇年代前後，《放生》和《天燈‧母親》二書中鄉野表演者的身份卻有了轉換。

　　黃春明一向擅長寫老人，尤其是祖輩老人，對於祖孫這層人倫關係著墨尤深，諸如以守諾／失諾的辯證，刻畫祖孫情深的短篇小說〈魚〉（1968）、託寓祖孫代際傳承的〈青番公的故事〉（1967）等，除了透顯「隔代關係」特色，[32]也映現六〇年代台灣社會工業起飛，都市化進程中，農村勞動力遷移下的破碎家庭成員結構。到了《放生》則開展出迥異的社會視景，小說裡的族嗣孫輩率皆

---

[28] 概念來自於盧卡奇，這個體人物可以是作品中的英雄，也可以是作者本人。引自瑪麗‧伊凡斯（Mary Evans）著，廖仁義譯《郭德曼的文學社會學》，頁54。

[29] 見葉石濤《現代英雄‧附記》（臺北：爾雅出版社，1976）。

[30] 分見鄭清文著《玉蘭花：鄭清文短篇小說選2》、鄭清文《鄭清文短篇小說選》（臺北：聯合文學出版社，1999）。

[31] 語出蔡振念〈鄭清文短篇小說中異化的現代英雄〉，收於江寶釵等主編《樹的見證：鄭清文文學論集》（臺北：麥田出版社，2007），頁37–62。

[32] 楊照〈每一滴眼淚中都帶著嘴角的微笑——讀黃春明的小說《放生》〉《光華雜誌》第二十五卷第一期（2000年1月），頁54。

不在場，只餘被意外「放生」的一群老人。瑣記與嵌合的是現代
社會的轉型新貌，三代同堂的倫理制度已然瓦解，「獨居老人」儼
然蔚爲風潮。隨著華年漸逝，黃春明不免將台灣鄉野老人的淒涼
晚景，切換到自己來日的暮年殘影，因而是一種感同身受的寫法。

　　《放生》裡的老人浮生繪，已然不見昔日以巍然挺立身影，
作爲一種楷模性的存在，所謂傳統農村文化裡的「理想父祖」。這
些在血脈序列基因中原本佔有最崇高地位，而今卻被棄置在鄉間
的老病畸零人，他們總是從事一套「望子早歸」的例行程序：捉
放「田車仔」來抒解對獄中愛子的懸念（〈放生〉）；百無聊賴而練
就打蒼蠅的好武藝（〈打蒼蠅〉）；冒著晨風寒露，爲遠遊子女排隊
購票的殘弱病軀（〈售票口〉）……。這儼然從「被迫行爲」到
「上癮行爲」的老人寫眞，開顯出極富後現代性的批判與審思——
——從集體性焦慮的角度，紀錄在時代風潮中即將從傳統文化基磐
上流逝的種種現象，其中重要關目，尤其是作爲傳統倫理概念的
「孝道」。

　　在時代潮流的沖擊下，鄉村終究是處在交織著各種現實因素
的社會網絡裡，因此也面臨種種存有或淪喪的關鍵，黃春明筆觸
涵納政治力與經濟力的入侵，而參照出鄉村老人孤苦失養的情
節，批判極爲犀利：

　　　　工廠設立了。那開始讓村人看來象徵著他們步入現代化的
　　　　煙囪，夜以繼日的噴出濃濃黑煙……。幾年以後，農民才
　　　　發現農作的嫩芽和幼苗的枯萎，和煙塵有絕對的關係。……
　　　　過去不曾有過的，說不上病名的皮膚病在村子蔓延，有幾

個壯年不該死的時候死了。……在村幹事特別提出戒嚴法
戡亂時期條款，還有有關叛國、擾亂社會公共秩序的種種
罪行，並向大家詳細而具體的說明之後，那個晚上，一個
巨大無比的，冷血的陰影就罩住了整個村子，覆蓋著事實
的眞相。（黃春明〈放生〉，頁 96-98）

在現代工業文明、政治意識形態與經濟結構的吞噬下，被迫變形
的鄉村景觀、扭曲異化的人文風俗，以及與城鄉差距的日增，皆
讓老人難以適應新的生活型態和價值觀念，而在風行景從下，也
間接殘害天倫秩序，造成老人的失親失養。

　　但文化傳統中孝道的淪喪並不僅止於農村，所以未及於攝錄
都會老人失養情節，原因除了是黃春明向來執持書寫「本鄉本土」
的熟悉事物外，農村理應是保存最多「過去」，收藏最多「故事」
的地方，「崇祖情結」也最濃稠，然而現今鄉村老人卻面臨雙重的
失落：被兒女棄養以及故鄉萎頓爲陌生的「鄉愁」。[33]是以黃春明
致力於鄉野老人的生活場記，顯然已非前期小說對鄉土「致敬」
或「捕夢」心事，而是公然逆寫「輝耀鄉土」的神話，於此也豁
顯黃春明依違於傳統鄉土書寫的承襲與裂變。

　　若把農村鄉鎮視爲卷帙浩繁的歷史文化文本，則描繪地方生
態，洋溢農村風情的《天燈‧母親》，雖列爲童話，但在某種定
義上似也可稱爲「歷史的小說」，意即是通過以鄉土爲材料，重現
某種特定時空下，傳統文化風物逐漸淡出歷史而走向邊緣的一種

---

[33] 黃春明指出：今日台灣多數老年人的鄉愁是來自於故鄉的快速轉變，不同於以往遷徙至
　　異地的鄉愁。見〈鄉愁商品化〉《自由時報副刊》（2006 年 4 月 6 日）。

載記。在體現本土性文化，爲當代農村史補遺的創作宏圖中，[34]《天燈‧母親》也觸及「經濟至上主義」下環境崩解的議題：

> 有人在山坡地砍掉保護水土的林木，改種水果和檳榔，大雨一來，把泥土和石頭一起沖了下來。（鄭清文《天燈‧母親》，頁 124）

> 這些相思樹，爲了造一條新路，有一半以上要砍掉，那些白鷺鷥怎麼辦呢？還有那些墳墓？（鄭清文《天燈‧母親》，頁 168）

相對於《放生》挾帶經濟力與政治力，襯顯老人的垂老困境，《天燈‧母親》表述自然經驗與生態問題時，書寫的主位則是「兒童」。鄭清文鄉土關懷路徑的轉向一如黃春明，皆可從書寫主體人物的移轉來進行勘探。

　　論者有謂鄭清文自 1958 年至 1968 年間，寫作重點之一即是「對老人及弱者寄予最大的關注」，[35]這階段大致以村落老人面臨社會遽變後，失落「人倫角色」的心理調適作爲議題。[36]審視後續諸作，雖旁涉城市背景，卻也鮮見以兒童作爲主體角色。[37]1983

---

[34] 一如 Terence C. Russell（羅德仁）於〈〈紅龜粿〉——鄭清文在鬼世界的正義使者〉文中所言：鄭清文的本土性使得他極力想把台灣獨特的內容保存在他的故事中。收錄於江寶釵等主編《樹的見證：鄭清文文學論集》（臺北：麥田，2007），頁 159。

[35] 見李進益《繼承與創新——論鄭清文的文學世界》（臺北：致良出版社，2004），頁 197–198 。

[36] 參見鄧斐文《鄭清文短篇小說人物研究》（高雄師範大學回流中文碩士班論文，2007），頁 214–255。

[37] 孩童在鄭清文小說中大抵只作爲敘事功能而非故事重點人物，如〈髮〉、〈堂嫂〉、〈蛤仔船〉諸篇。

年《新莊──失去龍穴的城鎮》一書，[38]以敘述者「我」的記憶話
語與童年拾遺爲主調，出版歸屬爲兒童文學類讀物。此後鄭清文
即開始用力於抵抗「童年之死」的系列創作。「童話」本爲兒童
而述作，但作爲跨界作家的鄭清文童話，屢被檢索的關鍵詞，總
是「曖昧」地遙契台灣歷史、文化，甚至是政治。[39]

　　本章節關注議題並不在於《天燈‧母親》的文體文類之辨，
而在於鄭清文「鄉土寫作」風格的轉向。相較於以動物擬人，童
話性濃稠的《燕心果》，《天燈‧母親》以少年阿旺作爲主角，
依季節時序而組構完整農村故事，小說所展現農村風情風俗風土
之美，以及鳥獸草木蟲魚之屬，極富鄉土內涵的思索，基本上應
歸入鄉土小說範疇。

　　有關鄭清文童話「適不適合兒童閱讀」的爭議，雖有仁智之
見，但鄭清文童話創作中始終飽蘸深重的「孤兒意識」，這點大
致已有定論，論者所歸結的孤兒特質，或從人物「聖嬰原型」而
論，或從作者實際的「孺慕情結」而發。[40]然而《天燈‧母親》裡
的阿旺，即使被烙印爲生來即有十一指的「孤兒」，卻並不再是
「社會上受壓迫的階級」，或是飽嚐苦難災厄的悲苦角色。環布
阿旺身旁者皆是良善之輩：阿公、大姑婆、父親、老師、阿秀、
土地公、死去的母親亡魂等等，文中的「反面角色」僅止於阿旺

---

[38] 鄭清文《新莊──失去龍穴的城鎮》（南投：臺灣省政府教育廳，1983）。

[39] 有關鄭清文童話意涵的「曖昧性」，李喬、岡崎郁子皆有論及。見江寶釵等主編《樹的
　　見證：鄭清文文學論集》（臺北：麥田出版社，2007。）。

[40] 分見陳玉玲〈論鄭清文的《天燈‧母親》〉，收錄於鄭清文《天燈‧母親‧導讀》（臺北：
　　玉山社，2000），頁 187。岡崎郁子〈鄭清文的創作童話───從孤兒意識與生態保護
　　的觀點論起〉一文，則關注於鄭清文成長經歷中的孤兒意識。同前註，頁 171-174。

父親再娶的後姨，小說輕描淡寫後姨由於沒有上過學，便認為阿旺輟學在家看顧牛，也無妨。（頁 20）至於淘氣阿灶，雖然老是欺負阿旺，甚至作勢切割阿旺的第十一指，但阿灶並未滑移為負面角色，他的慘死，甚至帶給阿旺無盡的哀傷。

　　阿旺和阿灶乃是作為並置對比的焦點性人物：一為「聖境之子」，介於「神與萬物」間的聖潔階層，因而阿旺實為一敘事符碼，代表作者砌築「農村烏托邦」的「自然人性」；一為「魔界之子」，介於「人與萬物」間的世俗階層，是以阿灶代表彰顯「缺憾鄉土」的「現實人性」。混合參照的語境中寄寓因應「後現代性」生態倫理觀的教誨，[41]逐將「獎賞」與「懲罰」的觀念，轉化為敘述形式，於是視萬物品彙皆為忘機友的阿旺，逐可以穿梭陰陽界而與神鬼交通，可以乘坐水豆油，直抵墓地，探視母親；視自然生靈為寇讎的阿灶，則死於玩蛇而被噬咬，永無救贖之日。[42]

　　綜上而觀，鄉土書寫主題和形式的衍異，使鄉土小說主體人物也有了轉型與革變。《放生》、《天燈·母親》二書皆涉及政治力、經濟力與鄉村的纏結交錯，但是小說中有名字的老人或小孩，都只是轉用為討論或再現群體問題的一種設計罷，諸如藉由等候每月掛號匯款，作為「柴米父子」認證的林旺欉、孤寡失養的瞎子阿木、一身老病而以預購車票召喚兒女返鄉的「現代孝子」（孝

---

[41] 本論文所涉及「後現代性的審思」，乃植基於將「傳統」與「現代性」作為一種尖銳的兩極對立性之後，並將現代性視為「在本質上是對傳統的一種反抗和叛逆。同時也是對新的解決方法所懷的一種知識上的追求。」參見李歐梵《現代性的追求》（北京：三聯書店，2000），頁 177-178。以及廖炳惠編著《關鍵詞 200》（臺北：麥田出版社，2003），頁 205-207。

[42] 小說中所傳達的果報觀有：「阿灶被蛇咬死，是上帝公在處罰他」、「死後的阿灶無法藉由抓到替身去轉世」。鄭清文《天燈·母親》（臺北：玉山社，2000），頁 173-175。

順子女的父母）等等，這些高齡化社會中各具樣態的老人，基本上都是一種社會類型，是一般性而非個體性的人物。即或是「聖嬰」（the Divine Child）原型的「阿旺」，抑或「惡作劇精靈」（trickster）翻版的「阿灶」，[43]也都是作為裝飾總體結構性而存在的角色，用以反襯「農村／童年概念正面臨消逝」的符碼。

　　這些鄉土人物——老人、小孩都不是作為「求索者」或「內在心靈的冒險者」（發現自我靈魂的故事人物），或「具有問題意識」的角色，因此人物角色扁平，個性並不鮮活突出，人物也清除過去的載負，不再是被蹂躪的階級或社會的不公義。至此舊鄉土人物的典型性已然淡出，新鄉土書寫不再是那麼愴烈地強調人物的「抗議精神」與「烈士邏輯」，[44]憬然映現一種只見「行動」而不見「思想」的鄉野表演者，正在新鄉土小說的書寫美學中成形。

二、作為集體性整合的公共空間——廟庭與售票口

　　從時間／空間觀典借而來，有關「城市」的經典性界定：「城市就是一個陌生人（stranger）可能在此相遇的居民聚居地。」[45]若再進一步質詰定義中所謂「陌生人的相遇」，則是「一件沒有過去（a past）的事情，而且也是沒有將來（a future）的事情，……

---

[43] 見陳玉玲〈論鄭清文的《天燈・母親》〉，收錄於鄭清文《天燈・母親・導讀》（臺北：玉山社，2000）。

[44] 語出王德威〈拾骨者舞鶴〉一文。見舞鶴《餘生・序》（臺北：麥田出版社，1999），頁24。

[45] 參齊格蒙特・鮑曼（Bauman, Zygmunt）著，歐陽景根譯《流動的現代性》（上海：上海三聯書店，2002），頁147。

是一個一次性的突然而至的相遇。」[46]權且從城市對立面，思及與「家園」觀念相互界定而成的「鄉村」，就形態學而言，鄉村地方全然不提供遊民或陌生人可能聚集而現形的那種空間，[47]因為作為定居人群的鄉村公共活動場域，已然排除「當陌生人遇上陌生人」的意外或不合適的相遇場景，[48]也不作為一個需要相互設防、遮掩，或講究禮儀客套的交際空間。鄉間的公共空間，除了是人人都可以分享的「公有」空間外，實為一個可以隨心所欲，表現「私我」的友善空間。

在鄉村地景中被賦予「神聖場所」的廟宇，也同時具有「地域中心」的功能，做為指引農村居民方向感和認同感的空間結構，[49]研判廟宇的神聖性與功能性，當是緣於初民對周遭環境的體認，向來極為熟稔且具有明確性，特別是與「生活場所的神靈」妥協，更是生存的主要重點。[50]廟宇是眾神所居之地，這個極富庶民意義的場所精神，尤在於能高度整合具有地緣社會結構的文化傳統，諸如「敬天畏祖」的墾民精神，或「迎神賽會」、「神明遶境」等常民習俗。這些屬於農業居群特有的小傳統，在典型鄉土小說的敘述成規中屢見不鮮。[51]

---

[46] 同前註，頁 148。

[47] 參克瑞斯威爾（Cresswell）原著，徐苔玲、王志弘譯《地方：記憶、想像與認同》（臺北：群學出版社，2006），頁 182。

[48] 黃春明《放生・銀鬚上的春天》（臺北：聯合文學出版社，1999），頁 139 中土地公廟旁乍然出現白鬚老公公，即引來孩子們的疑竇：「沒看過。大概不是我們這裡的人。」

[49] 黃春明《放生・打蒼蠅》（臺北：聯合文學出版社，1999）裡林旺欉對方向的指認與辨識，都是以「三界公廟」為主。

[50] 參諾伯舒茲（Norberg-Schulz）著，施植民譯《場所精神──邁向建築現象學》（臺北：田園城市文化出版社，2002），頁 18。

[51] 如黃春明〈鑼〉（前引書）、〈眾神，聽著〉等文，收於黃春明《眾神的停車位》（臺北：

　　這個與農村社會結構相應的宗教符號系統，時見散發「神聖」與「世俗」的雙重意涵，[52]因此農村廟宇的另一層文化義涵，即是具有「凝聚」與「交流」作用的社交場所，不同於都會公共空間（如廣場、購物天堂）鼓動的只是「行動」而不是「互動」。[53]

　　來廟庭聊天，儼然帶有鄉間老人生活與感情的指向性。[54]他們可以隨心所欲、宣洩感情，表露私密的渴求或憂懼，廟庭榕樹下或廂房裡，已然作為可以誠實「公開展示」的公共空間。《放生》和《天燈‧母親》二書皆烙染有鮮明鄉土印記，其中構設為重要生活情節的場景，除了村舍的內部空間外，最具展演性的即是鄉村的公共空間──「廟庭」：

> 三山國王廟算是小山村的文化中心。溽暑的夏天，就在廟庭的榕蔭下，酷寒的冬天，就在廟內的廂房，沒有一天，小孩子們不來這裡蠶食未來的時光，……老人家來得更勤，沒有一天，不聚集在這裡反芻昔日的辛酸，慢慢的細嚼出幾分熬過來的驕傲和嘆息。（黃春明《放生》，頁20）

公共空間之所以被形塑為「分享的空間」，即在於這個空間群聚者顯然是一種「習性集合」（年齡、職業、傾向、能力、癖好等等），

遠流出版社，2002）。

[52] 例如台灣各地廟口幾為民間飲食小吃的發源地與人群齊聚之處，所謂神人交界之處，香火、爐火雜糅而鼎盛。

[53] 參齊格蒙特‧鮑曼（Bauman, Zygmunt）著，歐陽景根譯《流動的現代性》（上海：上海三聯書店，2002），頁150-151。以及廖炳惠主編《回顧現代文化想像》（臺北：時報文化出版社，1995），頁56-69。

[54] 黃春明早期名作〈溺死一隻老貓〉裡即有祖師廟的場景。收於《莎喲娜拉‧再見》（臺北：皇冠出版社，1990），頁177。

[55]基於村莊整合的簡單地緣及其文化同質性的基礎，群聚廟庭的老人大都能放肆地展示其個體性與私密性，甚至是最為秘辛的不幸。[56]藉此開放場所，也表現農村地區集體或團體的理念，〈現此時〉文中十三個老人即針對老化現象的經驗與「斬雞頭」的習俗，各自表述觀點。

　　〈放生〉一文更是藉由連發一角，帶出極富農村文化傳播意義的廟庭場所精神：

> 「這幾天你怎麼沒去廟裡聊天？大家還以為你生病了。」
> 連發說。……
>
> 連發嘆口氣又說：「廟裡不是常常講，好像在講三國志咧。
> 尾仔和文通都是裡面的大角色。」（黃春明〈放生〉，頁 99）

為了抗議溪邊設廠、排放廢水，造成當地的環境污染與魚苗業的危害，文通打擊不公不義的英雄行徑，儼然化身為村民所熟知的三國豪傑。通俗演義小說在常民生活中，每每啟動某種程度上的勾動人心與移風易俗的作用，而搬演故事，並帶有傳播與衝擊民間思想的有意義的場所，即是廟宇。上述引文即可看出群聚「廟宇」，不僅具有「生活儀式」的意義，也是農村社區的一種交往模態，從中可以整合鄉土人物的總體性與集體性。

　　《天燈‧母親》中可以綜覽小說人物的場景，也是位於墓地

55　參克利福德‧格爾茲（Clifford Geertz）著，納日碧力戈等譯《文化的解釋》（上海：上海人民出版社，1999），頁 110。

56　如黃春明《放生‧售票口》，頁 234 中老里長旺基在公開場所，總是不諱言提起死去老伴常在耳畔絮叨，因而也間接造成眾人訕笑的話題。

邊緣的「土地公廟」。做為地祇后土的社神，土地公本是職卑位小，神通有限，卻是自詡為「大地之子」的農民，最感親切的區域保護神。土地公「是農村的保護神，也是墓地的警察」，代表維持農村社會的基本力量與現實原則。《天燈‧母親》一書，穿梭現實與奇幻，登場人物並不多，最能一次性召喚整體鄉土人物出場的舞台即是土地公廟。

鄭清文往往將陰森魅艷的眾鬼，翻轉為時陷困境而等待救援的弱者角色，[57]因此每逢水患、掃墓釀災，危及墓塚時，眾鬼魂都跑到廟裡避難：

> 阿旺趕到土地公廟那裡，土地公廟是安好的。在白天，雖然看不清楚，他卻可模糊的看到許多鬼魂都躲到那裡了。
>
> （鄭清文《天燈‧母親》，頁 125）

懸繫母親的阿旺，常常帶著阿秀跑到土地公廟旁的墓地，結果看到各式各樣的鬼，有操持農事而不幸跌落田埂的阿旺母親、假戲而真吊死的三嬸婆、昏迷卻被誤判死亡的阿卿、捕魚歸來而誤墜石崖的阿庚叔、被毒蛇咬死的阿灶等……。這些亡魂的不同死因，分別演述了農村男女與土地的故事。

地景裝置上的土地公廟，剪影出鄉土非浪漫的悲歡離合，藉此銘刻出「鄉土」的雙重性：作為「沃土」，鄉土是孕育生命的場所；作為「墳場」，鄉土則是吞噬生命的地方。「土地公廟」作為整合鄉土人物的交匯點，是小說很多片段的核心，顯見是很重要

---

57 見鄭清文《燕心果》諸篇（臺北：號角出版社，1985），如〈鬼姑娘〉裡等待救贖的白／黑姑娘、〈紅龜粿〉裡接受阿和慰藉的諸鬼，亦復如是。

的一種「形式」與「組織」的構設。

《天燈・母親》中極富民間宗教氣息的土地公廟，如果是作為聯結「生」與「死」，作為人、神、鬼交通的公共空間，那麼《放生》裡的火車站「售票口」，則不僅作為接駁「都會」與「鄉村」，也作為接榫「父母」與「子女」親緣血脈的界域：

> 旺基到了車站，已經有一、二十位老人，把十一、二坪大小的候車室塞了大半。預售票窗前聚五六個，隨後還有一只小板凳，靠牆角行李托運台那裡四五個，還有十多個人分別散坐在候車室的椅子上。（鄭清文《天燈・母親》，頁228）

候車室裡所疊印「為返鄉探親的子女，預購回程車票」的老人群像，正代表農村社會中具有「集體意涵」的一種人口階層，其表象化的概念是：這群老人都抱持相同的目的，受同樣的驅動而來售票口，其餘不克前來接受「購票洗禮」，則是因急症送醫，或因親往探視愛子等等。

是以作為公共空間的「售票口」，儼然是一個「認同的空間標記」，遑論是伸張知識分子論調：「我們還活在這個時代，這個時代是年輕人的時代，也是我們的時代」，有意強化特殊身份的老校長；或認同於「做父母的都變成老奴才」之論，卻終究無法醒覺的老人們，這些不管風日嚴寒，都必定前來完成「排隊購票儀式」的老人，畢竟都通過一致的執念與行為而形成畫一的、被整合的「集體身份」。這些身處鄉間的老年父母，唯有藉著出現在售票口，分飾「責任者」（慈愛父母）與「承受者」（孝子父母）的角

色，才得以重建他們在尋常日子裡所失落的「父母」身份。

　　相對於作爲市民聚合的城市公共空間，如購物中心或城市地標、廣場等，鳩集而來的集體或團體，大都來自生活背景的多元性和意義的模糊性，[58]因此無法呈現和睦相處、親密無間的空間意識，只能彼此以「禮儀客套」，作爲遮掩並保護自己。《放生》中的售票口，一旦被擇取作爲提供鄉民交換重要資訊、公共話題與社交場所的公共空間時，[59]除了含藏鄉野人的情感和慾望的心靈結構──「不管冒著這一天的嚴寒，或是雨天來車站排隊買預售票的老年人，沒有一個是不情不願的，並且還抱著深深的期盼。」[60]也帶出另一個指涉體系，定義並表顯台灣現代農業社會結構中「流動」與「根著」的世代分化，意即售票口是遠離鄉土的新世代（人子）與根著鄉土的舊世代（父母）的切換空間。

　　黃春明雖有其主觀視野的探索，而以老人的生活背景與細節捕捉，作爲主線與焦點化，卻側寫出台灣農村在政經變動下的價值落空與傳統解體，這個幾乎是以「經濟」關鍵性角色，佔據支配地位的農村新秩序，使昔日來自於「家庭倫理」的「父母」身份，一變而爲「社會階層」的「老人」角色。新鄉土小說書寫農村的特殊地景，因而是一個可詮釋的意象，決定了小說呈述的主要意義與內涵。即使鄉土老將與傳統書寫仍然有所糾纏，題材依

---

[58] 參見齊格蒙特・鮑曼（Bauman, Zygmunt）著，歐陽景根譯《流動的現代性》（上海：上海三聯書店，2002），頁 154-155。

[59] 有關公共空間所涉及的「廣場語言」與「公共話題」，黃春明《放生・售票口》（臺北：聯合文學出版社，1999）一文表現最爲明顯。文中除針對時代遷變的議題外，也涉及知識分子與農民的殊異觀念，以及對政府政策的觀感。

[60] 黃春明《放生》，頁 232-233。

舊乞靈於農村風土人物，聚焦猶爲農村社會的結構遷變，但新的鄉土書寫卻不是過去的複製，或老調重彈，而是有其「後現代性」的體現。

三、烏托邦話語的呈現──新鄉土的異境書寫

《放生》與《天燈·母親》二書，鋪展「視覺性」的農村景觀，尚帶有與城市互爲參照值的昔日鄉土姿態，但主題意識明顯受到時間劫毀和空間滄桑的浸染，是以鄉土作爲主體的欲望敘事未變而隱喻已變。如通過對眞實世界的幻想與刪削，鄭清文進行修補／虛擬「人間而不人煙」的童年世界；黃春明則抵制／彰顯身陷「現此時 v.s.那時候」的老人世界，這是新鄉土書寫呼應現實的一種敘事策略的選擇與轉向。

上述二書，除了揭示以作者所經驗的世界爲基礎，而對現實社會提出某種新的觀察外，實也寄寓作者主體意識的一種烏托邦：「完願（wish-fulfilling）性的自我表演」，[61]作爲文本敘事性的虛構線索。《天燈·母親》和《放生》，分別有一個令人嚮往的世界和一個令人厭惡的世界，形成隱喻式結構對立的類比意象：對應於「神啓世界」的「天眞的類比」（analogy of innocence）與對應於「魔怪世界」的「經驗的類比」（analogy of experience）。[62]依據神話原型理論，文學作品中的意象，大多是介於永恆不變的

---

61 羅蘭·費希爾（Roland FISCHER）撰，陸象淦譯〈烏托邦世界觀史撮要〉，收錄於《第歐根尼》（1994 年 02 期），頁 12。

62 參見諾思洛普·弗萊（Frye, Northrop）著，陳慧等譯《批評的剖析》（天津：百花文藝出版社，1998），頁 158-184。

天堂與地獄之間的世界，其中以浪漫故事模式，表現理想化了的世界，即是「天眞的類比」；以普通的經驗意象與諷刺意味，聯繫魔怪世界，即稱之爲「經驗的類比」。

當鄉土作爲「回溯」與「歸屬」的意義時，鄉土已然成爲一種非凡的經驗與抒情的對象，但這種經驗並不存在於現實之中，因而即使是苦難、幽黯的記憶，也會被美化爲浪漫的鴻爪雪泥，根植於作者記憶中對這種經驗的保護，當出示這種經驗時，並非是以現實方式與之相觸，而是以重述／重塑的鄉土，來建立此一經驗的世界。

此即《天燈‧母親》所表現在一個倫理道德框架之內，人與走獸、蟲魚、飛禽、草木，甚至是人與鬼魅的和睦關係。這個性別渾沌，萬物和諧，堪稱「無階級地位區分」的烏托邦視景，可歸屬爲心理學意義上的「童年世界」。[63] 從「童話」形式而觀，這個「童年烏托邦」的時間性，確然屬於「過去」與「現在」的分離；[64] 然就其空間意識而言，則是屬於「農村」和「後農村」的區別，並非表象所呈現「農村與城市」結構的對立面。

《天燈‧母親》小說按時序、民俗與農事等衆多細節，串織清雅的篇目，[65] 憬然舒卷一段歲月靜好，現世安穩的悠緩歲月，並摹繪出一個萬物有靈的世界，到處都是自然的精靈：仙女般的「斑甲」、爲阿旺照亮田路的「火金姑」、排解水牛牴鬥的「蜻蜓」，以

---

[63] 見陳玉玲〈論鄭清文的《天燈‧母親》〉文中引黃武雄之言：「兒童世界原本沒有國界、階級、種族、宗教、職業及性別等族群偏見。」收於鄭清文《天燈‧母親》，頁189。

[64] 同前註，頁203。

[65] 如「春天‧早晨‧斑甲的叫聲」、「初夏‧夜‧火金姑」等篇目。

及載送阿旺到埔尾探視母親的「水豆油」等。這個純摯美好的時空範疇，揭示了人類未墮落前的自然狀態。小說開篇，阿旺的童真與忘機，即展演出全書的主題與基調：

> 「不要啄他……」阿旺叫喊著。「不要啄他……」阿旺醒了過來，一句話還留在嘴邊，手還不停地搖著。（鄭清文《天燈・母親》，頁6）

阿旺並不喜歡老是罵人，又獵殺許多鳥類的阿金伯，但夢境中的阿旺，還是一秉美善心性，亟欲救助這個導致母親失足慘死的肇事者。[66]

這個未墮落的自然狀態是「神性統治的秩序」，農村烏托邦種種意象，皆是神啓世界在人類世界的對應物。小說裡的土地公因此深具象徵性，一如在天真類比世界中，具有精神性與神性，慈愛多謀而擁有魔力的老人。小說裡的土地公是跨越陰陽兩界的保護者，也是引領阿旺進入異境的嚮導：

> 土地公是來保護母親的，也是來保護阿旺和阿秀的。……土地公只准阿旺碰母親，卻不准母親碰他。……有一次，母親想把他帶走，土地公沒有答應。（鄭清文《天燈・母親》，頁61）

鄭清文在最素樸的情節中，安頓了現實人生，卻在最神怪的情節中，揭露了原初的欲望和想像。傳統上屬於魔怪境域的墳場，在

---

[66] 貪婪的阿金伯為爭田疇，使田路變窄，造成阿旺母親失足慘死。見鄭清文《天燈・母親》，頁27。

作為精神性存在的《天燈‧母親》鄉土世界中，卻移位為「贖罪」與「拯救」[67]的顯靈點（point of epiphany）。[68]小說中諸多靈異漫漶、鬼神出沒的視景，以及話語系統裡的形象（萬物有靈的摹繪）、儀式（可以拯救亡魂的放天燈）、情節（完成人間與冥界的救贖），都帶有濃厚的神魔性（冤死亡魂必須找到替身，才能轉世）與果報觀（阿灶抓蛇而被蛇咬死）。

　　鄭清文以非理性色彩與異端精神，組構了他對農村的異想、透視與記憶。然而這些敘事，並未砌成陰森可怖、群魔亂舞的凶險鄉土，反而近乎一種「他方異鄉」的浪漫想像之物，因而是屬於「天真的類比」世界。小說中鬼怪色彩的召喚，乃用於衍生種種傳統民俗文化中的「符號資源」，間接透露了小說的關鍵意味——作者為了保護／創造某些社會價值與個體價值的生存環境，而選擇了一種刻意的「反啓蒙」態度，是以有此異境鄉土的童話書寫。

　　《放生》一書貌似農村老人日常生活的隨興塗畫，實則為調製精巧，極富深意的現代浮世繪。小說中老病殘軀的人物演出，實有其現實的根源：「老年人不幸的遭遇，每天都可以從電視新聞和報紙上看到。」（《放生‧自序》）是以不同於《天燈‧母親》對鄉土投以深情目光，而贖回屬於個體／群體記憶中的永恆鄉土，《放生》取徑於生活實際環境，採掘的是普通經驗的素材與意象，一如在「經驗的類比」世界中，所傳述人類的本質境況是普遍的

---

[67] 小說多處提及母親因生下阿旺而亡故。見鄭清文《天燈‧母親》，頁 27、54、59，顯見阿旺思母戀母與意欲完成救贖的情結。

[68] 弗萊（Frye, Northrop）《批評的剖析》所言「顯靈點」，乃指從一個世界過渡到另一個世界的轉移場所。頁 248-249。

和典型的，因而神性和精靈人物幾乎是不存在的。[69]

　　〈銀鬚上的春天〉講述一位被誤認是土地公降凡而午寐的慈祥老者，竭力配合孩童而搬演感人的天倫和樂劇。極度夢幻視野與浪漫況味的情節，僭越了《放生》全書關鎖「在空氣中滿佈哀愁」的表述實踐，[70]但這終究是一幅遐想的常民生活美學圖畫，小說中早已不證自明地表出：「老人家知道，只要他醒過來，這個遊戲就結束了，對小孩掃興，對自己嘛，膝下無孫，目前的情形何嘗不是天倫？」（頁 145）準此，小說所渲染的顯然是對浪漫故事中生活理想化的嘲諷，聚焦點還是老人生存處境中的孤獨感。

　　《放生》鋪陳老人的性格或命運，大都帶有一致性的人類老年生命的本質境況：由奮鬥者而回歸平庸者、在生活中自覺找不到位置、衰頹挫傷而不具任何積極意義的思想、現下的存在是一種悲劇性的現象等等。各具姿態的老人群像，實為一種無個體身份，而只作為一種生命階段與精神狀態的類型存在──老、孤、閒、病、弱、危、貧等情境。[71]是以應將小說裡的老人圖像，鑑照為一種普遍和典型的現代社會文化現象。

　　就生命階段中所定義的「老人」而言，關鎖有三：年齡、衰病與死亡。生理死亡有其不可逆性、客觀性和準時性，這是科學事實。[72]死亡乃象徵生命色調的變化與失常，是以死亡在死亡之前

---

[69] 弗萊（Frye, Northrop）《批評的剖析》，頁 179–180。

[70] 見黃春明《放生·附錄》「黃春明專訪──〈空氣中的哀愁〉」之篇名。

[71] 七種老年情境，參見徐立忠《老人問題與對策──老人福利服務之探討與設計》（臺北：桂冠出版社，1989），頁 15。

[72] 參讓·波德里亞（Baudrillard, Jean）著，車槿山譯《象徵交換與死亡》（南京：譯林出版社，2006），頁 247。

即已展開，因此「死亡」是一個廣角化的情境。那些飽嚐「老者不安」、「失其所親」與「不得善終」的銀髮族群，都面臨「真正的死亡」（所謂「時間之傷」）與「儀式性死亡」（所謂「存有之傷」）的威脅與悲感。[73] 在《放生》所演繹老人生命的困蹇中，老年失養的「存有之傷」尤烈於生理死亡的「時間之傷」。

由於現代醫技發達、經濟富裕，而使歲壽延長，然而就社會學觀點而言，延長的預期壽命最終只通往一種「老年歧視」的悲劇，因為「在自然死亡的吉祥符號下，社會性把老年變成一種提前到來的社會死亡。」[74] 在未死之前，老人就已經是社會的畸零人、家庭的殘餘人，而在生命行抵終點之際，也只餘「從總數中被減去」的意義罷。作為現代「社會階層」的「老人」，實已無法享有昔日農村家庭倫理中的優位性——對年高德劭與敬老尊賢的生命禮讚。

《放生》一書所呈現「經驗類比」的意象，頗多與「魔怪世界」的呼應和牽扯，其中「死亡」即是作為「毀滅性的自然力量」，並且是以「衰敗的身體」作為一個能指符號，推展情節和刻錄意義。在文學敘寫中所演繹的身體，大致是以「垂死的」類型，最能開掘身體的首要意義，因為恰恰可以在衰敗的過程中，得到最鮮明的感受。[75]

〈死去活來〉是一篇表面荒謬，實際嘲諷的「身體書寫」佳

---

[73] 權借黃錦樹〈時間之傷、存有之傷〉之語，說明老人羸弱病軀與無人聞問的悲涼。見《自由副刊》（94 年 3 月 6 日）。

[74] 參見註 71，頁 254。不可諱言，就一般觀點而言人口老化即代表社會動能的「停滯」。

[75] 有關文學裡的身體類型，參見〔美〕彼得‧布魯克斯（Peter Brooks）著，朱生堅譯《身體活：現代敘述中的欲望對象》（北京：新星出版社，2005），頁 6-7。

構。故事敘及家族長輩粉娘，幾度不經意演出「臨終」大戲，而得享「兒孫滿堂」與「隨侍在側」的天倫之樂，然而粉娘雖欣喜於兒孫齊聚奔喪，卻又羞赧於自己的死而復生。小說中「彌留之際的床榻」，是最引人注目的場景：

> 道士發現粉娘的白布有半截滑到地上，屍體竟然側臥。他叫炎坤來看。……被扶坐起來的粉娘，慢慢地掃視了一圈，她從大家的臉上讀到一些疑問。她向大家歉意地說：「眞歹勢，又讓你們白跑一趟。我眞的去了。……」她以發誓似的口吻說：「下一次，下一次我眞的就走了。下一次。」（黃春明《放生》，頁134）

作為「垂死的」且「終有一死」的肉身之軀，能死而復生，應該是很令人快慰的事，弔詭的是，粉娘這副「死去活來」的皮囊，卻是無法控制的痛苦的化身。就個體而言，「肉身」和「神識」原是表裡合一，但是在「張揚精神靈魂」與「壓抑肉身欲望」的相引相斥中，形神卻形成了悖逆。粉娘最後的惶惑，除了宣告她對這副「滄桑身體」的厭離，也揭現這副「醜陋身體」所反照的殘酷現實。故而，所謂「垂死的身體」，便成為這篇小說意義的根源與核心。

上述這些生命老化現象或死亡故事，一再辯證了有關「進步」與「異化」，這兩個時代神話的主題，其中更摻糅了「傳統性」的淪覆。人性的「異化」，顯然來自「時代變了」的命題下，所衍生種種失常的心理範型。現今農村社會在現代化的衝擊下，莫說人和農具的歷史關係蕩然無存，唯利是圖的工商倫理，早已取代了

與鄉土共生中最具傳統性的人倫彝常。

社會的遷變，演化出農業人口的巨大流動與遷徙挪移，當人們從鄉村移居城鎮時，所屬的環境起了變化，原來的傳統也就被調整或棄擲了。是以〈最後一隻鳳鳥〉文中所並置鮮明的對照：傳統造形風箏/加了氣球的無敵鐵金剛風箏、土雞肉/漢堡、母語/美語、終生被欺凌的傳統女性吳黃鳳/身手矯健不凡的女性劫匪等。這是黃春明藉世代的更替，所帶出對「傳統性」的思考。

所謂「傳統」，就最明顯與最基本的意義而言，是為「世代相傳的東西（traditum），即任何過去延傳至今或相傳至今的東西。」[76]但世代的更迭、社會組織的變化，導致每一代人都具有相應於外界的不同心理傾向，並不受前一代人既定的信仰和歸屬感的束縛。因此〈最後一隻鳳鳥〉中當面臨「孝道」傳統的臨界時，即涉及「贊同者」（以孝子吳新義為代表）和「反對者」（以孫子輩為代表）的辯證。[77]此外，即使根據人們世代宗奉的一組信仰來界定傳統，如具有某些共同的概念，共同的評價觀點，但作為某一種傳統的擁護者，其規模、成員及其信仰，也都會有所變化。[78]推擴而言，在時代風尚下，傳統在中心與邊緣之間的傳播，也會產生相互的融合現象，亦即是通過中心的強制威力、生態和經濟支配力的變化，而產生主導邊緣居民適應新的制度。[79]

---

[76] 參見愛德華‧希爾斯（Shils, Edward）著，傅鏗、呂樂譯《論傳統》（臺北：桂冠出版社，1992），頁 14。

[77] 當吳新義決定把母親帶回奉養時，孫子輩卻認為時機不宜，並謂之「愚忠愚孝」（頁 203、208）。

[78] 愛德華‧希爾斯（Shils, Edward）著，傅鏗、呂樂譯《論傳統》，頁 42-43、325。

[79] 愛德華‧希爾斯（Shils, Edward）著，傅鏗、呂樂譯《論傳統》，頁 304-308。

　　〈現此時先生〉一文最能表現出邊緣農村，日漸爲中心文化所收編，進而與之融成一體的現象。小說敘及藉由村中「唯一認識一些字」的「現此時先生」唸報紙，接壤偏遠山村與外界的訊息：

> 從他長久唸報紙給老人家聽的經驗，只要說是報紙說的，他們就無條件的相信，所以他也常常把自己的看法，夾報紙說的權威來建立他的地位。（黃春明《放生·現此時先生》，頁 27）

小說強調「現此時」先生讀的皆是「舊報紙」，傳達的亦皆是「舊新聞」，是以「現此時」實乃包孕「那時候」的時間弔詭性。而上引文同時也傳達出「鄉土性傳統」的削弱。

　　根著於鄉土的老人絕少離開家園，[80]原本只關注本鄉本地的街談巷議，但是經由「識字」與「傳播通訊」，卻可以接收某種全國性的新聞報導。然而當注目焦點開始從鄉土性的事物，引向全國性或國際性議題時，自然削弱了人們對生活方式和鄉土性祖先傳統的認同。[81]此即黃春明嘗援借「子曰」時代和「報紙說」時代，點撥出兩個價值觀念截然不同的時代。[82]

　　〈現此時先生〉透顯的不僅是不同世代對傳統信仰的依違迎拒，也觸及邊緣（農村）與中心（全國）的概念——福谷村（蚊

---

[80] 黃春明《放生·現此時先生》，文中坤山即言：一步都沒離開過蚊仔坑。（頁 29）

[81] 愛德華·希爾斯（Shils, Edward）著，傅鏗、呂樂譯《論傳統》，頁 304-306。

[82] 見黃春明《等待一朵花的名字·從「子曰」到「報紙說」》（臺北：皇冠出版社，1989），頁 52-77。

仔坑）農民一向迷信權威的「報紙說」，卻偶然發現「報紙說」假造「福谷村的母牛生小象」的新聞，荒謬突梯的是，「報紙說」的力量竟然巨大到可以使村民懷疑起自己的經驗和認知，而意欲爬上坑頂，一探究竟。

從世代概念而言，保有大量舊事物與歷史感的「老一代的人」，也算是一種「傳統」的範型。《放生》中關乎老人闇弱垂危的生命情境，大都是以「等待通向死亡的緩刑」，作爲實踐形式，亦即對所有出場老人的賦形，實爲一則則「預告死亡紀事」，同時兼也表徵鄉土性傳統的消減現象。黃春明以宜蘭風俗地景爲原型取樣的鄉土，迥非希望的田園，反倒成了老人的生死場，此即《放生》一書關乎「時間的破壞」和「沒落的宿命」之異境書寫。

鄭清文和黃春明的鄉土書寫，皆浮露了「不同時代的事物」同時並存，而造成錯位與衝突的風格。這些通過作家個人的識察視角與精神背景，而被感知的現實指證，在小說中分別映現爲兩個參差對照的異境世界——關於「空間」（過去的農村）與「時間」（過去的傳統）的願望，[83]其中《放生》是以勘破「負面人生」來表徵「正向人生」，《天燈‧母親》則展佈「理想世界」來反照「現實世界」，二書所寓含的嚮往與指向，皆是一種存在於當代性中的「非當代性」，敘事與修辭皆是一種「烏托邦話語」，然而「烏托邦話語」雖作爲一種「期望的範疇」，代表人的理想化傾向，其中卻有其針對現代的「祛魅」力道。

---

[83] 卡爾‧曼海姆認爲人類的各種渴望形式，可以如願以償在某些歷史時期，通過時間或空間方面的投射而出。卡爾‧曼海姆（Karl Mannheim）著，艾彥譯《意識形態和烏托邦》（北京：華夏出版社，2001），頁 243。

第三節 關於「後」之意義的註記

檢閱鄉土文學，從二、三〇年代日殖時期，以欺凌與剝削為基底，極具「階級性」與「民族性」的啓蒙色彩，至七〇年代，面對西方經濟與文化輸入的衝擊，襯顯出掙扎於無產無望與貧苦孤立的小人物，而飽蘸「經濟性」與「社會性」的抗議特色，一路來到了九〇年代，極具「地域性」與「後現代性」的新鄉土小說，書寫取向已然脫卸寫實的「支薪與經濟市場」的社會關係與歷史實境，而返回以夢魘或幻念摹刻「個體與家庭結構」的生存現狀與傳統倫理，如《放生》中展現現代農村老人孤危不安的日常畫卷、《天燈·母親》中召喚童心以救贖大地／母親的浪漫圖景。

尋溯與探流的結果，見證今昔鄉土小說，都是以一種「異端話語」來回應主流論述，只是彼時鄉土書寫側重語言的重構或民間的意識，而以寫實主義的筆觸，演述被踐踏階級的苦痛以及社會的不公義，其間所傳達歷史的主題也異常沈重。

黃春明和鄭清文新鄉土小說的創作，敘述風格雖少了愴烈的抗爭與義憤，卻多了作者置身於其中的「感同身受」，但昔日鄉土精神的傳統猶在──凸顯文化與社會的議題，關心「群」的生活，只是新鄉土小說與昔日鄉土書寫所呈顯幾近一種「意識形態的想像」，如民族問題、階級問題或貧富懸殊、城鄉差距的視野，已然有了區隔。

黃春明《放生》寫「農村之後」的人物誌，而以農村地景做為營構老人的生活空間；鄭清文《天燈·母親》摹繪「曾經經歷」的農村風情，而將兒童作為索引理想家園的功能性人物。且挪借

文化論述中加諸各項主義的前綴詞「後」（post），其所提示描述變遷過程，並同時涉及「連續性」與「新出發」之字義：一為「曾經經歷」（having gone through），一為「之後」（after），兩者均攸關「時間」命題，並未形成牴牾，乃意味曾經經歷而已然成為現在生活中殘存的意識形態與文化影響。[84]

　　所謂「後農村」即指「事實以後」———一種發生在「後時期」的預演，或對「前時期」的杜撰。黃春明與鄭清文之作，皆提供了對人和社會的真實寫照，都可視為是紀錄式的「史餘」體式，兩人的後農村書寫都是一種「啟示錄」的社會觀，這也是作家對於創作書寫的一種「存在視域」（reality-horizon）。作家所尋找的鄉土仍然是一個被遺忘或漠視的「隱蔽的社會階層」所歸屬的一方田園。

　　黃春明和鄭清文分別將鄉土景觀和人物形象帶入了象徵建構的世界，小說中不無教導和範例，也自有一種對人生的信仰，或緣於他們必須信仰所生存於其中的世界的某些信念，包括他們曾經目睹的和張望未來的現象。因此鄭清文以一種類近於「起源的幻想」，通過最典型與農村、本土、童年等有關，代表「原初的」、「已經失去」的事物，來實踐一種浪漫與理想性的鄉土書寫；黃春明則以帶有「威脅性」與「死亡意味」的鄉間老人實錄，來傳達一種「幻滅的未來」，並意指人的願望徹底被否定的扭曲變形世界，藉此表露鄉土書寫的理念。

---

[84] 所謂「後」並不一定是時間順序的先後之別，而是寓有「與先前的觀念運動，既有連續又有批判」之義。參彼得‧布魯克（Peter Brooker）著，王志弘等譯《文化理論詞彙》（臺北：巨流出版社，2003）。另參周蕾（Rey Chow）《寫在家國以外》（香港：牛津大學出版社，1995），頁93。

　　審視黃春明、鄭清文的後農村書寫，皆有其無法僭越的鄉土概念的最後邊界，諸如地方色彩、風俗畫面、社會意識等不同程度的強調，但已然有了對現代性整合的進化。基本上黃春明、鄭清文都有面對在現代巨變背景下文化危機的困惑，只是困惑分別被賦予不同的內涵。黃、鄭二人新鄉土文學的突破，主要體現在關注鄉土、立足鄉土，卻不局限於鄉土，而是試圖超越鄉土，達成另一層超現實的追尋，所謂結合現實的鄉土與理想的鄉土，而提出給下一輪太平盛世的備忘錄。

　　黃春明、鄭清文的「後農村」鄉土書寫，開顯新貌，堂皇宣告鄉土文學發展的變異性與豐富性的向度，而新鄉土敘述聲音的釋放，也間接浮雕出對所修飾「鄉土」實質語詞的歧出詮釋。準此，時代與世代的研究，應可作為研探鄉土文學的一個特殊視角，同時也見證新鄉土小說並非只是喚起一種業已消褪的傳統文類的幽靈，即使有，對鄉土小說文類的焦距也已得到了微調與校準。

第五章　新鄉土小說中的空間與地方：以花蓮鄉土小說的書寫樣貌爲例

　　本章節論述要點，意欲藉由透視作家書寫地方經驗所演化的空間感與地方感，而入探多元演繹的文學新鄉土空間的結構與意義，希冀在作家書寫美學的綜括與並置中，考掘置放於想像與實踐中「新鄉土小說」的空間與地方書寫。鄉土之所以作爲人類親切經驗的地方，乃是因爲鄉土空間轉換成獲得「定義」和「意義」的一種地方。本章節將處理林宜澐《人人愛讀喜劇》（1990）、《藍色玫瑰》（1993）、《惡魚》（1997）、《夏日鋼琴》（1998）、《耳朵游泳》（2002）、吳豐秋《後山日先照》（1995）、廖鴻基《山海小城》（2000）諸作。上述作品皆以花蓮作爲書寫主體，藉由文字記錄與美學手法，展現在地環境地理與特色生活圈。

　　本文論述取徑於文學地理景觀的「空間意識」，以此入探多元演繹的花蓮鄉土，並在作家書寫策略的綜括與並置中，考掘「鄉土」置放於書寫的想像與實踐，或可作爲一種實質的地方感與生存空間意識的「自然／存在景觀」（如廖鴻基之作），或是以個人經驗爲基石，藉以召喚常民生活記憶的「閱歷／經驗景觀」（如林宜澐之作）；或是援借鄉土以爲藝術符碼，而意圖展演地方人文掌故的「知識／虛擬景觀」（如吳豐秋之作）。

第一節　花蓮地景的構成與演出

　　鄉土之所以作爲人類親切經驗的地方，乃是因爲鄉土空間轉換成獲得「定義」和「意義」的一種地方。由於解嚴的衝撞，因運文學生態丕變，在「世紀末」與「眾聲喧嘩」的論調氛圍中，九〇年代文學迭有新姿。諸多鄉土新作，雖也仰賴人和土地的故事，然而作爲書寫載體，鄉土已轉衍爲童年記憶的鄉土經驗再現，如陳雪《橋上的孩子》與豐原地景攝錄；或類同在地自然環境地理與地域特色生活的文學地誌書寫，如呂則之《憨神的春天》與澎湖島民風情；或是刻劃城鄉生活的今昔、地景變遷與社會文明的推移，如舞鶴《悲傷》與淡水滄桑史；或是以鄉土舞台，展演歷史／野史、私史／家史的傳奇劇碼，如施叔青《行過洛津》與鹿港文化采風。這些大致以出生地或成長地（如澎湖、花蓮、宜蘭、桃園、台北、鹿港、蘭嶼、豐原等），作爲書寫的關聯點，而鋪展地理經驗與自我認同的空間故事，皆有鄉土敘事寓意及美學上的突破與展呈。

　　其中林宜澐《人人愛讀喜劇》（1990）、《藍色玫瑰》（1993）、《惡魚》（1997）、《夏日鋼琴》（1998）、《耳朵游泳》（2002）、[1]吳豐秋《後山日先照》（1996）、[2]廖鴻基《山海小城》（2000）諸作，[3]皆是以花蓮作爲書寫空間的主體，藉由文字記錄與美學手法，表記地方，展現花蓮環境地理與庶民特色生活圈。被指稱「後山」

---

[1] 林宜澐《人人愛讀喜劇》（台北：遠流，1990）、林宜澐《藍色玫瑰》（台北：麥田出版社，1993）、林宜澐《惡魚》（台北：麥田出版社，1997）、林宜澐《夏日鋼琴》（台北：麥田出版社，1998）、林宜澐《耳朵游泳》（台北：二魚文化出版社，2002）。

[2] 吳豐秋《後山日先照》（台北：躍昇出版社，1996）。

[3] 廖鴻基《山海小城》（台北：望春風出版社，2000）。

的花蓮空間性格，不論就其內部的自然資源，或做爲一個「地點」，在臺灣地區所處空間位置的生態性、經濟性、社會性與政治性的價值，都有其獨特的意義。[4]洄瀾之美，發散殊勝與迷魅的地域氣息，人稱「臺灣最後一塊淨土」，是以花蓮文學地理空間相對於西部，堪稱是在政治中心之外最典型文化地理中心之一。

就書寫者的「身分屬性」而言，林宜澐、吳豐秋、廖鴻基皆爲花蓮人，他們對於花蓮的地方意識，乃源於直接／體會式的在地經驗——自我對背景位置的關係思索，迥異於外來者（客居）或旅遊者的觀察角度，是間接／概念性的經驗反映。

從人本主義地理學概念而言，人類空間感的構成，固然必須依賴實有的景觀，卻並非直接運用地理資料，而是有其選擇性與建構性的過程，因而側重以人爲能知和能動之主體，環境則爲所知和被動之客體。人們唯有對環境先有了識覺，而後獲得經驗，才能產生對待環境的意向和概念。

學者段義孚以「識覺」（直接的嗅、味、觸、視覺）、「感覺」（情緒性的）、「觀念」（思想性的）三者來詮釋「經驗」，認爲「經驗」乃跨越人之所以認知眞實世界及建構眞實世界的全部過程。[5]循此，結合敘事與地理，各自表述實踐對鄉土情致的地方書寫，其與「環境經驗」的依存性，益見深層細密關聯，迥非是獨沽自家鄉土一味的視覺偏見。

---

[4] 相關論述，顏崑陽之文晶明洞徹。參見〈「後山意識」的結構及其在花蓮地方社會文化發展上的異向作用與調和〉，發表於第一屆「花蓮學」研討會（2006 年 10 月），後刊於《淡江中文學報》第 15 期（2006 年 12 月），頁 117-151。

[5] 參 Yi-Fu Tuan 著，潘桂成譯《經驗透視中的空間和地方‧譯者序》（台北：國立編譯館，1997），頁（9）、7。

　　本章節論述取徑文學地理景觀的「空間意識」,並藉由透視作家書寫中對花蓮經驗所演化的空間感與地方感,[6]入探多元演繹的花蓮文學空間的結構與意義,希冀在作家書寫美學的綜括與並置中,考掘「鄉土」置放於書寫的想像與實踐。惟網羅所有對應文本以資平行比勘,在現實中存在某些限制與困難,本章節雖未必能完全涵蓋九〇年代以降花蓮鄉土小說的書寫樣貌,但經由多方努力蒐羅,自信至少能勾勒其基本形貌與多元發展面向。

第二節　「內在者」介入式的景觀意識──
林宜澐小說中巡境遊觀的知覺空間

　　有關林宜澐系列小說的重要評論,前人之述備矣,大致可歸結為:狂想辛辣的怪誕與笑謔風格、[7]魔法師和舞台性的表演效果、

---

[6] 「空間」(space)與「地方」(place),本有不同的概念:空間一般多指稱可以量度的面積和體積,而地方之間也容有空間的存在;命名則是賦予空間意義,使之成為地方的方式。然則「空間」與「地方」的觀念,也可以相互定義,例如從地方的安全性及穩定性,可以反證空間的開闊、自由和疑懼;另外也可以界定空間是動態的,而地方是靜止的,因此每當一次空間活動靜止時,便有由「區位」轉為「地方」的可能性。職是之故,封閉的空間和人文性的空間即稱為「地方」。本文有關地方與空間的定義,大致參佐 Tim Cresswell 著,徐苔玲、王志弘譯《地方:記憶、想像與認同》。另參段義孚論述,如以三角形作為模糊意象的空間,而以三角形的三隻角,作為三個「地方」的譬喻;又以嬰兒移動四肢,領略「自由」,作為擁有「空間」之例,並將「母親」視為「兒童的最原始地方」,藉此把地方定義為「價值、養育和支持的焦點所在」。資料參見 Yi-Fu Tuan 著,潘桂成譯《經驗透視中的空間和地方》,頁 4、15、18、25、47、49。

[7] 分見王德威〈苦中作樂──評林宜澐的《人人愛讀喜劇》〉,收於《閱讀當代小說》(台北:遠流出版社,1991),頁 97-100;王浩威〈地方文學與地方認同:以花蓮文學為例〉,收於《山海文化雙月刊》第 2 期(1994 年 1 月),頁 90-102;南方朔〈代序:一切堅固皆融化成風〉,收於林宜澐《夏日鋼琴》,頁 3-17;郝譽翔《大虛構時代・怪誕嘉年華──林宜澐小說中的喜劇世界》(台北:聯合文學出版社,2008),頁 156-171。

[8]似存似無，綜覽全場的鼓手角色書寫位置、[9]反思現代化的鄉土懷舊記憶等。[10]就地方書寫而言，林宜澐所關注的花蓮地域，極具感知的主觀意識，審視有「文學性的自傳或日記」之稱的《夏日鋼琴》，[11]益見作者於觀察／記憶之後，所棲息個人式編年和分析的論述，如〈商業人生〉勾繪五〇年代漫溢簡單商業氣味、閒散自由而人情濃郁的花蓮市鎮；〈消逝的進行曲〉暢談六〇年代倚仗軍樂、進行曲、遊行，頌揚英雄的歡樂市鎮；〈山中〉則細述七〇年代是一個即將動搖卻又始終原地踏步的猶豫世界。

又如載記民風俚俗，重現花蓮經驗的鄉鎮即景諸篇——《人人愛讀喜劇》裡以魔魅歌音，掀動柳鎮的「鬥雞大賽」（〈王牌〉）、以奇幻武術，展演吉野村的「傀儡傳奇」（〈傀儡報告〉）、在梅花進行曲中敞開胸膛、搏「肉」演出的「艷舞秀」（〈人人愛讀喜劇——一篇關於牛肉場的小說〉），以及《藍色玫瑰》裡激情表演神奇藥膏銷售晚會等（〈你的現場作品 No.1〉）。上述內爍本土性而類地方誌的悲歡劇場，容或有刻意張揚的戲劇性張力，卻都含藏「廣角的主觀鏡頭下」的嘲諷與悲憫。

這種既具有「傳播者」又有「介入者」的書寫視角，也環扣他筆下各階層的人物角色，上從土豪劣紳、達官顯要（〈吳桑備忘錄〉、〈化妝〉、〈傀儡報告〉）、扭曲異化的教育從業人士（〈當我們

---

[8] 楊照〈魔法師的生活哲學——序〉，林宜澐《惡魚》，頁 3-9。

[9] 林宜澐《藍色玫瑰·鼓手的位置——代序》，頁 7。以鼓手轉喻書寫位置，是論者時加引證的名段，郝譽翔〈怪誕嘉年華——林宜澐小說中的喜劇世界〉文中進一步闡發為敘述者／窺視者／扮演者多重身份的相乘，「玩」的操縱與顛覆，則是最大的快感。見郝譽翔《大虛構時代》，頁 162。

[10] 廖咸浩〈序：最後的鄉土之子〉，林宜澐《耳朵游泳》，頁 5-14。

[11] 見南方朔〈代序：一切堅固皆融化成風〉，林宜澐《夏日鋼琴》，頁 13。

同在一起〉），下至狂想荒誕的邊緣份子（〈先生舒耐特〉、〈預知搶案紀事〉）、浮游紅塵的市井小民，如檳榔西施（〈男人經過女人〉）、援交胖妹（〈侏儸記〉）、特種行業（〈人生〉、〈藍色玫瑰〉）、流淌肉身渴慾的外遇者（〈雨夜〉），或者是少小辭鄉的老兵與轉墮風塵的雛妓（〈祥貴傳奇〉）等。這些市井人物的攝錄，影像紛呈，極具功力，大都寓笑謔怒罵於嘲諷批判，然而角色的賦形造像也因「人味太多太重」而頗有鑿痕，論者嘗從影響論觀點，比勘同鄉前輩作家王禎和作品而予以提點：「應對人物的動機及言行不一的可能，作更細膩的考察。」[12]實則這正是林宜澐「以主觀的心情願望與之相搏，化爲語言，潛入記憶」的參與式書寫信念與姿態，[13]也是他一以貫之，所謂「找到一種有距離又有攻擊性的東西」的鼓手／書寫位置。[14]

　　林宜澐獨製的花蓮浮生繪，除了展現以時間與空間鋪展的「記憶甬道」外，也浮雕出花蓮特有的自然地理和文化景觀，一如〈蹲著等待地震〉、〈拔牙〉、〈大水〉諸篇，即是將花蓮自然常態，如颱風、地震，以及閭巷街弄的人情風景、政治乾坤冶於一爐。花蓮在他的主觀經驗書寫下，並非作爲被分離的「外在者」（outsider，典型代表是觀光客）所規模的幻想性空間景觀，而是作爲「內在者」（insider，典型代表爲當地居民）的介入式書寫模式，尤其是作爲「存在論上的內在者」的視界，[15]更賦予「文

---

[12] 見王德威〈鬼話連篇——評林宜澐〈抓鬼大隊〉〉，收於《衆聲喧嘩以後：點評當代中文小說》（台北：麥田出版社，2001），頁 86。

[13] 見林宜澐《夏日鋼琴‧霧月大路》，頁 184-185。

[14] 吳億偉〈冷眼看人間喜劇——訪小說家林宜澐〉《文訊》第 248 期（2006 年 7 月），頁 25。

[15] 就景觀美學理論而言，對一個地方的感受，比較強調「內在者」的感受優先性，因爲觀

學花蓮」益加明確的個性與定義。

在林宜澐小說中頗多以「鼓號遊行」作爲文題,或作爲場景片段。人潮鼎沸如嘉年華會的遊行表演活動,大都有一個普天同慶的節日襯景,如總統華誕(〈下午〉)、雙十國慶(〈十月·十月〉、〈消逝的進行曲〉)、締結中美友誼城市(〈夜巡〉);此外,遊街活動也有警政宣導車隊(〈抓鬼大隊〉)、旗幟飛揚的選舉遊街人潮與車陣(〈上車〉)、笙歌艷舞巡迴公演的宣傳車隊等(〈人人愛讀喜劇〉)。嵌入政治、社會種種意識形態的權力佈局與慾望輬轕的「遊行」本身,實表徵有「巡境遊觀」與「政治寓言」的二重性。

以視覺感知爲主,夾雜以其他感觀經驗(如聽覺、觸覺等)的「遊行」穿梭呈現方式,最能統整林宜澐對地方即景的遊觀與體驗。感觀知覺作爲負載觀念的外在實體,卻是源於不同層次的記憶而構成知覺的主觀性。因而在林宜澐「地方巡境」的書寫現象中,將使花蓮成爲具有認知過程與體驗統一性的「知覺空間」。[16]以下即依循(一)景觀經驗的演化(二)鄉鎮的耳語與傳奇,作

光客不是正常的生存方式。而所謂「存在論上的內在者」即指對一個地方可以沒有深思熟慮和自覺的反省,但卻充滿意義地經驗著。參見【美】史蒂文·布拉薩(Steven C. Bourassa)著,彭鋒譯《景觀美學》(北京:北京大學出版社,2008),頁4。且宕開書寫者因熟悉而接受自己居住的城鎮,所產生主觀經驗的內在性,以林宜澐出身哲學系的背景而言,藉小說書寫而興發對生命的叩問、人與外在環境互動、對人性的觀照等存在主義哲學,皆可於其作品中求索。蕭義玲〈從存在的悲感析評林宜澐的小說世界〉一文可參佐,收於《地誌書寫與城鄉想像:第二屆花蓮文學研討會論文集》(花蓮:花蓮縣文化局,2000)。

[16] 「知覺空間」概念源自梅洛-龐蒂所主張以身體空間(物理空間)與客觀空間(對象化的空間)之間自由轉換的第三種空間,即正常人生動的「知覺世界」。一如喜劇演員能把他們的實在身體與其生活情景分離,而使身體在想像的情境中呼吸、說話、甚至哭泣。知覺空間包含所有不同類型的感觀經驗成分——視覺、觸覺、聽覺以及動覺的成分在內。相關資料轉引馮雷《理解空間:現代空間觀念的批判與重構》(北京:中央編譯社,

為入探林宜澐所呈現地方中的空間意識。

一、景觀經驗的演化──巡境與記憶

　　林宜澐的景觀意識，藉由巡遊路徑所穿越的地方點，投射與傾斜的是敘述者情思的綿延，如〈消逝的進行曲〉瑣記春風少年夜間遊行，走過單戀女生家門的青澀紀事；〈夜巡〉一文則以鼓隊摯友歷經千百劫難的家庭變故作為敘事根源，篇末敘述者彷彿化身為童話中賣最後一根火柴的女孩，在遊行街道盡頭，張望到摯友闔家團聚的溫馨畫面。這些關乎遊行的篇章，透過細察微物的書寫策略，觀察位置都是停駐在時間以外的同一地方，諦看時間的遷逝，是以小說不僅表記地方經驗，也洩露出敘述者的心事。〈下午〉以「總統華誕遊行」為輻輳，揭現觀看遊行的另一道風景線：「玩詭計的年代」。

　　敘述者藉由洞察帳篷裡展示千年蟒蛇的騙局，進而燭照自己編織謊言，加害女同學的罪狀。典借「詭詐」，贖回「真相」的情節模式，同樣複製在發現「偽裝正直而實際詐賭」的阿模六事件，且藉此召喚出用火球丟擲遊行隊伍的童年惡作劇背後所拖曳：「摧毀一個媚俗遊行的威權神話」的快感。文中頻密出現「二十多年前」的話語，道破了敘述者透過漫長時間才了解地方所有詭譎人事，其中最大的詭異／謊言／神話，自然是嵌鎖政治符號的「鼓隊遊行」。

　　遊行書寫篇什間接浮露出書寫者的「政治潛意識」，弔詭的是

2008），頁 36、53-54、84。

遊行意義對書寫者而言，竟然是混雜著「厭惡」與「迷戀」的矛盾與自我分裂：[17]

> 這毋寧是宿命的弔詭：作爲一個樂隊裡的少年鼓手，M 渾然不覺地參與了多次自己其實不以爲然的媚俗儀式，而在從其中驚醒的多年以後，M 卻不時懷想著當時。當時，因爲媚俗，所以快樂。（林宜澐《夏日鋼琴·消逝的進行曲》，頁 140）

鼓號遊行經驗，作爲最終價值的一種儀式性認可，關鍵即在於書寫者對鄉土空間的感覺形式，恰恰來自於「時間的鄉愁」。從書寫者的精神背景而觀，林宜澐作品中文學事件的「發生現場」與文思湧現的「創作現場」，皆醞釀於作爲啓動敘事泉源的空間，或可稱爲「背景」的「花蓮」———一個飽含意義、記憶與經驗，在現代性情境下的特定地理／歷史／文化狀態的「地方」。

　　空間若是表層的眞實，時間則是深層的眞實。「我曾經擁有什麼的失落感」，暗合的正是一個今不如昔的時間表，而這個「生命中迄今未變的鄉愁」，[18]切換的畫面可以是童年時期，雞鳴即起的父親在店門口窸窣的諸多聲響，[19]也可以是相對於以金錢與慾望遊戲，砌築亮晃帷幕商業大樓的「老榕、老屋、那個時代的你的祖

---

[17] 《夏日鋼琴》一書，幾可作爲《藍色玫瑰》、《人人愛讀喜劇》、《惡魚》三書的箋注，一如南方朔〈代序：一切堅固皆融化成風〉所言：「《夏日鋼琴》是主角以自身爲指涉的一種觀照。」見林宜澐《夏日鋼琴》，頁 14。

[18] 見林宜澐《夏日鋼琴·冬之旅》，頁 166。

[19] 林宜澐《夏日鋼琴·商業人生》，頁 181

父、祖母和小鎮」。[20]

　　鄉土巡遊路徑中所見種種住民影像性的眞實，如「觀光客、流浪漢、婚姻挫敗者、徬徨的青少年、憂傷女人、意氣風發的政客、各種人渣」等等，[21]或是鮮明並置進香團車隊與脫衣舞秀宣傳車的交融交戰場景。[22]這些或誇示或揶揄地方風習的視域，使林宜澐的鄉土書寫極具人物的典型性與地域意識的總體性，論者多視之爲上承鄉土文學傳統，兼擅王禎和、黃春明之長的第三代傳人。

　　然而審視林宜澐小說中鄉土結構的符號性，應是以「時間」隳壞的變貌作爲標記，一如廖咸浩從世代觀所揭示林宜澐從「島嶼邊緣」看「現代化迷思」的視角。[23]值得注意的是，林宜澐固然以「花蓮鄉土」作爲一種「期望的範疇」，展示他對現代的「祛魅」力道與理想化傾向，然而他的花蓮書寫本身卻充分顯示了「人、空間、時間」的親切連繫，在最終意義上是通過寫作展現出自我的記憶或層累性的生活經驗。

　　林宜澐曾宣稱：「這個社會本來就到處是鬧劇，你、我、他、你們、我們、他們，大家隨時都可以是主角哩！」[24]在這些遊行篇章中眞正的主角卻是書寫者自己——少年林宜澐和成年林宜澐的對話。林宜澐是從「自我世界」（eigenwelt 個人模式）中產生對景觀經驗演化的感知與思維，而帶出「共在世界」（mitwelt 文化

---

[20] 林宜澐《藍色玫瑰・祖母腳踏車》，頁 138

[21] 林宜澐《惡魚・惡魚》，頁 15。

[22] 林宜澐《人人愛讀喜劇・人人愛讀喜劇》。

[23] 廖咸浩〈序：最後的鄉土之子〉，收於林宜澐《耳朵游泳》，頁 12。

[24] 林宜澐《人人愛讀喜劇・化妝》。

模式）的歷史敘述。[25]如此原鄉圖景的私我化，讓林宜澐對花蓮鄉土的主體下了明確的定義，使模糊的花蓮城鎮區域變成了有範圍的「定點鄉土」，而非可以遙擬或想像的「全稱鄉土」。藉由對花蓮空間的感知經驗的積澱，林宜澐在花蓮空間中展現了自己，同時也塑造了屬於林宜澐的花蓮空間。[26]

二、鄉鎮的耳語與傳奇──政治寓言

早期人們對地理空間的觀念，總是依據熟悉的中心地帶和暗昧的邊緣地區組構而成，因而若在自己的小天地以外還有什麼事物發生，那就只是道聽塗說。[27]

就花蓮地處邊境空間的特色而言，在地住民除了伴隨「中心－邊陲」結構徵示而來的「後山意識」外，在傳媒未發達的年代裡，大多數人根本就不知道離開鄉里以外的地方正在發生什麼事。在林宜澐小說中諸多耳語、謠言的情節，頗能繪製昔日花蓮城鎮的文化地景，並揭露特定時代社會某些隱匿特徵的切面。如〈王牌〉文中一段敘述，即深刻點染封閉小城的地域特色：

---

[25] 關於人類存在結構的三種模式，依發展進程和結果，可歸爲系統發生→周圍世界（生物世界：人和自然規律的關係）、社會發生→共在世界（文化世界：人類之間的相互聯繫）、個體發生→自我世界（個人世界：個人與自我的關係）。資料參見史蒂文‧布拉薩（Steven C. Bourassa）著，彭鋒譯《景觀美學》（北京：北京大學出版社，2008），頁 74-76。

[26] 林宜澐也曾論及創作乃是藉由客觀的環境與作者自我之間的辯證關係而來。見賴秀美紀錄整理，〈花蓮作家看花蓮文學──林蒼鬱與林宜澐、劉富士的山海對話〉，《東海岸評論》，第 131 期，1999 年 6 月，頁 61。

[27] 參見恩‧貢布里希（Gombrich, E. H.(Ernst Hans)）著，張榮昌譯《寫給大家的簡明世界史──從遠古到現在》（桂林：廣西師範大學出版社，2003），頁 177。

> 柳鎮人口有一萬，和許多偏遠的鄉下地方一樣，它往往陷
> 溺在各式各樣的奇情傳言裡，這些風風雨雨有的可溯自遠
> 代某些離奇的鄉野雜談，有的則是出於幾個饒舌鎮民想當
> 然耳的推論，於是傳十傳百，許多歷歷如繪的故事就祖孫
> 三代地被說得津津有味。（林宜澐《人人愛讀喜劇·王牌》，
> 頁 12）

從尋常的道聽塗說到陰森魅艷的鄉野奇譚，顯見口耳重訴／重塑
的可畏與可頌。有關「謠言」的定義，近似「當代傳奇」，也類同
於「集體溝通的一種民俗型態」：[28]

> 當它以排他性單數的形式出現時，重點在於傳播的過程；
> 當它是複數時，重點則在於分析它們的內容。……通常將
> 謠言區分成幾個不同的層次：簡短的謠言，從頭到尾就是
> 一個句子；由一些敘事、一些相當數量且意味深長的細節
> 所組成的簡短故事，所建構而成的傳奇；最後是經由自我
> 積累，一些有意思的傳奇結合成傳奇系列或神話。（維若
> 妮卡·坎皮農·文森等著，楊子葆譯《都市傳奇·引言》，
> 頁 14-15）

在耳語或謠言的創造與傳播進程中總是雜揉著「精神」（揭開週遭
世界神秘面紗的興致）、「欲望」（解除焦慮的希冀）、「怒火」（造
成人格分裂與社會分裂），最終則形成城鎮裡的恐懼，所謂「恐懼

---

[28] 有關「謠言」的相關詮釋，參見維若妮卡·坎皮農·文森、尚布魯諾·荷納著，楊子葆
譯《都市傳奇·引言》（台北：麥田出版社，2003），頁 14-15。

的地景」。[29]

　　以充滿地方風味和鄉土性格為舞臺背景，展演臺灣彼時政治操弄與政黨亂象之怪現狀，堪稱是林宜澐獨門的諧謔書寫，其中「耳語」、「謠言」等詞，尤其具有檢索功能性的意義。

　　如《藍色玫瑰・世紀謠》中一張衍生曖昧遐思與多重解釋的相片，即引爆一場政壇派系角力傾軋的關鍵戰。〈吳桑備忘錄〉中爭取鎮長連任的吳桑，則在對手抹黑口水戰和流竄耳語中潰不成軍。〈人人愛讀喜劇〉裡的莊團長最具奇功而奏效的宣傳戰術，亦得力於以舞孃作為現場活廣告，而後再以「耳語」傳播小道。小說中特別括弧加註：（在 H 市，你可以在三十七分鐘裡把訊息傳給每一個該知道的人。）充分嘲諷「謠言／耳語」作為一種社會控制方式與資訊流通現象的神奇性。

　　《惡魚》書中〈惡魚〉、〈蹲著等待地震〉、〈抓鬼大隊〉三篇分以「排水溝的鱷魚」、「尚未發生的地震」，以及「抓不到的鬼」等恐懼事件為材，透過社會各階層人士的「觀看方式」與「描述過程」，不僅帶出「角色的距離效果」，也傳達出集體性的文化型態，進而組構成一則則具有明晰空間背景的「鄉鎮傳奇」。

　　如〈抓鬼大隊〉以簡短陳述語：「鬼！有鬼！鬼！有鬼！」開啟故事，而後在一連串「見鬼」、「疑鬼」、「抓鬼」、「裝鬼」事件中，滋衍許多「反真理效應」的逗笑插曲。看似匪夷所思的情節

---

[29] 段義孚（Yi-fu Tuan）認為人是世界最大的變數，故「地理感」的種類繁多，但以「愛」和「怕」最烈。有關景觀的恐懼感，參見段義孚著，潘桂成等譯《恐懼》（Landscapes of Fear）（台北：立緒文化出版社，2008）。唯本章節援借「恐懼的地景」一詞作為修飾語，不必然依附於段義孚的解釋性術語。

（真是有鬼，名叫巴比特，而且像「搗蛋鬼」般撩撥得全縣風雲四起），卻因著俳優化的各階層人物的發聲，而得到作者鍛造的諷喻：從匪諜威脅到金融風暴說，從遊民犯罪到棄婦復仇論，從專家開講效應到各說各話……。

歧義橫生處，也正突顯作者的社會挪揄與政治挑逗。小說裡人人自危，表面上是怕鬼，實則暗喻白色恐怖氛圍中的驚魂喪膽。所謂「抓鬼大隊」自然是指隸屬黨國的軍警單位，文中抓鬼種種的諧擬（parody）與顛覆，批判嘲諷的正是「為國為民」、「保密防諜」、「人人有責」等戒嚴體制下意識形態的大敘述。

經由混合部分事實、一些可能性與一些誇大虛假而成的謠言，其具體而微的表現成果就是「傳奇」。〈惡魚〉和〈蹲著等待地震〉二文裡的「鱷魚突然現身」與「地震即將發生」原都根植於「事實」與「現象」，並非全然虛假，然而經由異質文化社群，如新聞媒體、學者專家及權威人士的運作、改寫與散佈，迫使佐證與詮釋過程一再變形為「陰謀論」等泛政治化觀點的破譯，如「鱷魚就在你腳下」（啊！匪諜就在你身邊！）「地震預測的最終目標是阻止李登輝訪美，這是白宮打的華盛頓如意算盤」等等。

是以原本可以解除的大自然暴烈災害與危險，竟轉而成為鄉民的「心理魔障」，而地方性社群的內在緊張，也間接砌築了令人恐懼的城鎮文化地景。

〈梅度莎〉一文也是關乎一家理髮廳傳奇，所串連起無數暈染的謠言：地下室的風乾屍體、一只精緻面具的臉龐、匪諜、吸血鬼……。這些種種細節臆測，直到篇末才在敘述者的反思下，

被拍板定調為「比較接近一種時代的思維方式」：

> 一個揣測的年代。……揣測的島，揣測的心情。我們在飄
> 浮的語言碎屑中組構現實，藉著耳語、覆述、傾聽，每天
> 趣味盎然地審視不斷膨脹的神話。關於人，關於事，乃至
> 於一些稀鬆平常毫不惹眼的物件，譬如：影歌星韻事，米
> 格軍機投誠，焚屍命案，……和一大串圍繞著它的複雜故
> 事。它們時而隱匿，時而浮顯，水汪汪蒸氣般地在那個年
> 代的窒悶空氣中滋潤著許多許多人。（林宜澐《夏日鋼琴·
> 梅度莎》，頁 33）

彼時在「那個白色的、戰慄的年代」裡，[30]臺灣政治資源的分配中，
黨國政策的宣導與影響勢力，如何藉著都市與鄉村、中央地方與
中心邊緣，進行政治的空間操作，形成人們的集體夢魘，應該是
林宜澐援借「街坊言談、秘密或耳語」以借題發揮的理由與意義。

　　在「唯怪之欲聞」的人性基礎下，耳語與謠諑可以說是尋常
生活的一部分，然而經由加工添料的謠言，實際上與事件本身的
關聯極為鬆散。置入某種專斷論述的操控，而形塑一種新的集體
異化之空間，這是林宜澐結合謠言傳佈與地方性社群的傳奇故
事，所形成的另一種紙上鄉土，堪稱是書寫者對於「地方」極獨
特的感知、認識與補充。

---

[30] 語出〈他自海上歸來〉：「捕捉到幾個飄浮的字眼：軍艦、臺灣海峽、共產黨、迷霧、碼
頭……在那個白色的、戰慄的年代。」見林宜澐《夏日鋼琴》，頁 41。

第三節　人地的同源同構──吳豐秋小說中
標誌村群屬性的象徵空間

不同於林宜澐作為一個在地作家，通過個體與周圍環境互動而產生空間知覺的書寫，因政治因素而被迫去國多年的吳豐秋，雖因解嚴而得以重返鄉土，然而生活在他方的遊子，有家歸不得的蝕心「鄉愁」，畢竟是最深層的創作基調。[31]遭致時空的分割剝蝕，遂只能以「記憶」來重新確定生命座標，藉以詮釋其個人歷史中諸種隱微意義的書寫，[32]記憶使地方在心靈中呈現出時間性，是以吳豐秋筆下的花蓮自是不同於感知而來的空間意識。

《後山日先照》一書展現出庶民生活豐富的現實層面和綿延的歷史感，全書以花蓮為空間背景，並以後山的村群精神，來概括小說的時代風貌。時序從日治末到戰初，其中並涉及二二八事件與白色恐怖時代的肅殺氛圍。該書藉後山移民史的族群融和故事，表彰美善的「陳北印家傳」，間亦寄寓個人人生信仰的探索，[33]並同時揭示外在那個廣大而盤錯的集體歷史。顯見吳豐秋書寫初衷，是希望透過文學形式，在憑弔歷史情境時，重新獲得由於政治原因而失去的東西。

---

[31] 有關吳豐秋創作背景資料與評論，可參吳豐秋〈「回家」的感覺實在好──自序〉、顏崑陽〈愛──不分族群的歸鄉：評介吳豐秋《後山日先照》，收於吳豐秋《後山日先照》（台北：躍昇出版社，1996）；以及林宜澐〈在記憶中建構真實世界〉，收於吳豐秋《漏網族‧前序》（台北：躍昇出版社，1998）、〈北迴歸線〉，收於林宜澐《夏日鋼琴》，頁171-174。

[32] 見林宜澐〈在記憶中建構真實世界〉，同前註。

[33] 吳豐秋〈「回家」的感覺實在好──自序〉文中一再提及人與人之間的「大愛」。見吳豐秋《後山日先照》，頁9-10。

　　「故鄉」實為吳豐秋創作時一個先行的理念——意圖為過去種種事件及過程，提供一個模式或意象。所謂「故鄉」，除了是追本溯源的定向及山川地域的特色外，對吳豐秋而言，也是一種時空向度的指標，文化、傳統的據點——代表一種過去的歷史與人物。原鄉懷舊不是單一影像的複製，而是引領人們進入某個定格的時空情緒、氛圍的營造與堆垛，並藉由作家記憶的回溯與想像的增補而轉化為一種觀念。《後山日先照》裡的庶民世界因而是超越現實的理想化空間。以下即分從（一）鑄造後山人的村群身分（二）瞭望與庇護的景觀詩學，藉以爬梳並觀照吳豐秋地方書寫的旨義與脈絡。

一、鑄造後山人的村群屬性——認同與差異

　　《後山日先照》的序章〈美國戰俘〉，一開始即藉由日殖時期美國戰俘的逃亡路線，按圖索驥，勾勒花蓮地形，以此確立小說敘事的鄉土背景，並暗示作者所預設的並非是一個風調雨順、擊壤吟唱的理想年月。緊接著〈福州來的胡椒〉卻迴避了時代記憶，暗暗帶出花蓮特殊歷史命運中的地緣意義：作為日殖時期外地向後山移民的入口。

　　姑且宕開「後山」相對於「前山」而呈顯的「文明邊陲」或「自然優位」的二元對立結構，[34]就凸顯差異性的邊界而言，「後山」作為地域的界線，經由界限的劃設、鞏固，也正是主體認同

---

[34] 見顏崑陽〈「後山意識」的結構及其在花蓮地方社會文化發展上的異向作用與調和〉發表於第一屆「花蓮學」研討會（2006 年 10 月），後刊於《淡江中文學報》第 15 期（2006年 12 月），頁 117-151。

的建立／強化的憑藉、反映與結果。對於空間的想像與論述,因而是組構認同(辨同異與社會分類)的必要成份。[35]循此,所謂「後山」,除了指稱「有界限的地域」外,也是具有「內在同質性」的主體建構。風俗民情是地域性的文化,文化是普徧化的流俗民風,在景觀意識之外的後山村群,自有其地域文化精神上的認同感與歸屬感。

　　認同一開始是以「差異性」作為區隔的,是以在小說中率先登場的即是因「語言」藩籬,而帶來的災殃。來自福州的胡椒,與日警片岡的雞同鴨講,差點釀成生死悲劇,[36]然而即使同為外省籍的胡椒與官太太,也還是因南腔北調而產生致命的齟齬,衍發骨牌效應式的迫害事件,不會說閩南話的雅貞、雅慧姊妹即是語言霸凌事件下的受害者。

　　小說裡的「語言」敘事有多重的演繹:共通的語言讓同樣來自哈爾濱的周志遠和雨綢締結姑姪情,而異國的語言(日語)則被胡椒兒子再添視為復仇的武器,雅慧、耕土卻是以原住民語言作為下一代的命名。上述種種,顯見作者力圖闡明語言背景的多元性議題,意欲藉由族群融合與文化傳承,賦予語言「分流而平等」發展的思辨。

　　除了語言,小說中也以「歌曲」作為分隔出生地(舊空間)與流離地(新空間)的閾限。當來旺開張「奉茶亭」茶館時,唐

---

[35] 有關「空間演出」與「認同建構」的連結概念,王志弘〈台北新公園的情慾地理學:空間再現與男同性戀認同〉一文對於本節撰述多所啟發。收錄於《臺灣社會研究季刊》第22期(1996年4月),頁195–218。

[36] 小說中胡椒原是低聲暗罵:「駛你娘巴巴央」,後來被保正逐譯為「福州田眞多」,才化解一場浩劫。吳豐秋《後山日先照》,頁17–18。

山兵仔已不耐於久聽日語、台語歌，為聊慰飄泊遊子的思鄉之情，也為了幫來旺解決難題，雅慧自告奮勇，隱身後臺，代唱「月兒彎彎照九州」等極具省籍地域風味的國語歌曲。道地家鄉味的小曲，唱得兵仔們涕淚飄零而不再鼓譟起鬨——藉著「歌聲」而獲得方向感，也就回答了兵仔「從何處來」的認同問題了。

　　然而認同與空間方向感的相連繫，[37]畢竟是一種社群暫時性整合的動態過程，其中涉及主體根本方向感的內涵，是極其複雜的。就花蓮作為臺灣開發史的存在位置而觀（即使後山的開發晚於前山），除了在地住民外，也還有「在游歷中定居」（dwelling-in-travelling）（如雅慧姐妹）和「在定居中游歷」（travelling-in- dwelling）（如耕山耕河）的人群。[38]人群的移動性既強，則認同也沒有那麼板滯而固定，而內蘊於地域的地方概念，也關涉了連結與圍繞地方的事物（例如地方上曾發生過的事件，或是什麼特質塑造了地方等等），因而地域本身應視為「互動的空間」。

　　小說中雨綢在雅貞、雅慧姊妹被村民誤打時，即說道：「我們後山的人甚麼時候變得這般殘忍？」在雨綢根深柢固的觀念中，「我們後山的人」一語，指涉的固然是一群人與某處地域之間緊

---

[37] 在現代認同的論述裡，認同與方向感實有緊密關連，是以當人作為人，站在何處的無方向感和不確定性時，外露出來就成為不能把握自己在物理空間中的姿態。參【加】查爾斯‧泰勒著（Taylor，C.），韓震等譯《自我的根源：現代認同的形成》（南京：譯林出版社，2001），頁 38。

[38] 此為人類學者詹姆斯‧克利福德的「多地點人種論」理論，其意乃指漂泊在兩地的人，與其說自己從那裡來，不如說自己在那裡的人們。參【英】戴維‧莫利、凱文‧羅賓斯（David Morley＆Kevin Robins）著，司艷譯《認同的空間：全球媒介、電子世界景觀和文化邊界》（南京：南京大學出版社，2001），頁 174。

密而穩固的關連,但強調的卻是特定地域精神的「意義」與「實踐」,「後山」因而成為一個共享的文化空間,也是認同的空間。

小說作者緣於對後山親切的經驗,而時時在文字、敘述、題材上,將之賦形為一種「象徵符號」,例如只有後山獨享天賦恩寵,象徵好運氣的「日出貝殼」與「日出」等等。然而作者真正的載道之志則在於鑄造後山人的村群屬性。在以雨綢、北印作為核心人物的後山溝仔尾文化社群中,另有幾個依附於這個文化群體的零散個體,如仁善溫良,人稱「蓮花玉女」的外省婆雅慧、來自後山(台東)的善良衛兵張光輝,以及暗中保護美籍戰俘的日人片岡健一。這些有別於「我們」(住民者)的「他們」(外來者),儼然在精神上繼承了「後山人的精神」,顯見後山地域認同的精神,最終是以美善人性與文化價值的召喚為依歸。

敘述者所承擔對意義的探求,特別是在於以祖輩為絕對中心的宗法制度社會。人稱「媽祖婆」的雨綢,作為小說中「母型人物」的典範,擁有的是一種歷久彌新的「智慧」與「經驗」。[39]除了對傳統社會的長者文化、美善人倫,賦予神聖光環,小說也表徵了庶民文化的生存創造性與價值觀念,[40]其中最具啟發性的是藉雨綢觀看雅慧的容顏與身體,來表呈「先兆症狀」的智慧預見,並重新審視祖輩先人的傳統意識、感覺、情緒與觀念。

小說先是描繪雅慧的臉型身形,從各種角度觀看都很立體,

---

[39] 有關雨綢作為大地之母的救恩慈善美德,以及面對北印慘遭不幸的堅忍表現、處理孫兒耕山偷窺事件的過人智慧等情節,分見吳豐秋《後山日先照》,頁 37、44、116、150。

[40] 如小說中即紹介了許多民間偏方、民俗藥草療法等,分見吳豐秋《後山日先照》,頁 137-138、141、204。

是以雨綯堅持雅慧耳邊髮絲要留長，衣服尺碼要遮掩身材線條；
而當鄉人稱雅慧美如天仙時，雨綯卻又依從面相學而預卜深鎖眉
宇的雅慧福分有限，日後恐遭劫難：

> 雨綯一向緊盯著雅慧的衣著打扮及髮型，多半的限制不但
> 落伍，其中許多禁令還讓旁人覺得迂腐；身為當事人的雅
> 慧卻能處之泰然。而在眉宇神采的展現上雨綯總認為雅慧
> 予人氣勢太盛的印象，……。（吳豐秋《後山日先照》，
> 頁251）

身體圖式原是一種表示我的身體在世界上存在的方式。耐人尋味
的是當身體成為一種展示時，身體已非表象或一種現象，而是一
個心理現象。

　　小說中雨綯的觀看，原只是個人的視覺與經驗印象，卻竟然
與無所不在的神祇視野相符，印證了雅慧日後必然的劫數。這種
情節鋪設，幾近一種「神話敘述」，卻是被那個時代所認可，並可
用來表現對於人的境況和命運的看法，[41]因而非關迷信或怪誕，而
是作者對民間的文化依據與文化理論的見解反映。在《後山日先
照》中雖看到不完善的家國狀態，卻瞻望到作者個人的重建，那
是雜糅著樸直與蠻獷的野地人事風華，是落實在花蓮鄉野民情的
「人情」與「品格」的鄉土想像，這自也是吳豐秋藉由多元族群
融合理想，而鑄造後山人村群身分的意圖。

---

[41] 諾思諾普・弗萊所定義的「神話敘述」，即是：一個時代都有一個由思想、意象、信仰、
認識假設、憂慮以及希望組成的結構，它是被那個時代所認可的，用來表現對人的境
況和命運的看法。參諾思諾普・弗萊《現代百年》（香港：牛津大學出版社，1998），頁
74。

二、庇護與瞭望的景觀詩學──奉茶棚與後山日出

　　地方的能見度可以藉由很多意義形成。上文針對吳豐秋書寫彼時文化地理的生活形態，而以樸訥誠懇的鄉民感情，標記鄉土存在感的符碼。除此，在《後山日先照》中尚有作為庇護與瞭望景觀的空間性圖式，以下即藉由奉茶亭與後山日出的空間性探索，尋繹屬於解釋而非裝飾的空間可讀性。

　　「奉茶」，不僅是後山地域性的一種風格文化，也是作為臺灣普遍性文化存在的表徵。《後山日先照》真正的敘事與描寫，或許是從這裡開始，而使小說包攬更繁富的臺灣惇厚文化的整體性。奉茶亭原是簡陋的一座草棚，棚內木架上置放著一隻大鐵桶，上面以紅漆寫著斗大的「奉茶」兩字。

　　奉茶棚最初是作為地形指標，代表地方賢達陳家院落所在，但由於提供過往路人飲用茶水，加上茅草頂又可遮陽擋雨，久之，成群唐山兵仔便從短暫的歇腳而至早晚流連不去，奉茶棚於是形成一個公眾環境，具有鄉村廟宇般的區域功能性。後來在雨綢的支持，來旺的用心經營下，「奉茶亭」雖然他遷，但還存留溝仔尾的舊有「奉茶棚」卻儼然成為一個「地方」，一個提供關懷的場所，一個家園化的空間：

> 當他們想家的時候，周圍的世界對他們而言已經變得毫無意義，……有幾個甚至於連命都不要的跑到鐵軌上，直往迎面而來的火車狂奔……。幸好，除了疾駛的火車外還有一個溝仔尾。「奶奶！我要回家！奶奶！我要回家！……」

「你這不就回家了嗎？不哭了。」雨綢擰了把毛巾替他擦
了臉、擦了手……「奶奶，我不要回基地去，今晚上讓我
留在這裡好嗎？」（吳豐秋《後山日先照》，頁 182-183）

溝仔尾或者是奉茶棚已然從一個陌生的空間，一變而為移動中停
頓的「地方」，一個具有保護性與親切感的自足小世界。小說末了
的「奉茶棚」更是集結了眾多巡邏人員，形成護衛雅慧（代表陳
家人）安全的金城湯池，充分發揮安歇與棲居的「庇護」功能。

　　溝仔尾的「奉茶棚」若是一個「類家園化」的空間符號，則
小說中「後山日出」作為花蓮特有的山巒和海岸景觀，更富有象
徵性意義。鄉土的地標一般是指可見度和具有公眾性特徵的景
觀。藉由這些可見的符號或標記，可以提高人們的認同感，鼓舞
對地方的警覺和忠貞。但人文地理學者也提及另有「對鄉土強烈
附著感」的因素。[42]

　　一般而言，世界的空間秩序，大致是以定居者為中心而呈放
射性的建構，這是一般人所擁有的世界圖像空間感。小說敘及「後
山日照」種種，一方面既包孕「自然優位」的意味，一方面也有
把自家鄉土視為類宗教情緒化的中心或高處符號的地方意識：

日出貝殼是基桑阿公的哲學，從日出推演到做好事、積福
氣；日出人則是巴桑阿嬤的哲學，從日出而去要求做人，
做一個領先的人。……要做一個日出人，妳先要住在我們
後山。……同樣住在臺灣，但是我們後山的人要比山前的

───────────

[42] 見段義孚（Yi-Fu Tuan）《經驗透視中的空間和地方》，頁 152。

人早十分鐘接受日照；我們看到的日出是從海平線上跳出
來的，山前的人看到的日出，事實上已經是日上山頭了。
（吳豐秋《後山日先照》，頁 129-130）

「後山日先照」或許正如顏崑陽梳理後的結論：「這是一個可驗證
的科學命題」、「並非純爲詩性的想像虛構，它是以花蓮在地的天
文與自然地理經驗爲其實質義涵。」[43]然而「後山日出」在小說人
物雅慧日後遭遇劫難的認知繪圖中，並非全是基於對後山環境的
感情色彩，而是經由一種「瞭望」的視野，將眼前牢獄的災難疊
合後山日出場景，以此還原到舊的空間模式中，去理解並重建經
驗中的空間體驗，其中北印和雨綢是最重要的空間意象的對照物：

他（阿公）是在我病重、被追打倒地，以爲自己快要死了
的時候，出現在我面前第一張和善的臉孔，那一刹那，我
看到了可以再活下去的希望，那種感覺大概就是很多人在
看見日出時，都會油然産生的生命中無形的力量吧！阿嬤
帶著我生活了十多年，記憶裡的事情無可計數，就像是早
晨的日照，我們並不覺得她的存在，可是我們是依靠著她
的能量而生長的……。（吳豐秋《後山日先照》，頁 315-316）

雅慧轉化「後山日出」圖景，作爲自我保存的一種方法，但她所
掌握的景觀意義，卻是來自「理想先人」北印和雨綢的精神感召。
熟悉性乃來自於地域經驗，「後山日出」的視覺景觀之所以引人注

---

[43] 見顏崑陽〈「後山意識」的結構及其在花蓮地方社會文化發展上的異向作用與調和〉發
表於第一屆「花蓮學」研討會（2006 年 10 月），後刊於《淡江中文學報》第 15 期（2006
年 12 月），頁 117-151。

目，或許是因爲它們表徵了那些使文化群體或者個體身份得以穩定的價值，一如北印和雨綢的「日出」哲學。然而不同的空間理解卻也折射了不同世代所呈現殊異的生活經驗。

在地文化的建立，本與其所處的地理環境息息相關，「後山」或花蓮，或可從地理觀念演化而成爲一種「文化地域」的劃分法，藉此形塑「後山」／「花蓮」書寫所具有文化共同體的特質。吳豐秋結合了「奉茶棚」和「後山日出」，表顯文化特質，衍繹景觀詩學，在兵與民、在地與移民全新的融合與凝聚意義中，砌築「人地同源同構」理念的「象徵空間」，這是吳豐秋在空間、時間與社會生存三者之間所尋找一種恰當的闡釋平衡。

第四節　符號化的大地經驗——廖鴻基 小說中人我關係的存在空間

作爲一個以海洋生物與海洋現象爲文字書寫、導覽、調查、紀錄的類型作家，廖鴻基以花蓮小城故事爲取樣的《山海小城》一書，實有別於廣受矚目的海洋書寫諸作。論者咸認海洋作爲認同的場域，在廖鴻基的存在意義追尋中扮演了積極／啓發的角色。[44] 然而以「兩棲類」隱喻自況的廖鴻基，始終都是「走在陸與海之間的這道界面上」，[45] 海域固然是他的創作起點，他卻未曾也

---

[44] 見蕭義玲〈生命夢想的形成——解讀廖鴻基海洋寫作的一個面向〉《興大人文學報》第 32 期（2002 年 6 月），頁 194；另參李珮琪《海洋作爲認同的場域——從廖鴻基及夏曼·藍波安作品探究其認同與實踐》，（花蓮：花蓮師範學院多元文化研究所碩士論文，2005）。

[45] 引言分見廖鴻基《漂流監獄》（台中：晨星出版社，1998），頁 192、廖鴻基《來自深海》

無法放棄陸地：「雖然我喜歡海，可是生活週遭大部分還是離不開陸地，畢竟人還是屬於陸地上的故事。」[46]

「出港」固然是爲了想「逃開陸地上的瑣瑣碎碎」，是爲了自由的在另一個世界裡飛翔，但並非盡如論者所稱廖鴻基放棄以陸地爲中心的主體性。[47]大海與陸地，果眞作爲廖鴻基區分「這裡」、「那裡」的區域位置──「出港，變成是種歸來；進港上岸反而是種離開。」[48]則出港與上岸，也應視爲廖鴻基生存空間的一種移置，唯有藉由身體移動性（body mobility）而不是根著，才能發現本質性的地方經驗特質。[49]

出海捕魚通常需要具備一種異乎尋常而敏銳的空間知覺，才能在險阻不測的洋海中，以最大的精確性與熟稔度，往來航道，並避開礁石或暗流。討海人必須非常了解那條河道或海洋航線。因而若把「海洋」視爲一種表象空間，則它應該是一種行動的、具體的空間，而不是符號的、抽象的空間。

對海洋之子廖鴻基而言，海洋自非僅限於有視覺、觸覺、聽覺等對應物的知覺空間，而是經由主體把握的符號化、表現觀念的空間。[50]然而有著自然循環與自然規律的食物鏈海洋世界，畢竟

（台中：晨星出版社，1999），頁 14。

[46] 見徐宗潔《臺灣鯨豚寫作研究》中〈附錄二：廖鴻基訪談記錄〉，（臺北：臺灣師範大學國文研究所碩士論文，2001），頁 166-167。

[47] 蕭義玲〈生命夢想的形成──解讀廖鴻基海洋寫作的一個面向〉，《興大人文學報》第 32 期（2002 年 6 月），頁 180。

[48] 廖鴻基《討海人》（台中：晨星出版社，1996），頁 58。

[49] 參克瑞茲威爾（Tim Cresswell）著，徐苔玲、王志弘譯《地方：記憶、想像與認同》，頁 57。

[50] 有關空間形式最基本兩大類區分：動物世界（知覺空間）、人類世界（符號空間）等理

有其系統發生的空間秩序，只能是欲望和暫時滿足的世界，也是
每個人在某些方面必須與之調適的「被拋世界」。是以海洋終究只
能是廖鴻基的永恆求索：「逃避得了嗎？海洋終究是飛魚生活的家
園，就像港灣終究是船筏航行的終點。」[51]

　　本章節以鄉土小說的空間意識為探索，有鑑於《山海小城》
的書寫空間，從海洋而遷移至廣袤的人地空間，從做為行動與移
動之開放場域的「海洋空間」（生物的「周圍世界」），而至暫停和
休憩的「小城地方」（個人的「自我世界」），當是廖鴻基別具意義
的體驗書寫。

　　賴芳伶嘗從逆向閱讀的角度，認為《山海小城》一書以「政
治」和「愛情」標示軸心點，恰可對應廖鴻基海洋諸作內在最幽
奧繁複的永劫與回歸。[52]賴文提點兩類書寫之間深層互涉的隱喻糾
葛，別有洞見，只是視《山海小城》為愛慾情纏的慾望書寫，是
否也遮蔽了廖鴻基嘗試推廓他的土地經驗，以構設出他對臺灣人
與整體環境的一種空間秩序？誠如他在《山海小城‧自序：最後
一波冷鋒》中所言：「這本短篇小說集，雖然大體是以花蓮這小城
為故事環境背景，但其中多的是臺灣各個小城共有的生活故事。」
準此，下文即從（一）位置和距離的意義——接近或疏遠（二）
空間與特性——存在的立足點，作為論述《山海小城》的觀測口。

論，參見【德】卡西爾（Cassirer）著，甘陽譯《人論》（上海：上海譯文出版社，1985），
　　頁56。

[51]　見廖鴻基《討海人》（台中：晨星出版社，1996），頁18。

[52]　參閱芳伶〈淒厲唯美、迴環往復的慾望美學——試探廖鴻基《山海小城》的軸心與邊緣
　　互涉〉，《興大中文學報》第16期（2004年6月），頁6。

一、位置和距離的意義——接近或疏遠

在論及空間組織的基本原則中，有二個重要的事實：佔有空間的人體，以及人與人的關係。意謂人以其身體及對待其他人的親切經驗來組織空間，因此，空間組織必需配合和支持人的生物性需求和社會的關係。學者循此而思及語言中由自己依距離而擴展的空間性代名詞，如「這」（This）和「那」（That）、「我們」（屬於某個地方的人）和「他們」（不屬於這個地方的人）的區別。[53]其中縮結人際和地理關係的衍生義涵，即是「距離」。

〈距離〉是一篇關於「距離」種種主客觀的量度詮解佳作，該文雖含涉有作者的意識形態（城市與鄉村、開發與自然）和感情指向（人類和鳥獸、文明與蠻荒），然而公私議題與豐繁取材的多重思維，恰好箋注了《山海小城》諸篇所論及關於「距離」種種，如「人與自然鳥獸」（〈秋冬〉、〈傷口〉）、「人與人」（〈古井〉、〈告別〉、〈燃燒〉）、「人與社會」（〈黑白〉）等諸多人際關係的距離測度。「距離」作為一種論述，不但是《山海小城》的核心母題，同時也是小說敘事的總體格局與結構。

〈傷口〉、〈秋冬〉二文，藉由整建茵谷溪和告別候鳥的故事，帶出環境倫理觀的祈使性訊息。蜿蜒出谷，迤邐向海的茵谷溪畔在上述二文中，皆傳達出強烈的視覺觀念：

> 溪床從阿公家門口開始緩坡斜入溪底……，層層砂洲浮覆

---

[53] 有關人體的形狀和姿勢決定其周邊的空間關係，以及以身體部位的名詞以表示空間關係的方法，參見段義孚（Yi-Fu Tuan）《經驗透視中的空間和地方》，頁31-36、43-46。

著茵茵綠草如漂浮溪面的一群翠玉小島，之間，幾座小島橫架著幾粗竹桿編成的獨木橋；刺竹叢茂密水邊垂鬖，鳥聲隱在枝椏間啼鳴不已；二、三十頭水牛在溪邊樹蔭下悠閒嚼嘴，……那感覺真像是意外進入了桃花源，感覺真像是走過了一道時光門檻。（廖鴻基《山海小城・傷口》，頁40）

如夢如幻的那條溪流的確從高聳翠藍的山脈腳谷蜿蜒鋪展斜披過來，如大地傾斜蛇擺出的一條銀緞。溪床芒穗在秋風裡湧動如浪，繽紛閃爍出秋陽燦爛的晶亮。溪畔紅黃葉片掛滿枝頭……。這些影像都熟悉得像在翻閱古印胸臆裡的老照片。（廖鴻基《山海小城・秋冬》，頁59）

美地樂土的地景，不僅結合了局部的有形地物，如做為被觀看的茵谷溪；更涵攝了重要的視野觀念，如敘述者知甫和候鳥古印觀看茵谷溪的方式。重新組織而建構的茵谷溪圖景，乃是經由視覺系統所揭露的表義過程，除了再現一頁社會變遷史外，也召喚出集體潛意識裡的大自然「原風景」。

　　所謂「大自然的失落」，可以詮解為彷彿到了一個陌生地景時所生發的失落感，那是別來滄海的山水輓歌。無怪乎儼然如桃源中人的父女倆（阿公和「嫁沒人要」的女兒），蟄居小城卻不認得瞬息變化的小城街道，遑論洞察社會世態現實，是以面臨美麗家園慘遭拆毀時，也只能無語蒼天。人猶如此，物何以堪？秋冬家鄉的急遽變貌，更是讓年年等待候鳥古印的因瑪不再夢見「飛

翔」，不再與古印有相逢的緣遇。

　　「自然」是一種我們時而看見，時而看不見的東西，但它確實一直存在每個人的生活周遭。人對於環境唯有經由認知理解，才能懂得寶愛與珍惜，然而當「文明」意謂著人與自然的隔膜時，「人」與「自然」究竟應該形成怎樣的「安全距離」，才能維持大自然的美麗與秩序？人與人之間，或人類與異種生命交往時，又應該持有怎樣的心態與方式？這些疑惑，在〈距離〉一文中得到了解答：

> 人與人之間關係過度親密就會造成干擾變成磨擦；距離過度疏闊，關係則會消失無影無蹤等於沒有關係。我們應該修正的，恰恰相反，我們應該縮短和動物間的距離；我們應恰當保持人與人之間的距離。（廖鴻基《山海小城‧距離》，頁 160）

彼此間的尊重與溫柔，即是一種「恰當的距離」。如是而觀，〈古井〉中曹揮歷經「叛父」→「審父」→「肖父」→「弒父」的心路歷程，浮露的正是父子關係拉鋸的距離設置。

　　〈黑白〉一文則是發顯人在黑白明暗這兩道社會畸奇勢力中，應如何確立位置而後扭曲前行。然而距離固然涵蘊著「易達的程度」和「關注的程度」，[54]「位置」和「距離」的意義卻無法清晰顯豁「疏遠」或「接近」的抉擇，人際的距離感必須從「言說者」的主體位置而發。

---

[54] 參見段義孚（Yi-Fu Tuan）《經驗透視中的空間和地方》，頁 42。

　　〈燃燒〉和〈告別〉二文皆以情色的陷溺、靈肉的掙扎，依違於清醒與墮落間，來透顯愛情的虛幻性。小說裡的男人都是「被剝奪的人」（與別人分享愛人的靈魂、肉體），[55]或「剝奪人的人」？（背叛同志或情人的人，如陳非）故而昔日原爲選戰盟友，相偕聲嘶力竭喊著：「清廉、正義、敢衝敢拚……」，終也敢衝敢拚而相邀陷落在慾火焚燒中；或是在情人的情人返家空檔裡才開始共度假期的另類情侶，尋求的是軌道外塡補心靈的空缺。〈燃燒〉和〈告別〉裡的慾望空間，操控「情性自主」位置的都是女性（秋姑、妳），但最後的「距離感」卻都藉由在愛戀情境中，頻頻以單音式獨白來懺情，幾近被陰性化的男性來擔荷。如獨守冷寂工作室的陳非，以及遠眺家園而無法企及的家志：

　　　　無可避免的，陳非再次感覺到心底曾經的火苗再次活轉飄搖……即使刻意想忘了，想讓時間沖淡一切都變成是不可能的事……。（廖鴻基《山海小城・燃燒》，頁 84）

　　　　妳和妳的情人候選人出門去調養、休息，留陳非一個人收拾殘局。（廖鴻基《山海小城・燃燒》，頁 100）

　　　　「什麼都在漂浮，什麼都在動……只是，總是會有起點和終點不是嗎？……」「火車總會回來靠站的……」家志加重「回來靠站」這四個字說。（廖鴻基《山海小城・告別》，頁 166-167）

---

[55] 參賴芳伶〈淒厲唯美、迴環往復的慾望美學──試探廖鴻基《山海小城》的軸心與邊緣互涉〉，《興大中文學報》第 16 期（2004 年 6 月），頁 16。

小說裡的四個情欲男女深知「每個人都擁有權利自助選擇怎麼去玩這場遊戲」[56]，但卻缺少了「距離」的意識，是以小說人物雖一意追求愛欲的權限感和自由感，卻終究投射出「空間」伴隨著「空虛」的經驗。貌似大膽叛逆、赤裸表白的情性自主嚮慕書寫，其實展延更多的竟然是幻滅苦悶的內心世界。

二、空間與特性——存在的立足點

　　在〈秋冬〉一文中描述蒼鷺古印的飛行畫幅，憬然而獨特。從被帶領飄洋越嶺的年少古印，到成為家族嚮導員的年長古印，幾次的秋冬遷徙路徑，實表徵某種有意義的空間秩序。茵谷溪是古印的秋冬家鄉，蒼鷺族群安居在這裡休養調理，茵谷溪是古印可以安心、和平生存的一個有保護性的場所。歸屬於某一個場所，即表示古印有一個存在的立足點。

　　每年古印都循著固定路徑，在環境中辨認方向，也曉得自己置身何處，因為每當他置身於茵谷溪時，也會同時映顯出茵谷溪的環境特性。就古印視角而言，友善的人類也是環境的特性之一，是以山巒或茵谷溪都是他腦海裡的座標影像，其中因瑪也成為環境影像之一。後來這個秋冬家鄉風貌迭有遷變：溪畔增建水泥堤防、溪流不再彎曲、大量增建硬體建物……，迫使古印每年都得修正腦子裡的導航圖，重新存取茵谷溪景像，遷徙後甚至無法安居，還得另覓方向，忙著起飛和降落。到最後古印終於不再來了。

　　文中古印所產生對茵谷溪的「方向感」和「認同感」，即是「空

---

[56] 廖鴻基《山海小城・告別》，頁173。

間」與「特性」這兩種相關精神的作用。「存在空間」的觀念，乃源自於空間從幾何學的概念，重新被定義爲存在的向度。「存在空間」的具現，一是「物」（things）的集結（gathering），二是物在安置（place）過程中所形成的氣氛或特性，[57]一般而言即指人與其環境間的基本關係，其中尤其是空間特性的概念。

〈古井〉文中的「古井」是展演情節的重要場景。「從眾多水蛙急於攀出井口，到最後僅剩一隻孤單水蛙獨留井底。」小說中這個重要的敘事，揭示了有關個人慾望出路的可能性與複雜面。座落在曹揮家後院的古井，不獨象徵「家」或「心井」，也轉化爲投射曹揮父子生命歷程與負載記憶的符號化空間。藉此敷演出平行對應而別具隱喻與象徵的異質空間特性，如水族箱裡迴身窘迫的紅龍魚、紙盒裡沒有出路的蠶蛾、書房裡幽閉的父親、家屋裡涼薄的人倫關係、現實社會裡勇猛徵逐的曹揮、深淵心井裡的眞摯靈魂等……。

人所體驗的環境是充滿意義的，在建築現象學中每每言及「場所精神」，即反覆重申人類最基本的需求是體驗「他的存在」是具有意義的。意義是一種精神的涵數，取決於認同感，同時也暗示一種歸屬感，以此構成住所／存在的基礎。[58]

在「以父之名」的認同機制下，「家」的寓言性乃在於「歸屬感」與「安居」的本質，然而小說中的古井卻作爲「幽黯之家」而非「鍾愛空間」的替代性圖景，從「封填古井」到「家的解放」，

---

[57] 有關空間與特性概念，參見諾伯舒茲（Norberg-Schulz,Christian）著，施植明譯《場所精神──邁向建築現象學》（台北：田園城市文化出版社，1997），頁 5-11。

[58] 同前註，頁 168。

[59]這是作者所採取空間情境詮釋的策略位置，說明曹揮精神上「似父」卻在行為上「弒父」。退伍回到小城的曹揮急於尋求生存律則，他對小城別有一番顧盼視域：

> 為了活下去他就得關閉起過去年輕少狂內心裡一切無謂的掙扎。他得像父親蓋封後院那口古井般蓋封住自己的心井……他得大幅內縮及偽裝……他必需在眾多眼睛的監視下，無畏自在地在有限的空間裡徘徊。（廖鴻基《山海小城‧古井》，頁 194）

曹揮父親一輩子都是「沒有出息的古意人」，由於無法「異地尋找」另一個出口，只能選擇從社會殺戮現場抽離，退回精神孤寂的角落——書房及後院古井邊。曹揮父親的孤獨或可以說是一種內在與外在世界割裂的認知與驚覺。作為父親生命的延續，世代命脈線性臍連的人子，曹揮卻選擇封閉父親最鍾愛的古井（心井），意欲填掉和父親的淵源關係。

　　「家園」本應作為一個「被歌頌的空間」（espace louanges），[60]然而當「家屋」轉為敵意的、疏離的、陰暗的空間時，安居或者生存即成了一則童話故事。[61]小說針對集眾「弱」於一身的父親形象，以及曹揮父子間微妙的關係易位，有極細膩的描述。藉由父

---

[59] 小說敘及曹揮積極想告別井底的這一切，因此在他父親去世後，即打算儘快填掉古井，拆除老厝。廖鴻基《山海小城‧古井》，頁 197。

[60] 意指具有正面的庇護價值，並有許多附加的想像價值。見加斯東‧巴舍拉（Gaston Bachelard）著，龔卓軍等譯《空間詩學》（台北：張老師文化出版社，2003），頁 55。

[61] 小說中言及曹揮明白他父親的遺書只是一則「古井與水蛙」的童話故事，因為古井底並不曾有過水蛙。廖鴻基《山海小城‧古井》，頁 205。

子關係的辯證，輻照家屋的空間特性，來傳達人的生命過程中所觸撞的種種生存困境。創作者對自身生存以及社會環境的深沈反思，呼應的或許是哲人所高呼：「無家可歸是安居的眞正困境！」[62]而這個不能已於言者的生存命題，只能投諸於一個抽象的空間。

廖鴻基《山海小城》一書雖以花蓮地域生活特色作爲創作養料，實則小說中有關人際關係的種種「距離」論述，以及藉由人身處於存在空間而對應社會生活的角色意義等，對應的關照場域乃是從「定點臺灣」（花蓮小城）到「全島臺灣」（臺灣各小城），不分海陸的以整個臺灣作爲情感終站。將山海並置合融，視爲眞正的臺灣原貌，更將原鄉／花蓮與心靈原鄉／海洋的情感調和爲一。這正是廖鴻基對花蓮鄉土小說敘事邊界的展拓之功。

第五節　文學空間的結構與意義

任何時代的書寫背後都隱藏著那個時代特有的時空體驗。然而當代的時空經驗並不能簡化或還原爲心理經驗或地理經驗。地方經驗的複雜性，爲書寫者提供了超載的可能意義，並且使地方成爲沛然莫之能禦的記憶活水。「創造地方感就是關注特殊且經過選擇的歷史記憶面向」。[63]從上述引言中揭櫫關鍵詞：「特殊」與「選擇」，二者的指向即構成了書寫者對地方、對鄉土獨特的認知繪圖。

---

[62] 海德格爾嘗言：在我們這個匱乏的時代，安居的眞正困境，乃在於凡人一再地追求安居的本質，在於他們必須事先學會安居，而人們的無家可歸正在於此。見【德】海德格爾（Martin Heidegger）著，郜元寶譯《人，詩意地安居：海德格爾語要》（桂林：廣西師範大學出版社，2002），頁94。

[63] 參克瑞茲威爾（Tim Cresswell）著，徐苔玲、王志弘譯《地方：記憶、想像與認同》，頁138。

　　本章節平行比勘三位作家：林宜澐《人人愛讀喜劇》諸作、吳豐秋《後山日先照》、廖鴻基《山海小城》，發現他們的書寫幾乎都跟空間的詮釋有關，而且都有一個可以彼此映照的焦點。如林宜澐小說中呈現出有「視覺」畫面果效的地方巡境遊觀、以耳語（聽覺）傳播鄉鎮政治生態等感官經驗的「知覺空間」；吳豐秋小說則是藉由後山日出的眞理、價值與精神能量，來鑄造後山土地上的子民品格，表現「人地同源同構」觀念的「象徵空間」；廖鴻基則是藉由「距離」、「位置」，來尋繹各種社會關係與角色定位的「存在空間」。三位作家的空間意識大抵如此。

　　文學作品中經常出現的「空間」往往代表一種象徵或隱喻，所謂空間的表徵並非只限於地形、距離、物理等人類認知的向度，而是涉及了個人對於空間訊息的思考、推理和操作。經由命名和感受，可以詩意地賦予空間一種想像或比喻性的價值與意義，此即人爲的因素可以轉化空間的意識而成爲地方。

　　藉由對空間架構的解釋和挪用，三位作家所呈現的文學花蓮，恰好構成了花蓮文學地圖的三元圖式：以個人經驗爲基石，藉以召喚常民生活記憶的「閱歷／經驗景觀」（如林宜澐之作）；以文史知識呈現或援借鄉土以爲藝術符碼，意圖展演地方人文掌故的「知識／虛擬景觀」（如吳豐秋之作）；作爲一種實質的地方感與生存空間意識的「自然／存在景觀」（如廖鴻基之作）。循此，也呈現文學花蓮的一種歷史進化軸線的思考——附著於時間的地方機能（林宜澐「演化的花蓮」）、因時間而呈現的地方（吳豐秋「傳統的花蓮」）、流動時間中暫駐的地方（廖鴻基「實存的花蓮」）。

　　空間並非清楚明顯的實體，它不能用純粹經驗性的角度來研究，文學空間的結構與意義，只能彰明於人與環境在時空架構中互動的關係。本文試著探索花蓮此一文學空間的結構與意義，並樂於發掘一種新的地理想像與鄉土書寫。

第六章 結論：凝視鄉土世界的現代情懷

本章節主要說明本書研究議題的宗旨與目的，除了對九〇年代以降的新鄉土小說書寫狀態有整體的觀照外，一方面也措意於針對新鄉土作品的評價，提出理解。以九〇年代為斷代，實因此階段之後，鄉土書寫最為活絡，而鄉土書寫美學至此也稱明顯裂變。藉由對鄉土詞義及鄉土文學的正本清源、革變或新舊鄉土議題的並置，以及平行比勘對照的研究文本等爬梳，冀能在文學鑑知和學術典範的歧異中求得理解與共鳴，並得以對新鄉土書寫美學及其文學現象，作一宏觀而體系化的把握。至於新鄉土小說研究最終目的，則在於藉由辨證而揭示文學史的一個角落──讓新鄉土小說能在當代文學現象所交錯的文學光譜中佔有一席之位。

第一節 新鄉土小說的文體建構與觀念形態

作家書寫「鄉土場」，乃是關乎人與空間、人與人、人與自然、人與歷史、人與時代等文學觀照的議題，然而置放於臺灣文學史的「鄉土」一詞，或緣於過度沈重載負，或過於紛繁義涵，而漫衍成為依附各種意識形態的「認同辨識標記」，職是之故，帶有農業文化標記而歷經工業文明與現代性衝擊，深具「濃稠本土與在地色彩」的臺灣鄉土文學，在本土化典範的參考架構論述中，往往成為重要的爭議焦點，如臺灣文學所反照臺灣文學本土論或臺灣文化民族主義發展，以及鄉土文學不只是「（臺灣）鄉土的」，

而且是「（中國）民族的」論述等。[1]

　　如果再依從地理學概念，將「鄉土」視為一個綜合性詞彙，而細分為「空間」（有面積和體積）和「地方」（強調經驗和意義），則在島嶼族群生息與政治喧鬧中，當益增臺灣「鄉土」語境訓解的治絲益棼。然則「鄉土」究竟是什麼？「鄉土到底指的是哪個『鄉土』」，幾乎成了臺灣文學場域的大哉問。當從敘事空間、文化價值立場的游移、現代與傳統的融匯或擺盪，切入鄉土文本樣式，「鄉土」作為「描述」的文類或「意義」的生發時，皆將因語境的改變而改變。如此說來，「鄉土」語詞所喚起的文學意義與文學體驗，當非只限於作者的創作意圖或閱評者的類型屬性，而是所有這一切，或更多因素綜合作用的結果。

　　事實上，臺灣鄉土文學所涉及的辯證，從一開始就不是一場純粹的文學論戰，名為「文學運動」，卻觸及臺灣政治、經濟、社會和文化各方面的一個多元運動。是以置放在臺灣文學史的「鄉土文學」一詞，實具有多面向的特質，可分從「歷史性術語」、「文化性術語」與「描述性術語」三方面而論。本書援「鄉土」以作為綜覽臺灣文學的一種方法，所謂「鄉土」自非是固定化概念，然而若就「鄉土書寫」而言，顯然也是一種文類，其間並無扞格。此即本書於〈緒論〉開宗明義，指出「鄉土」不僅將成為本書的研究對象，也將作為一個新的理論視角。

　　小說世界本是藉由作者的敘述位置和生活背景而形構的。因此在論及「臺灣新鄉土小說」的風貌與內涵時，必需解決作為一

---

[1] 參蕭阿勤〈鄉土文學、國族認同與回歸現實世代〉一文，《回歸現實：臺灣 1970 年代的戰後世代與文化政治變遷》（臺北：中央研究院社會學研究所，2008 年），頁 201-262。

個「特定時空的文學」的詞義訓解問題。首先必然不可迴避有關「新」的定義是什麼？界說「鄉土」的概念如何形成？如此，在嘗試建構「新鄉土」的命名、定義與詮釋時，作爲一種書寫文類所孕育產生的社會背景與土地環境的「空間意識」，以及區隔新舊前後鄉土書寫脈絡流變的「時間意識」，必然成爲進行辨識「新鄉土小說」的「文類身分」的一種依據與信度。

時移事往，別來滄海，隨著 E 化時代來臨，「鄉土」一詞的更嬗與開放，正意味著「鄉土」空間意識被豐饒而且繁複地生產著。唯作爲一種文類的義界，「鄉土」誠然是一種不斷成長、衍生與擴張的地域概念，仍舊必須賦予學術語詞較嚴謹的界定。

在本書的研究提論中，乃是將文學文本中的「鄉土」，界定爲具有「地方感」或「鄉土性」的一個「指涉空間的隱喻」。此初步定義可以增廓對鄉土經驗與鄉土想像的討論，而鄉土經驗與鄉土想像終必描繪「人與土地上的故事」（書寫者植基於地方的經驗或想像）、「人與自然地理所構成的地方感」（諸如有關地理空間意象與區域地誌等）、「地方的生活經驗與記憶」（所謂具本土元素或鄉野題材，如多元方言、俚語，民間信仰習俗等）、「地方的歷史積澱」（在環境的限制與外來因素制約下的族群歷史風物等）。

準此而辨識「鄉土文學」、「鄉土書寫」與「書寫鄉土題材」其間的異同，以免無限放大鄉土小說範圍，而至失去某種次文類的分析價值。不可諱言，從某一方面而言，所有定義都有背離它所定義對象的危險。所謂「鄉土」的界定，原是便於研究的範疇設定，至於全面總攬或精準辨識「新鄉土小說」作品，在現實中也存在某些限制與困擾。是以，這終究只是研究者的一種後設鑿

定，自非是鄉土定義的終止與封閉。

　　鄉土小說本非是一種凝固的框架，而是一種動態過程。從文學再現當代人類社會的一種精神現象而言，置於當代意識燭照下的新鄉土文類是否就是一種文體？當作家一旦選定了某種文學模式時，模式本身是否即構成了內容？是以，本書採以宏觀視野來概括鄉土書寫這一創作現象時，必須賦予新鄉土小說的觀念與意義。冠以「新」之前綴詞，除了是從「線性時間」的概念而發，也就其來自時空結構背景下的「書寫新貌」而定義。

　　「新鄉土」之謂「新」，不必然是與「舊」的區隔，卻另涵有以「解嚴之後」為分界，意指九○年代以降的鄉土書寫新貌。新鄉土小說的「新」，遂可指陳九○年代之「後」的鄉土小說及其展現的創作美學之「新」。

　　在慣性思維中鄉土小說最顯著的文類特徵是：對於具有空間自足性的鄉村世界的敘寫，意即在敘事中所展開的生活空間往往限定於鄉村。然而新鄉土書寫則未必保有這種生活空間的呈現，而是筆觸廣涉城鄉，展拓了傳統鄉土小說的敘事邊界，也更能有效度地呈現／描述現代社會遽然變遷的面貌。

　　從「鄉土」書寫與「鄉土」語境的纏結關係而觀，所謂「鄉土」，勢必被脈絡化而置入社會、政治和文化的背景裡，方能考掘「鄉土」義涵所反映的外部世界的徵候。

　　本書第二章即藉由梳理「鄉土」語境的衍異與增生，而歸結九○年代以降新鄉土小說因著感覺結構的差異，實為投射一個時代／世代的想像與實踐。循此所規模出新的鄉土書寫美學特徵計

有：（一）穿梭時間的憂悒鄉土書寫（二）怪力亂神的異質鄉土書寫（三）浪蕩荒蕪的頹廢鄉土書寫（四）山海交響的自然鄉土書寫。

第三章則歸結新鄉土小說中空間圖式化的三種敘述模態：諸如鄭清文、甘耀明分別以風格各異的童話形態，展現一種面向鄉土生活與大地之歌的奇時異域故事——童話故事裡的異想國度；黃春明和童偉格的關注與憂思，則落於鄉土老人內心的裂變，而益顯出新鄉土小說用以映照現代生活的種種缺憾與救贖姿態——地域鄉情中的時間意識；朱天心和許榮哲藉由行遊路徑的「感覺體驗」，發現人與土地的斷裂，因而新鄉土圖誌書寫明顯帶有疏離現代社會的種種矛盾——行遊路線上的地圖學誌。職是之故，以空間圖式呈現的「新鄉土」，不但具有敘事功能，也是故事本身的範疇，而鄉土的定義也已跳脫城市與鄉村的對立辯證，而讓話語自己去決定現身與萌芽。其中更有鄉土老將「重返鄉土」的書寫，也可提供另一種新鄉土風情的思維圖像。

第四章即藉由鄉土書寫的前行者黃春明與鄭清文，分別於九〇年代前後寫就《放生》與《天燈‧母親》等作之比勘，探掘兩部作品可能產生的雙向對應或互文關係，並在臺灣「鄉土文學」的總體觀察與價值論述中，總理文學老將所行經傳統鄉土文類的共性及演變規律後的書寫新妍，藉此而使鄉土小說的焦距得到微調與校準。

第五章則取徑於文學地理景觀的「空間意識」，入探多元演繹的花蓮鄉土，藉此探析「鄉土」作為人類富於親切經驗的地方，乃是因為「鄉土空間」歷經識覺、經驗、記憶與知識等轉換而獲

致「命名」和「意義」的一種「地方」。

　　總此,藉由將新鄉土小說書寫形式作一綜括與並置,可以察知「鄉土」置放於書寫的想像與實踐。本書的論述藉由辯證鄉土小說本體建構和觀念形態,最重要的即是藉此觀念的提煉,可以有效地整合鄉土書寫具有共性與個性的創作現象,而使得整體性的新鄉土小說理論引導與評價判斷成為可能。

第二節　鄉土小說的現代性進程

　　綜上所論,從新鄉土書寫的敘述模態、地域書寫美學的發揮、創作格局的開展、鄉土詞義的更嬗與開放等等,皆可見鄉土小說多變的風貌,已然成為臺灣文學場域中別具一格的景觀。本書以「鄉土性‧本土化‧在地感──臺灣新鄉土小說書寫風貌」為題,其實關乎「文學與世變」之思索,更具體來說,即是不同時代、不同世代的書寫關注與美學形式是否有其一種定式?其中的鉅變與潛變若何?

　　先從「時代」而論:這部份可分從國內政經文化環境與在全球化下的新鄉土書寫風貌來論述。此時臺灣的政治經濟環境,皆已無須再如葉石濤撰寫《臺灣文學史綱》般,亟需將鄉土想像,綑綁臺灣意識與國族論述,藉以鍛鑄出一個指向「民族文學」的史觀,然而處於現今族群關係如此微妙、敏感,而歷史糾葛又是那麼說不清之際,這些可以掌握、審視的素材,在新世代(特指所謂六、七年級作家)鄉土書寫中卻幾乎是淡化的,或鮮少予以回應的。他們關心的毋寧是對人性、對人的生存現狀的思考。

　　循此，再從書寫者的精神背景，甚至是市場化或受主流意識形態的影響／悖離等背景，外探在全球化和大眾文化衝擊下，所造成對小說敘述藝術、現代性的審美滲透、小說流向的變化轉型等影響。新鄉土作家對空間、對時間的感覺，理當有著相應的變化，遂有別於昔日葉石濤、王拓、陳映真諸人定義「鄉土文學」時，所含藏意欲鍛鑄「臺灣圖像」或是「中國圖像」的政治性義涵，今日所言「臺灣新鄉土文學」，戮力的幾乎都是在現代性情境下的特定地理－歷史－文化狀態。此或許可視為現代化進程中新鄉土小說家的一種鄉土立場。

　　必須強調的是，即如鄉土老將黃春明與鄭清文於九〇年代前後書寫的鄉土小說，文本化鄉土的座標，縱使遙擬的仍然是作家生命歷史的本源——宜蘭或舊鎮，託寓的卻是憬然而明確的現代社會情境，而試圖載負的則是作者的一種世界觀（倫理觀）。顯見鄉土概念與敘事邊界已有了新妍，且更增添了作者置身於新時代的「感同身受」，而試圖藉由新鄉土書寫來呈現社會本身。

　　再從「世代」而論：權且借用林載爵用以概括「一九三四～一九三五年間臺灣文藝界的複雜心靈」語詞：「不同的心靈，不同的想像」，以說明世代書寫的不同樣貌。放觀新世代寫手，儼然是一支學院派的知識份子行伍，從中恰可歸結出他們某種文化精神的向度——在現代性參照系下，他們並非是書寫望鄉、返鄉或原鄉的故鄉情結，也不是帶有反城市化的情結，他們的紙上鄉土迥非原來意義上的自然鄉土，更非是所謂僑寓都市後回眸生命來處的記憶鄉土。

　　緣於新世代鄉土作家「鄉野人」身份的曖昧性，自然會影響

對鄉土小說敘事的純度，且觀新銳作家書寫中的意象、鄉土場景與再現事物，大都不是來自作家直接的經驗感受，如甘耀明鄉土童話《水鬼學校和失去媽媽的水獺》裡的奇珍異卉神獸，和鄭清文系列童話《燕心果》、《天燈・母親》、《採桃記》中習見的家禽植物昆蟲即大異其趣。新世代習於大量挪借民俗儀典，作為完成「鄉土」表象的藝術符號，如童偉格《王考》中諸篇，如〈離〉一文中的鄉間婚儀流程、〈驩虞〉中盡現各種信仰儀式、祭典、喪葬活動，儼然是民俗的美學實踐。

另甘耀明《神秘列車》中諸篇，如〈上關刀夜殺虎姑婆〉一文，舊酒裝新瓶，明顯改編臺灣土產民間傳說、〈吊死貓〉與〈伯公討妾〉、《水鬼學校和失去媽媽的水獺》中〈尿桶伯母要出嫁〉等文，則以家族史與生活史共構，排演出福佬和客家族群的鄉土風情故事。這是新秀寫家對「鄉土」的理解與解釋，他們所創造的鄉土感覺，並非是一個純地理的構建，而是趨近於「情趣景觀」或「知識景觀」。

至於老一輩作家如黃春明《放生》書寫宜蘭、鄭清文《天燈・母親》書寫舊鎮，青壯世代如朱天心《古都》書寫台北、舞鶴《悲傷》書寫淡水等等，地景的辨識與指認度，判然有別於新世代作家。前行代作家所繪製的文本鄉土儼然鋪展了「閱歷景觀」。從相對性研究視角而觀，不同世代誠然有對鄉土不同的想像與凝視，因而，直可將此三代的不同書寫定調為：一、老將的後農村鄉土書寫。二、青壯的憂悒鄉土書寫。三、新銳的異質鄉土書寫。

前行代與新世代在創作主體與敘事風格上，自有不同。尤其是新世代寫家並不需要在實際生活中經歷他所表達的一切感情，

而只是由於熟練地運用他所創造的各種美學符號或表現形式，以此找到新的表達情感和特殊情調的可能性，這種表達甚或比他曾經有幸喚起的情感，具有更凝重的激情。[2]但論及作品所反映的內容，不可否認的，在作家創作構思階段仍必須忠實於經驗結構。是以，老中青三代作家的新鄉土書寫，都不約而同地，藉由地域空間的投射，流淌出極富現代性的思維——在傳統與現代之間的一種庸常人生，非關「食」與「性」的匱乏與煎熬。小說中的人物大多數是一無所成的「廢人」：或癲狂、真摯，或孤獨、了無生機的精神漂泊者。此新鄉土作家帶著理想而流亡的風格，正透顯出他們所處於和中心對立的書寫位置。

以此而觀，不同世代，甚或不同時代的鄉土書寫發展，雖各有風姿，卻並不盡然是以撕裂的形式在進行著。一如葉石濤所言：「雖然在每一個階段裡有鮮明的文學主張和特色，但是這些主張和特色卻不完全是嶄新的。在大多數的作家和其作品背後所隱藏的意識形態、創作模式、技巧和構局，大多可以在傳統文學裡找到其淵源或雛型，我們可以輕易地進入作家的作品世界獲得共鳴抑或抗拒。」[3]

論者嘗言及現代主義敘事形態，以及後現代主義的狂歡化敘事風格，是新世代鄉土小說的書寫範型，且因而造成新世代鄉土小說在敘事上不同程度的失焦。[4]從本書所平行比照相對世代的新

---

[2] 蘇珊‧卡納斯‧朗格著，劉大基、傅志強、周發祥等譯《情感與形式》（台北：商鼎文化出版社，1991），頁 433。

[3] 葉石濤《展望臺灣文學‧八０年代作家的櫥窗》（台北：九歌出版社，1994），頁 49。

[4] 見陳家洋〈「失焦」的鄉土敘事：臺灣新世代鄉土小說論〉，載於《華文文學》總第 90 期（2009 年 1 月），頁 51-57。

鄉土書寫，卻發現新鄉土小說或與臺灣鄉土書寫高峰期的美學範型有別，然就新鄉土寫作者而觀，即使分屬不同世代，也頗多趨於主觀性、魔幻性、頹廢性、狂歡化等敘事風貌的書寫現象。是以作為入探新鄉土書寫的相對性研究視角，除了以「世代論」為據，也應兼及「時代論」。準此，以「時代與世代」作為開掘新鄉土小說的角度與向度，實有其必然且具有重要意義。

新鄉土小說並非是一種孤立的、偶然的文學現象，就其整體敘事策略和作為立足於文學史上意義而言，或許並沒有超越前行代之作，然而作為承繼與創發的鄉土敘事姿態與策略轉向，畢竟值得注目。

本書冀能對九〇年代以降的新鄉土小說書寫狀態有整體的觀照，一方面也措意於對新鄉土作品的評論與評價，提出理解。以九〇為斷代，實因此階段之後，鄉土書寫極為活絡而蔚然可觀，而鄉土書寫美學至此也明顯有了新變。藉由對鄉土語境的衍異與鄉土文學的正本清源、革變或新舊鄉土議題的並置，以及兩相對照的研究文本等爬梳，冀能在文學鑑知和學術典範的歧異中求得理解與共鳴，並得以對新鄉土書寫美學及其文學現象，作一宏觀而體系化的把握。

新鄉土小說研究最終目的，則在於藉由辯證而揭示文學史的一個角落——讓新鄉土小說能在當代文學現象所交錯的文學光譜中佔有一席之位。而本書的重要性即在於藉由前後新舊鄉土書寫全面而系統性的觀照與論述，除了可以形成饒富意味的對話關係外，也達成作為「臺灣文學」系譜中最重要的標舉——鄉土文學，在不同歷史階段的重審與重估。

引用書目

一、專書

丁帆等著，《中國鄉土小說史》，北京：北京大學出版社，2007 年。

中島利郎編，《1930 年代台灣鄉土文學論戰資料彙編》，高雄：春
　　暉出版社，2003 年。

方能訓譯，《時間與空間》，紐約：時代，1999 時代生活叢書中文
　　版。

王德威，《小說中國》，臺北：麥田出版社，1993 年。

王德威，《如何現代，怎樣文學？：十九、二十世紀中文小說新論》，
　　臺北：麥田出版社，1998 年。

王德威，《後遺民寫作》，臺北：麥田出版社，2007 年。

王德威，《眾聲喧嘩以後：點評當代中文小說》，臺北：麥田出版
　　社，2001 年。

王德威，《跨世紀風華：當代小 20 家》，臺北：麥田出版社，2002
　　年。

王德威，《閱讀當代小說》，臺北：遠流出版社，1991 年。

加斯東‧巴什拉著（Gaston Bachelard）、顧嘉琛譯，《水與夢》，
　　長沙：岳麓書社，2005 年。

加斯東‧巴舍拉（Gaston Bachelard）著，龔卓軍等譯，《空間詩
　　學》，臺北：張老師文化，2003 年。

卡西爾（Cassirer）著，甘陽譯，《人論》，上海：上海譯文出版
　　社，1985 年。

卡爾‧曼海姆（Karl Mannheim）著、艾彥譯，《意識形態和烏托

邦》，北京：華夏，2001年。

史蒂文・C. 布拉薩（Steven C. Bourassa）著，彭鋒譯，《景觀美學》，北京：北京大學出版社，2008年。

弗萊（Frye, Northrop）著，盛寧譯，《現代百年》，香港：牛津大學出版社，1998年。

弗萊（Frye, Northrop）著、陳慧等譯，《批評的剖析》，天津：百花文藝，1998年。

甘耀明，《水鬼學校和失去媽媽的水獺》，臺北：寶瓶文化出版社，2005年。

甘耀明，《神秘列車》，臺北：寶瓶文化出版社，2003年。

伊塔羅・卡爾維諾（Italo Calvino）著、吳潛誠校譯，《給下一輪太平盛世的備忘錄》，臺北：時報文化，1996年。

吉拉爾（Rene Girard）著，憑壽農譯，《替罪羊》，臺北：臉譜出版社，2004年。

朱天心，《古都》，臺北：麥田出版社，1997年。

江寶釵等主編，《樹的見證：鄭清文文學論集》，臺北：麥田出版社，2007年。

江寶釵、林鎮山等主編，《泥土的滋味：黃春明文學論集》，臺北：聯合文學出版社，2009年。

何欣，《中國現代小說的主潮》，臺北：遠景出版社，1979年。

克利福德・格爾茲（Clifford Geertz）著、納日碧力戈等譯，《文化的解釋》，上海：上海人民出版社，1999年。

克瑞斯威爾（Tim Cresswell），徐苔玲、王志弘譯，《地方：記憶、想像與認同》，臺北：群學出版社，2006年。

吳明益，《虎爺》，臺北：九歌出版社，2003年。

吳豐秋，《後山日先照》，臺北：躍昇出版社，1996 年。

吳豐秋，《漏網族》，臺北：躍昇出版社，1998 年。

呂正惠，《小說與社會》，臺北：聯經出版社，1988 年。

宋澤萊，《血色蝙蝠降臨的城市》，臺北：草根出版社，1996 年。

宋澤萊，《廢墟台灣》，臺北：前衛出版社，1985 年。

李　昂，《看得見的鬼》，臺北：聯合文學出版社，2006 年。

李進益，《繼承與創新——論鄭清文的文學世界》，臺北：致良出版社，2004。

李奭學，《書話台灣》，臺北：九歌出版社，2004 年。

李歐梵，《現代性的追求》，北京：三聯書店，2000 年。

李豐楙、劉苑如主編，《空間、地域與文化——中國文化空間的書寫與闡釋》，臺北：中央研究院中國文哲研究所，2002 年。

李豐楙主編，《文學、文化與世變》，臺北：中央研究院中國文哲研究所，2002 年。

沈從文，〈習作選集代序〉，《沈從文著作選》，臺北：臺灣商務印書館，1994 年。

肖成，《大地之子：黃春明的小說世界》，臺北：人間出版社，2007 年。

周芬伶，《聖與魔——臺灣戰後小說的心靈圖像（1945-2006）》，臺北：INK 印刻出版公司，2007 年。

周蕾（Rey Chow），《寫在家國以外》，香港：牛津大學出版社，1995 年。

周蕾（Rey Chow），《原初的激情——視覺、性慾、民族誌與中國當代電影》，臺北：遠流出版社，2001 年。

彼得·布魯克（Peter Brooker）著，王志弘等譯《文化理論詞彙》，

臺北：巨流出版社，2003 年。

彼得‧布魯克斯（Peter Brooks）著、朱生堅譯，《身體活：現代
　　敘述中的欲望對象》，北京：新星出版社，2005 年。

林宜澐，《人人愛讀喜劇》，臺北：遠流出版社，1990 年。

林宜澐，《耳朵游泳》，臺北：二魚文化出版社，2002 年。

林宜澐，《夏日鋼琴》，臺北：麥田出版社，1998 年。

林宜澐，《惡魚》，臺北：麥田出版社，1997 年。

林宜澐，《藍色玫瑰》，臺北：麥田出版社，1993 年。

林瑞明、陳萬益主編，《鄭清文集》，臺北：前衛出版社，1993 年。

查爾斯‧泰勒（Taylor C.）著，韓震等譯，《自我的根源：現代
　　認同的形成》，南京：譯林出版社，2001 年。

段義孚（Yi-fu Tuan）著，潘桂成等譯，《恐懼》（Landscapes of
　　Fear），臺北：立緒文化，2008 年。

段義孚（Yi-fu Tuan）著，潘桂成譯，《經驗透視中的空間和地方》，
　　臺北：國立編譯館，1997 年。

洛雷塔‧A‧馬蘭德羅等著，孟小平等譯，《非言語交流》，北京：
　　北京語言學院出版社，1991 年。

范銘如，《像一盒巧克力——當代文學文化評論》，臺北：INK 印刻
　　出版公司，2005 年。

范銘如，《文學地理：臺灣小說的空間閱讀》，臺北：麥田出版社，
　　2008 年。

夏鑄九、王志弘編譯，《空間的文化形式與社會理論讀本》，臺北：
　　明文書局，1999 年。

孫大川，《久久酒一次》，臺北：張老師出版社，1991 年。

徐立忠，《老人問題與對策——老人福利服務之探討與設計》，臺

北：桂冠出版社，1989 年。

恩・貢布里希（Ernst H. Gombrich）著，張榮昌譯，《寫給大家的簡明世界史——從遠古到現在》，桂林：廣西師範大學出版社，2003 年。

海德格爾（Martin Heidegger）著，郜元寶譯，《人，詩意地安居：海德格爾語要》，桂林：廣西師範大學出版社，2002 年。

袁哲生，《秀才的手錶》，臺北：聯合文學出版社，2000 年。

郝譽翔，《大虛構時代：當代台灣文學光譜》，臺北：聯合文學，2008 年。

馬泰（Calinescu Matei）著，顧愛彬、李瑞華譯，《現代性的五副面孔》，北京：商務印書館，2002 年。

高天生，《台灣小說與小說家》，臺北：前衛出版社，1985 年。

曼海姆（Mannheim, Karl）著、艾彥譯，《意識形態與烏托邦》，北京：華夏出版社，2001 年。

尉天驄主編，《鄉土文學討論集》，臺北：遠景出版社，1980 年。

梅家玲編：《性別論述與台灣小說》，臺北：麥田出版社，2000 年。

莫里斯・哈布瓦赫（Halbwachs, M.）著，畢然、郭金華譯，《論集體記憶》，上海：上海人民出版社，2002 年。

許素蘭等作，《徬徨的戰鬥／十場臺灣當代小說的心靈饗宴：國立臺灣文學館・第三季週末文學對談》，臺南：國立臺灣文學館，2007 年。

許榮哲，《ㄩㄟㄢˇ》，臺北：寶瓶文化出版社，2004 年。

郭少棠，《旅行：跨文化想像》，北京：北京大學出版社，2005 年。

陳玉玲，《台灣文學的國度：女性・本土・反殖民論述》，臺北：博揚文化出版社，2000 年。

陳芳明，《後殖民台灣：文學史論及其周邊》，臺北：麥田出版社，
　　2002 年。

陳芳明，《殖民地摩登：現代性與臺灣史觀》，臺北：麥田出版社，
　　2004 年。

陳建忠等合著《台灣小說史論》，臺北：麥田出版社，2007 年。

陳義芝編，《台灣現代小說史綜論》，臺北：聯經出版社，1998。

彭瑞金，《台灣文學探索》，臺北：前衛出版社，1995 年。

游勝冠，《台灣文學本土論的興起與發展》，臺北：前衛出版社，
　　1996 年。

童偉格，《王考》，臺北：INK 印刻出版公司，2002 年。

童偉格，《無傷時代》，臺北：INK 印刻出版公司，2005 年。

費孝通，《鄉土中國》，上海：上海人民出版社，2007 年。

馮　雷，《理解空間：現代空間觀念的批判與重構》，北京：中央
　　編譯，2008 年。

黃長美，《城市閱讀》，臺北：藝術家出版社，1994 年。

黃春明，《兒子的大玩偶》，臺北：大林出版社，1985 年。

黃春明，《放生》，臺北：聯合文學出版社，1999 年。

黃春明，《眾神的停車位》，臺北：遠流出版社，2002 年。

黃春明，《莎喲娜拉‧再見》，臺北：皇冠出版社，1990 年。

黃春明，《等待一朵花的名字》，臺北：皇冠出版社，1989 年。

黃春明，《黃春明童話》，臺北：皇冠出版社，1993 年。

黃春明，《鑼》，臺北：遠景出版社，1983 年。

黃錦樹，《文與魂與體：論現代中國性》，臺北：麥田出版社，2006
　　年。

奧罕‧帕慕克著（Orhan Pamuk），何佩樺譯，《伊斯坦堡：一座城

市的記憶》，臺北：馬可字羅文化出版社，2006 年。

愛德華・希爾斯（Shils, Edward）著、傅鏗等譯，《論傳統》，臺北：桂冠出版社，1992 年。

葉石濤，《台灣文學史綱》，高雄：春暉出版社，1998 年。

葉石濤，《展望台灣文學》，臺北：九歌出版社，1994 年。

葛浩文（Dr.Howard Goldblatt），《弄斧集》，臺北：學英出版社，1984 年。

詹宏志，《城市人：城市空間的感覺、符號和解釋》，臺北：麥田出版社，1996 年。

詹姆遜（Fredric Jameson）著、王逢振主編，《詹姆遜文集・第2卷，批評理論和敘事闡釋》，北京：中國人民大學出版社，2004 年。

廖炳惠主編，《回顧現代文化想像》，臺北：時報文化出版社，1995 年。

廖鴻基，《山海小城》，臺北：望春風出版社，2000 年。

廖鴻基，《來自深海》，臺中：晨星出版社，1999 年。

廖鴻基，《討海人》，臺中：晨星出版社，1996 年。

廖鴻基，《漂流監獄》，臺中：晨星出版社，1998 年。

瑪麗・伊凡斯（Mary Evans）著、廖仁義譯，《郭德曼的文學社會學》，臺北：桂冠出版社，1990 年。

維若妮卡・坎皮農・文森、尚布魯諾・荷納（Veronique Campion-Vincent，Jean-Bruno Renard）著、楊子葆譯，《都市傳奇》，臺北：麥田出版社，2003 年。

聞一多，《聞一多全集》，武漢：湖北人民出版社，1993 年。

舞鶴，《餘生》，臺北：麥田出版社，1999 年。

舞鶴，《悲傷》，臺北：麥田出版社，2001 年。

齊格蒙特‧鮑曼（Bauman, Zygmunt） 著、歐陽景根譯，《流動的
　　現代性》，上海：上海三聯書店，2002 年。

劉春城《愛土地的人——黃春明前傳》，臺北：圓神出版社，1987
　　年。

歐陽子編，《現代文學小說選集》，臺北：爾雅出版社，1977 年。

鄭志明，《台灣傳統信仰的鬼神崇拜》，臺北：大元出版社，2005
　　年。

鄭清文，《天燈‧母親》，臺北：玉山社，2000 年。

鄭清文，《玉蘭花：鄭清文短篇小說選 2》，臺北：麥田出版社，1999
　　年。

鄭清文，《多情與嚴法》，臺北：玉山社，2004 年。

鄭清文，《新莊——失去龍穴的城鎮》，南投：臺灣省政府教育廳，
　　1983 年。

鄭清文，《鄭清文短篇小說全集‧別集》，臺北：麥田出版社，1998
　　年。

鄭清文，《鄭清文短篇小說選》，臺北：麥田出版社，1999 年。

鄭清文，《燕心果》，臺北：玉山社，2000 年。

鄭清文，《天燈‧母親》，臺北：玉山社，2000 年。

盧卡奇（Lukács, Gyorgy）作、楊恆達編譯，《小說理論》，臺北：
　　唐山書局，1997 年。

蕭阿勤，《回歸現實：台灣 1970 年代的戰後世代與文化政治變遷》，
　　臺北：中央研究院社會學研究所，2008 年。

諾伯舒茲（Norberg-Schulz,Christian）著，施植明譯，《場所精
　　神——邁向建築現象學》，臺北：田園城市文化，1997 年。

戴維・莫利、凱文・羅賓斯（David Morley&Kevin Robins）著，司艷譯，《認同的空間：全球媒介、電子世界景觀和文化邊界》，南京：南京大學出版社，2001年。

邁克・克朗（Mike Crang）著，楊淑華等譯，《文化地理學》，南京：南京大學出版社，2005年。

羅伯特.埃斯卡皮（Robert Escarpit）著、葉淑燕譯，《文學社會學》，臺北：遠流出版社，1990年。

蘇珊・卡納斯・朗格（Susanne K.Langer），《情感與形式》，臺北：商鼎文化出版社，1991年。

讓・波德里亞（Baudrillard, Jean）著、車槿山譯，《象徵交換與死亡》，南京：譯林，2006年。

瘂弦等主編《四十年來中國文學》，臺北：聯合文學出版社，1997年。

二、期刊論文

王向遠，〈魯迅與芥川龍之介、菊池寬歷史小說創作比較論〉，《魯迅研究月刊》12期（1995）。

王志弘，〈台北新公園的情慾地理學：空間再現與男同性戀認同〉，《台灣社會研究季刊》第22期（1996.4）。

王浩威，〈地方文學與地方認同：以花蓮文學爲例〉，《山海文化雙月刊》第2期（1994.1）。

余國藩（Anthony C.Yu）著，范國生譯，"Rest, Rest, Perturbed Spirit！" "Ghosts in Traditional Chinese Prose Fiction."（安息罷，安息罷，受擾的靈！——中國傳統小

說裡的鬼〉,《中外文學》第 17 卷 4 期（1988.9）。

吳億偉,〈冷眼看人間喜劇——訪小說家林宜澐〉,《文訊》第 248
　　期（2006.7）。

李瑞騰,〈村落‧家族與自我——童偉格小說《王考》略論〉,《幼
　　獅文藝》644 期（2007.8）。

李瑞騰,〈關於愛與孤獨的文本——伊格言小說略論〉,《幼獅文藝》
　　646 期（2007.10）。

李奭學,〈江水是如何東流的？——評邱貴芬等著《台灣小說史
　　論》〉,《文訊》260 期（2007.6）。

邱彥彬,〈恆常與無常：論朱天心〈古都〉中的空間、身體與政治
　　經濟學〉,《中外文學》35 卷 4 期（2006.9）。

徐志平,〈台灣鄉土文學三大家述評〉,《嘉義大學人文藝術學報》
　　第 3 期（2004.4）。

郝譽翔,〈新鄉土小說的誕生：解讀六年級小說家〉,《文訊》230
　　（2004.12）。

許素蘭,〈價值顛覆與道德內化——鄭清文童話集《燕心果》主題
　　意涵的曖昧性〉,《全國新書資訊月刊》（1999.9）

陳建忠,〈文學來自土地：鄉土小說面面觀〉,《幼獅文藝》588
　　（2002.12）。

陳家洋,〈「失焦」的鄉土敘事：台灣新世代鄉土小說論〉,載於《華
　　文文學》總第 90 期（2009.1）。

陳惠齡,〈對鄉土小說焦距的微調與校準——論黃春明《放生》與
　　鄭清文《天燈‧母親》的後農村書寫〉,《東華人文學報》14
　　（2009.1）。

陳惠齡,〈「鄉土」語境的衍異與增生——九０年代以降台灣鄉土

小說的書寫新貌〉。國立臺灣大學《中外文學》39 卷 1 期，p.85–128。

陳惠齡，〈空間圖式化的隱喻性──台灣「新鄉土」小說中的地域書寫美學〉。國家台灣文學館《台灣文學研究學報》，第 9 期，p.129–161。

陳翠英，〈桃源的失落與重構──朱天心《古都》的敘特質與多重義旨〉，《臺大中文學報》24（2006.6）。

楊照，〈每一滴眼淚中都帶著嘴角的微笑──讀黃春明的小說《放生》〉，《光華雜誌》第 25 卷第 1 期（2000.1）

劉乃慈，〈九 0 年代台灣小說的再分層〉，《臺灣文學研究學報》9 期（2009.10）。

劉亮雅，〈鄉土想像的新貌：陳雪的《橋上的孩子》、《陳春天》裡的地方、性別、記憶〉，《中外文學》37 卷 1 期（2008.3）。

蕭阿勤，〈台灣文學的本土化典範：歷史敘事、策略的本質與國家權力〉，《文化研究》創刊號（2005.9）。

蕭義玲，〈生命夢想的形成──解讀廖鴻基海洋寫作的一個面向〉，《興大人文學報》第 32 期（2002.6）。

賴芳伶，〈淒厲唯美、迴環往復的慾望美學──試探廖鴻基《山海小城》的軸心與邊緣互涉〉，《興大中文學報》第 16 期（2004.6）。

顏崑陽，〈「後山意識」的結構及其在花蓮地方社會文化發展上的異向作用與調和〉，《淡江中文學報》第 15 期（2006.12）。

魏可風整理，〈文學對談：作家、時代、本土，黃春明 vs.楊照〉，《聯合文學》第 113 期（1994.3）。

羅蘭‧費希爾（Roland FISCHER）撰，陸象淦譯〈烏托邦世界觀

史撮要〉,《第歐根尼》2 期（1994）

三、學位論文

李珮琪,《海洋作爲認同的場域——從廖鴻基及夏曼・藍波安作品
　　探究其認同與實踐》,花蓮：花蓮師範學院多元文化研究所碩
　　士論文,2005 年。

林巾力,《「鄉土」的尋索：台灣文學場域中的「鄉土」論述研究》,
　　臺南：成功大學台灣文學所博士論文,2008 年。

徐秀慧,《黃春明小說研究》,台北：淡江大學中文系碩士論文,
　　1998 年。

徐宗潔,《台灣鯨豚寫作研究》,臺北：臺灣師範大學國文研究所
　　碩士論文,2001 年。

徐錦成,《鄭清文童話現象研究》,宜蘭：佛光人文社會學院文學
　　博士論文,2005 年。

莊宜文,《中國時報與聯合報小說獎研究》,桃園：中央大學中國
　　文學系碩士論文,1998 年。

楊孟珠,《閉鎖時空・空白經驗——袁哲生小說研究》,臺中：中
　　興大學中國文學系碩士論文,2005 年。

鄭千慈,《崩解的自我——現代主義、畸零人與戰後台灣鄉土小
　　說》,臺北：淡江大學中國文學系碩士論文,2004 年。

四、會議論文

祁立峰,〈城市・場所・遊樂園——從駱以軍「育嬰三部曲」觀察

其地景描繪的變遷與挪移〉,《青年文學會議論文集 2006：台灣作家的地理書寫與文學體驗》,臺南：國家臺灣文學館籌備處,2007 年。

張錦忠,〈王文興之後：舞鶴文字迷園拾骨,或,舞鶴密碼或舞鶴空話〉,「哲學與文學：舞鶴作品研討會」,高雄：中山大學文學院主辦,中山大學哲學研究所承辦,2008 年。

陳信元,〈一九七○年代台灣的鄉土文學論戰〉,《台灣新文學發展重大事件論文集》,臺南：國家臺灣文學館籌備處,2004 年。

陳建忠,〈神秘經驗的啓示與鄉土倫理的復歸──論黃春明小說中的人間、神鬼與自然〉(見 2008 第三屆經典人物──「黃春明跨領域」座談會暨國際學術研討會宣讀論文),後發表於《臺灣文學研究學報》7 (2008.10)。

陳惠齡,〈經驗透視中的空間與地方──九○年代以降花蓮鄉土小說的書寫樣貌〉。《第五屆花蓮文學研討會論文集》,花蓮：花蓮縣文化局,2009 年。

楊　照,〈從「鄉土寫實」到「超越寫實」──八○年代的台灣小說〉,《台灣文學發展現象：五十年來台灣文學研討會論文集(二)》,封德屏主編,臺北：行政院文化建設委員會,1996 年。

楊凱麟,〈硬蕊書寫與國語異托邦──台灣小文學的舞鶴難題〉,「哲學與文學：舞鶴作品研討會」,高雄：中山大學文學院主辦,中山大學哲學研究所承辦,2008 年。

廖淑芳,〈鬼魅、消費與往來──試析黃春明小說中的鬼敘事〉,「2008 第三屆經典人物──「黃春明跨領域」座談會暨國際學術研討會」,嘉義：中正大學台灣文學研究所主辦,2008

年。

蕭義玲，〈從存在的悲感析評林宜澐的小說世界〉，《地誌書寫與城
　　鄉想像：第二屆花蓮文學研討會論文集》，花蓮：花蓮縣文
　　化局，2000 年。

五、報章雜誌

黃春明《聯合報・副刊》，1980 年 11 月 4 日，8 版。

呂正惠〈七、八十年代鄉土文學的源流與變遷〉，《聯合報・副刊》，
　　1993 年 12 月 17 日，43 版。

王德威，〈生命中不安的光影——評介袁哲生《靜止在樹上的
　　羊》〉，《聯合報・讀書人周報》1996 年 4 月 8 日，43 版。

王德威，〈典律的生成——小說爾雅三十年〉，《聯合報》1997 年
　　12 月 27 日，41 版副刊。

邱貴芬，〈「無傷」「台灣」〉，《自由時報・副刊》，2005 年 3 月 6
　　日

黃錦樹，〈時間之傷、存有之傷〉，《自由時報・副刊》，2005 年 3
　　月 6 日

黃春明，〈鄉愁商品化〉，《自由時報・副刊》，2006 年 4 月 6 日

〈童偉格 vs.甘耀明——小說的信徒〉，《誠品好讀》，2006 年 11
　　月 9 日。

吳宏一，〈香港作家的身分認同〉，《聯合副刊》，2006 年 11 月 18
　　日。

國家圖書館出版品預行編目資料

鄉土性・本土化・在地感：台灣新鄉土小說書
寫風貌／陳惠齡著. -- 初版. -- 臺北市：萬卷
樓, 2010.04
　面；　　公分
　ISBN 978－957－739－677－8 (平裝)
　1.臺灣小說　2.鄉土文學　3.文學評論

　863.27　　　　　　　　　　　　99005229

鄉土性・本土化・在地感
─台灣新鄉土小說書寫風貌

著　　　者：陳惠齡

發　行　人：陳滿銘

出　版　者：萬卷樓圖書股份有限公司

　　　　　　臺北市羅斯福路二段 41 號 6 樓之 3

　　　　　　電話(02)23216565・23952992

　　　　　　傳真(02)23944113

　　　　　　劃撥帳號 15624015

出版登記證：新聞局局版臺業字第 5655 號

網　　　址：http://www.wanjuan.com.tw

E － mail　：wanjuan@seed.net.tw

承印廠商：中茂分色製版印刷事業股份有限公司

定　　　價：200 元

出 版 日 期：2010 年 4 月初版

ISBN 978－957－739－677－8